La Vie en Mieux

Alison Sherlock

Traduit de l'anglais
par Raphaëlle Pache

City
Roman

Retrouvez tous les titres City Éditions :

www.city-editions.com

Couverture : Alice Moore Design / Shutterstock.
Publié pour la première fois en Angleterre sous le titre
The Village Shop for lonely hearts par Boldwood Books Ltd.

ISBN : 978-2-8246-2333-7
Code Hachette : 48 2867 2
Collection dirigée par Christian English & Frédéric Thibaud
Catalogues et manuscrits : city-editions.com

Dépôt légal : Janvier 2024

Ce livre est dédié à Gill Collins, avec ma plus profonde gratitude à la sœur la plus merveilleuse que j'aurais pu souhaiter et qui me tient toujours la main et me laisse crier dans son oreille sur les montagnes russes, même si je suis assez âgée pour me conduire mieux. Avec tout mon amour.

1

Plantée sous la pluie battante, Amber Green soupira. *Ce qu'on ne faisait pas pour faire plaisir à sa famille*, pensa-t-elle.

Pendant que le taxi s'éloignait, elle vida d'une traite ce qui lui restait du café qu'elle avait acheté à l'aéroport d'Heathrow, même si le siroter lui aurait permis de conserver la sensation de chaleur dans ses doigts plus longtemps. Elle se fichait de ce froid de canard. Elle avait trop besoin de caféine.

Sa nuit de vol agité depuis JFK, à essayer de trouver une position confortable dans un siège économique exigu, ne lui avait pas permis de dormir. Le passager d'à côté avait également monopolisé la majeure partie de son espace personnel, si bien qu'elle s'était retrouvée collée au hublot glacé la quasi totalité du trajet.

Pour couronner le tout, la compagnie aérienne avait envoyé par erreur ses bagages aux Caraïbes. Ses valises étaient probablement en train de savourer un cocktail sur une plage ensoleillée tandis qu'elle se trouvait dans le village anglais humide de Cranbridge. Elle aurait bien aimé pouvoir les rejoindre.

Le décalage horaire se faisait sentir, elle était épuisée et n'avait aucune envie de se trouver là. Et pourtant, elle y était. À trente ans, elle obéissait encore aux injonctions et s'efforçait de plaire à tout le monde sauf à elle-même.

— Tu iras, n'est-ce pas ? lui avait dicté sa mère au téléphone, il y avait quinze jours à peine. Cathy est ma plus vieille amie et ta marraine.

— Que je n'ai pas vue depuis une dizaine d'années, lui avait rappelé Amber.

— Ça n'a pas d'importance, avait répliqué sa mère qui, comme d'habitude, n'avait pas tenu compte du point de vue de sa fille. Tu sais qu'on se parle presque tous les jours. Ça me brise le cœur de ne plus voir ma meilleure amie. Elle est comme une sœur pour moi. Elle a eu une période très difficile, entre son veuvage et ses problèmes de santé. J'ai pensé que tu pourrais faire un saut chez elle pour lui remonter le moral avant de venir chez nous.

— Faire un saut ? s'était esclaffée Amber, incrédule. Maman, je suis à New York ! Tu viens de déménager en Nouvelle-Zélande. L'Angleterre est à l'autre bout du monde.

— Oh, ce n'est pas grave, avait répondu sa mère. Des gens prennent des vols pour l'Angleterre tous les jours à partir de New York.

— Ce n'est pas ce que je voulais dire, avait protesté Amber en levant les yeux au ciel, de son côté de la ligne téléphonique. Écoute, je n'ai pas le temps pour ça. Je dois trouver un travail.

— Tu pourrais peut-être en trouver un à Cranbridge. Il y a pas mal de boutiques, dont celle de Cathy, bien sûr. *Cranbridge Stores* est dans le village depuis toujours. Et c'est charmant.

Amber ne voulait pas contrarier sa mère, mais le commerce local de Cathy ne ressemblait pas vraiment à *Saks Fifth Avenue* à New York.

Mais tu ne travailles plus chez Saks, avait dû se remémorer Amber. Le secteur du commerce de détail étant partout en difficulté, même les boutiques de luxe de Manhattan n'étaient pas à l'abri de la récession économique. Elle s'était donc retrouvée incluse dans la vague de licenciements récents qui avait frappé le célèbre grand magasin.

Elle se sentait encore engourdie par le choc de ce licenciement, après deux années passées à travailler à New York. Par manque d'autre emploi en vue, elle avait vu expirer son visa de travail : elle ne pouvait plus vivre et travailler aux États-Unis. En raison de la crise financière qui se propageait à travers le monde, aucun des grands magasins d'Angleterre n'embauchait plus d'étalagistes. Faute de recrutement, sa carrière et sa vie s'étaient brutalement arrêtées.

Quitter les États-Unis était déjà difficile, mais pour ne rien arranger, ses parents ne vivaient plus en Angleterre. Aussi loin qu'Amber se souvienne, ils avaient toujours été à l'affût de leur prochaine grande aventure. Elle avait passé toute son enfance à les suivre dans leurs déménagements, du nord au sud du pays et vice-versa, tandis qu'ils s'essayaient ici à la gestion d'un restaurant, là d'une chambre d'hôtes, d'une librairie et faisaient même une brève incursion dans le monde de la distillerie du gin.

Mais cette fois-ci, ils s'étaient vraiment surpassés en émigrant en Nouvelle-Zélande, quelques mois plus tôt, pour devenir éleveurs de moutons, alors qu'ils n'avaient jamais eu le moindre mouton ni même géré une ferme !

Elle n'avait pas d'autre famille proche en Angleterre et ses parents n'y étaient jamais restés assez longtemps pour qu'elle se fasse de vrais amis pendant son enfance. En tant que fille unique, elle avait commencé sa vie dans la solitude, et l'avait poursuivie ainsi à l'âge adulte.

Elle s'était sentie complètement à la dérive face à la tournure inattendue qu'avait prise sa vie cet été. L'agencement de vitrines et le design avaient été sa bouée de sauvetage dans les moments les plus solitaires de sa vie. C'était une occupation sur laquelle s'appuyer lorsque les choses devenaient vraiment difficiles. Et maintenant, elle n'avait même plus ce réconfort-là.

Lorsque sa mère lui avait proposé de venir vivre avec eux en Nouvelle-Zélande, Amber avait ironisé sur les possibilités de carrière limitées pour elle dans un élevage de moutons.

Et regarde où tu as échoué à la place, pensa-t-elle, plantée sous la bruine de cette matinée d'automne.

— Tu vas adorer Cranbridge, lui avait dit sa mère. Tu aimais jouer dans la rivière quand tu étais petite.

— Je ne m'en souviens même pas, avait-elle répliqué.

— J'ai toujours aimé retourner voir Cathy là-bas. J'y ai grandi, tu sais. Les gens sont adorables. C'est un très beau village, très animé. Cela te fera des vacances agréables après avoir travaillé si dur.

Amber observa la rivière qui séparait le village en deux. « Animé » n'était pas tout à fait le qualificatif qui lui viendrait à l'esprit. « Désert », plutôt. Elle ne savait pas de quel village avait parlé sa mère, mais ce n'était certainement pas du Cranbridge de ce lundi matin.

La seule chose qu'elle devait bien lui concéder, c'était le cadre en effet plutôt joli, avec ses cottages en brique couleur sable qui longeaient les berges de la rivière et les collines verdoyantes qui, entourant le village, se profilaient entre chaque maison. Au lieu d'une rue principale, le bourg s'étalait le long de la rivière, large et peu profonde, que traversaient trois anciens ponts piétonniers de pierre bâtis au-dessus du flot bouillonnant de son eau claire.

À côté de l'endroit où elle se trouvait, il y avait un pub, dont l'enseigne défraîchie annonçait *Le Cygne noir*. Enfin, c'était ce qu'elle supposait, car il manquait quelques lettres et ce qu'on lisait sur l'enseigne, c'était seulement « Le C gne n ir ». L'endroit aurait pu être tout ce qu'il y avait de charmant si l'on évitait de s'attarder sur les fenêtres moisies et la décrépitude ambiante. En fait, se rendit-elle compte en regardant autour d'elle une fois de plus, c'était tout le village qui semblait négligé. Rien à voir avec la bourgade idyllique que sa mère lui avait fait miroiter comme destination de vacances idéale.

De l'autre côté de la rivière, quatre bâtiments séparés les uns des autres longeaient la rive herbeuse et le large chemin. Amber pouvait à peine distinguer les mots peints sur un panneau de signalisation fatigué indiquant qu'il s'agissait de Riverside Lane. Ces quatre bâtisses étaient des boutiques. Construites dans la même jolie pierre colorée, elles avaient toutes des cheminées branlantes et des toits d'ardoises. Cela étant, elles étaient toutes aussi délabrées que le pub, chacune apparemment plus décrépie que la précédente. Des tuiles manquaient sur les toits. Les encadrements de fenêtres paraissaient pourris. Deux des boutiques étaient même complètement barricadées.

Tout au bout de Riverside Lane, presque caché par les grands saules qui bordaient la rivière, se trouvait un moulin à eau, dont l'énorme roue ne donnait cependant pas l'impression d'avoir tourné depuis de nombreuses années. La bâtisse venait renforcer le sentiment qu'on avait affaire à un village à l'abandon depuis longtemps.

Mais si la nature délabrée des boutiques et des commerces était une surprise, le plus choquant, c'était l'absence d'habitants. Amber cligna des yeux et regarda encore une fois autour d'elle, mais non, il n'y avait personne en vue. Certes, il pleuvait. Et certes, on était lundi matin, mais où étaient passés les villageois ?

Habituée aux rues bondées et chaotiques de New York, quelle que soit l'heure du jour ou de la nuit, elle n'entendait que le gazouillis des oiseaux et le glouglou de la rivière confrontée à l'étroitesse des ponts dans les méandres de sa traversée ralentie du village. Ce calme la perturbait. Elle avait l'habitude d'être seule. Dans une grande ville, n'était-ce pas le cas de tout un chacun ? Mais là, c'était plus qu'étrange.

Enfin, elle regarda de l'autre côté de l'étroit pont qui se trouvait devant elle : elle apercevait *Cranbridge Stores*, le premier magasin à l'angle de Riverside Lane, face à la rivière.

Il s'agissait d'un bâtiment indépendant en briques de la même couleur miel que le reste du village. À l'étage supérieur se trouvaient trois fenêtres à guillotine, au-dessus desquelles le toit se rétrécissait pour former une pointe. Au rez-de-chaussée, le magasin principal accueillait ses visiteurs par une grande porte d'entrée en son centre, flanquée de deux immenses vitrines. À l'extérieur, une grande véranda ouverte en bois s'étendait sur toute la largeur de la boutique, recouverte d'un toit bancal dans le même chêne foncé. L'ensemble paraissait miteux et l'enseigne défraîchie ne faisait que rajouter à l'aspect négligé de l'endroit.

Amber plissa les yeux et tenta de faire le lien entre la boutique délabrée et sa marraine. La dernière fois qu'elle avait vu Cathy Kennedy, c'était à la fête qu'elle avait donnée pour son vingt et unième anniversaire à Londres. Sa marraine était une femme chaleureuse et séduisante, spécialiste des énormes câlins.

Amber se souvenait très bien du mari de Cathy, le fameux Todd Kennedy, en train de rire avec son père. Todd ne semblait pas prendre les choses au sérieux, comme il se devait pour un homme qui avait été guitariste de rock pendant la majeure partie de sa vie adulte.

Puis il y avait deux fils, Josh et Pete, mais elle n'en conservait aucun souvenir, car cela faisait une dizaine d'années qu'elle ne les avait pas vus.

Tout cela paraissait bien loin désormais. Pourquoi un musicien célèbre à la personnalité flamboyante avait-il fini par s'enterrer avec sa famille dans un village aussi tranquille ?

Consciente que la bruine commençait à faire friser ses longs cheveux blond foncé, Amber fit un pas vers le pont quand elle sentit quelque chose crisser sous ses baskets Converse. Baissant les yeux, elle vit un tapis de glands tombés du chêne à côté d'elle.

C'était déjà l'automne. Un sentiment de retour à l'école après les longues vacances d'été. La nausée l'envahit alors qu'elle jetait un coup d'œil au jean et à la veste en cuir dans lesquels elle avait voyagé. Elle se sentit aussitôt mal fagotée. Incongrue. Une créature solitaire.

Les railleries des harceleurs de l'école revinrent tourner en boucle dans sa tête. *« Oh, mince alors, regardez ses chaussures ! Vous avez vu ses boucles d'oreilles ? Ses cheveux sont affreux ! Elle n'a pas d'amis. Elle passe son temps à dessiner toute seule. »*

Elle replaça machinalement une longue mèche derrière son oreille, puis se demanda si cela ne la mettait pas trop en évidence et la ramena devant son visage. Depuis qu'elle avait quitté l'école, il y avait plus de dix ans, elle s'était persuadée que ses harceleurs n'avaient pas gagné. Après tout, elle avait vécu et travaillé à Londres et à New York dans certaines des boutiques les plus célèbres du monde. Cependant, les brimades incessantes dont elle avait été victime pendant son enfance avaient miné son estime de soi. Elle avait tenté de se répéter que si on l'avait recrutée à New York, c'était bien qu'elle avait sans doute du talent. Mais elle continuait à douter de ses capacités au quotidien.

Lorsqu'elle avait emménagé à Manhattan, elle était enthousiaste au départ. Elle s'imaginait des soirées cocktails type *Sex and The City* et des déambulations sur Park Avenue, un gobelet de café à la main, qui lui vaudraient de retenir l'attention d'un gars bien gaulé en costume hors de prix.

Hélas, la réalité s'était avérée loin de cette vision idyllique. Elle s'était sentie désespérément seule dans la grande ville. Elle avait eu du mal à se faire des amis et chacune de ses tentatives de sortir avec quelqu'un s'était soldée par un véritable désastre. Un type voulait juste l'entendre jurer avec son accent britannique. Un autre avait omis de lui préciser qu'il était fiancé.

Elle s'était donc repliée sur son filet de sécurité en se dévouant corps et âme à son travail et elle avait passé toutes ses soirées chez elle. C'était mieux ainsi, s'était-elle répété. En restant caché, on ne risquait pas d'être blessé.

Mais elle avait constaté que cela ne faisait qu'empirer les choses. « Si vous vous sentez seul, nous vous recommandons d'adhérer à un club, suggéraient les articles des magazines. Sortez et rencontrez de nouvelles personnes. » Mais le manque d'assurance d'Amber l'en empêchait. Elle avait donc essayé de rester positive au fil des soirées passées dans sa chambre de location, à regarder des séries sur Netflix tout en mangeant du beurre de cacahuète à même le pot.

De temps en temps, fâchée de la monotonie de son existence, elle s'était rendue, pendant ses journées de congé, dans l'un des nombreux musées pour étudier le design, ou avait pris le ferry de Staten Island, bien décidée à vivre le rêve new-yorkais. Mais sa solitude n'était jamais complètement endiguée.

Un bruit sur la rive opposée de la rivière la ramena au présent. Elle aperçut au loin un homme qui sortait tout juste de *Cranbridge Stores*. C'était la première personne qu'elle voyait dans le village. Au moins cela prouvait-il que le magasin était ouvert à cette heure-ci.

Elle était impatiente de revoir Cathy, qui avait été très souffrante au cours des deux dernières années. Elles pourraient au minimum rattraper le temps perdu avant de réserver son vol de transit pour la Nouvelle-Zélande, d'ici quelques jours.

Craignant que sa marraine ne commence à s'inquiéter de son retard, Amber s'engagea sur le pont étroit. Et remarqua, à ce moment-là seulement, que le client du magasin marchait dans sa direction, puisqu'il avait emprunté le même pont. En le dévisageant à mesure qu'il se rapprochait, elle se rendit compte qu'elle le reconnaissait. Mais il paraissait également d'une humeur massacrante. Avec son blouson de cuir et sa barbe naissante, il dégageait une aura de menace.

Amber décida rapidement de lui céder le passage, car le pont était à peine assez large pour deux personnes.

Cependant, mal remise du décalage horaire, elle fit un faux pas, coinçant la pointe d'une de ses baskets contre le bord surélevé du pont. Elle tenta de recouvrer l'équilibre, à grand renfort de moulinets qui ne l'empêchèrent pourtant pas de se sentir tomber. Obligée de tendre le bras, elle se cramponna à celui de l'homme, paniquée.

Puis, comme au ralenti, elle l'entraîna dans sa chute, par-dessus le muret du pont, dans la rivière en contrebas.

2

Si, une minute plus tôt, Josh Kennedy était de mauvaise humeur, ce n'était rien comparé à sa colère lorsqu'il se retrouva soudain dans la rivière glacée.

— Bon sang, c'est quoi, ça ! s'écria-t-il, abasourdi, en atterrissant sur les fesses sur le fond pierreux de la rivière.

Toute sa colonne vertébrale était secouée par la douleur. Alors que la souffrance refluait lentement, il constata que, par chance, il ne s'était rien cassé. Cependant, il se rendit aussi rapidement compte que l'eau froide s'infiltrait à travers ses vêtements. Il frissonna : la journée pouvait-elle encore empirer ?

Il était 9 heures du matin. Il avait réussi à boire un café pour l'instant, café vite suivi par l'habituelle dispute avec sa mère, qui tendait à devenir un événement quotidien. Ayant pris la porte sous le coup du dépit, il avait voulu calmer sa colère. Un atterrissage dans la rivière n'allait certainement pas y contribuer.

Il essuya l'eau qui ruisselait de ses cheveux et de son visage et contempla avec stupeur la femme blonde assise à côté de lui dans le lit de la rivière, qui lui rendait son regard avec d'immenses yeux marron, écarquillés par le choc.

— Bonjour, Josh, lança-t-elle, à sa grande surprise.

— On se connaît ? demanda-t-il en sursautant.

— On peut dire ça. Après tout, nos mères sont les meilleures amies du monde depuis toujours.

Il la fixa, incrédule.

— Tu es Amber ?

Elle lui adressa un sourire penaud qui illumina son joli visage. Josh en resta presque sans voix. Il n'arrivait pas à croire que cette femme séduisante était la même Amber Green que l'adolescente maladroite à l'abondante tignasse crépue.

Elle était adulte désormais et ses cheveux blonds tombaient à présent en douces ondulations sur ses épaules. De longs cils noirs. Une peau pâle et lisse parsemée de taches de rousseur et des joues légèrement rosées. Le bas de sa veste en cuir à la mode était également trempé et rendait goutte à goutte son eau à la rivière.

Elle hocha la tête avec regret.

— J'en ai bien peur. Je suis désolée de t'avoir entraîné dans la rivière avec moi.

Il se leva, ce qui provoqua une petite cascade.

— Ce n'est pas grave. On se croirait presque revenus au bon vieux temps.

Elle monta les yeux vers lui.

— Qu'est-ce que tu veux dire ?

— Tu ne te rappelles pas ? Pete, toi et moi, on jouait dans notre pataugeoire quand on était petits.

Elle secoua la tête en regardant autour d'elle, toujours assise dans la rivière. Josh remarqua ses longues jambes, son jean aussi trempé que le sien.

Un souffle de brise le fit frissonner. On était déjà fin septembre et le temps commençait à se refroidir. Sans doute devait-il se considérer chanceux que ce ne soit pas le milieu de l'hiver, car il aurait alors attrapé froid ou dérapé sur la rivière gelée.

Il jeta un coup d'œil à Amber qui ne s'était toujours pas relevée.

— Tu es blessée ? s'enquit-il, soudain inquiet de son immobilité. Tu peux te lever ?

— Ça va, rétorqua-t-elle en se remettant sur pied avec un gros soupir. Je suis juste très, très embarrassée.

— Ne t'inquiète pas, assura-t-il, réalisant que le choc de l'eau froide avait aussi refroidi sa colère. Cela m'évitera une douche plus tard.

Elle se pencha pour ramasser son sac à main, également dans l'eau. Il la regarda en examiner le contenu, probablement fichu pour l'essentiel. Cela étant, le téléphone portable qu'elle avait sorti pour vérification semblait encore fonctionner.

Ils pataugèrent ensemble vers la berge. Une fois hors de l'eau, il lui tendit la main pour l'aider à sortir à son tour.

Elle venait à peine de le remercier que la porte d'entrée du magasin s'ouvrit et qu'il entendit sa mère crier.

— Amber ? C'est toi ?

— Bonjour, Cathy, répondit-elle.

Sa mère arrivait à grands pas dans leur direction.

Sans se préoccuper de mouiller ses propres vêtements, elle prit chaleureusement Amber dans ses bras.

— Bonjour, ma chérie, entonna-t-elle, avant de s'écarter. Ta mère m'a envoyé un texto pour m'informer que tu avais atterri sans encombre ce matin. Qu'est-ce qui vous est arrivé à tous les deux ? ajouta-t-elle en les examinant de haut en bas. Ça va ?

— Oui, déclara Josh. Vu qu'on est tombés dans la rivière, on est juste un peu mouillés aux entournures.

— C'est ma faute, bredouilla Amber, le rouge aux joues. Je suis très maladroite.

— À qui le dis-tu, lâcha Josh, tout en essayant de prendre les choses à la légère.

Mais Cathy lui jeta un regard sévère. Ce n'était guère surprenant puisqu'il était parti en trombe après leur dispute, quelques minutes plus tôt. À propos du magasin, bien sûr. C'était toujours à propos du magasin ces jours-ci.

— Je me rappelle que tu t'étais cassé le poignet sur notre trampoline, il y a longtemps, mais j'aurais cru que ça s'améliorerait en grandissant. Bonté divine, vous devez être gelés. On va s'occuper de vous avant que vous attrapiez un rhume. Entrez vous réchauffer, tous les deux.

Sa mère passa un bras autour d'Amber et l'entraîna vers la porte d'entrée de la boutique.

Josh les suivit jusqu'à *Cranbridge Stores*. Comme toujours depuis son retour, il y avait de cela deux ans, la vue de ce magasin délabré l'attrista. Ça n'aurait jamais dû se produire et pourtant ils étaient là, coincés dans un cycle de misère sans issue.

Il monta les quelques marches de bois grinçantes qui menaient à la terrasse couverte devant la boutique. À une époque, presque tous les soirs d'été, son père s'y asseyait sur une chaise à bascule et grattait un air sur sa guitare. Mais cela semblait remonter à une éternité et la véranda était désormais déserte.

En poussant la porte de la boutique, sa mère fit tinter la cloche rouillée suspendue au-dessus du battant depuis aussi longtemps qu'il s'en souvenait. Il avait toujours pensé qu'elle était censée annoncer les nombreux clients susceptibles d'entrer et sortir. Mais c'était un son qui se faisait rare. La clientèle était très peu nombreuse à présent.

Il jeta un coup d'œil à Riverside Lane, mais, comme d'habitude, la rue était déserte, et personne n'avait l'intention de faire la moindre emplette à *Cranbridge Stores. Et qui pourrait blâmer les réticents*, pensa-t-il en franchissant le seuil du magasin. En cette matinée d'automne humide et lugubre, l'endroit semblait encore plus mal en point que d'habitude. Les néons, obsolètes depuis trente ans, vous éblouissaient et mettaient en évidence la surcharge dont était victime le magasin. Chaque zone, chaque étagère et presque chaque rayon débordaient de cartons et de marchandises. Il n'y avait aucune organisation, tout était entassé ici et là, ce qui rétrécissait les allées et compliquait les déplacements.

Comme le prouva Amber en renversant sur-le-champ une tour de boîtes de biscuits qui avaient été coincées dans un espace toujours plus réduit.

— Désolée, murmura-t-elle en observant autour d'elle.

Ses yeux ronds trahissaient clairement le choc que lui causait l'état de la boutique.

Josh savait ce qu'elle ressentait. Et le regard d'Amber était exactement le même que celui des clients lorsqu'il s'en présentait. Cela expliquait pourquoi ils ne revenaient jamais.

— Je t'avais dit que ces biscuits gêneraient le passage, lança sa mère par-dessus son épaule.

Josh leva les yeux au ciel tout en reconstruisant la pile une fois de plus. Les biscuits provenaient d'une offre spéciale chez le grossiste. Les boîtes étaient bon marché et bien fournies. Mais il s'était révélé que leurs quelques clients réguliers n'avaient pas besoin de biscuits vendus au format familial. Ils voulaient juste du lait et le journal. À condition de parvenir à repérer le réfrigérateur, s'entend. Car celui-ci était caché derrière une pile de produits de nettoyage.

Pas étonnant qu'ils n'aient presque pas d'argent, pensa-t-il alors qu'ils passaient devant la vieille caisse enregistreuse à l'arrière du magasin et traversaient la réserve. Quels bénéfices pouvait-on faire au milieu d'une pagaille pareille ?

Les biscuits n'avaient fait que s'ajouter au capharnaüm régnant dans le magasin, mais il s'était désormais plus ou moins résigné à l'état de l'endroit.

Sa mère les rejoignit et se dirigea vers une petite cuisine située tout au fond.

— J'ai une serviette quelque part, dit-elle en cherchant près de l'évier.

La réserve était assez grande, puisqu'elle s'étendait sur toute la largeur de l'arrière-boutique. Les deux tiers de la surface étaient toutefois occupés par des invendus. Le dernier tiers, à côté de la cuisine, avait été colonisé par un petit tracteur autoporté.

Comme toujours, la vue de la machine lui rappela son père. Il continuait de le revoir en train de bricoler dessus, penché sur le capot pour essayer de faire tourner le moteur. Son père avait utilisé l'arrière-boutique comme garage, afin de construire l'engin à partir de zéro, mais celui-ci n'avait jamais fonctionné.

Josh et son jeune frère, Pete, avaient passé leur adolescence à guetter et à attendre le grand jour que son père leur avait promis, celui où le tracteur fonctionnerait et où ils pourraient faire un tour sur les chemins de Cranbridge. Malheureusement, ce jour n'était pas arrivé et, maintenant que son père n'était plus là, il n'arriverait jamais. Le tracteur, lui, était resté. Aucun d'eux n'aurait supporté l'idée de se séparer de lui et des précieux souvenirs qui allaient avec.

— Voilà, déclara sa mère en tendant une petite serviette à Amber. Mais tu voudrais sans doute changer de vêtements. Tu dois être frigorifiée. Tes valises sont toujours dehors ? Josh, va les chercher, tu veux bien ?

Il s'apprêtait à faire demi-tour quand Amber lâcha :

— Je n'en ai pas.

— Comment cela ? s'étonna sa mère.

— Tu voyages léger ? suggéra Josh.

Elle secoua la tête, rougissante.

— Mes bagages ont été perdus par la compagnie aérienne, leur expliqua-t-elle finalement. Ils ont été envoyés au mauvais endroit.

— Oh ! C'est terrible ! s'écria sa mère, horrifiée. Quel malheur ! Mais ne t'inquiète pas, j'ai quelque chose à te prêter pour l'instant. Montons à l'étage, qu'on te mette au sec et au chaud. (Sa mère examina Amber pendant une seconde et sourit.) Ça fait trop longtemps que je ne t'ai pas vue. Tu sais, tu ressembles vraiment à ta mère quand elle avait ton âge.

Amber sourit à son tour.

— Merci. Elle t'embrasse, d'ailleurs.

— Elle me manque, précisa Cathy, qui n'avait pas cessé de sourire. Allez, on monte. Qu'on puisse avoir une vraie discussion. Je veux entendre tous les potins sur ta vie fabuleuse à New York !

Josh les regarda monter l'étroit escalier qui flanquait la boutique et menait au grand appartement à l'étage. Cela faisait bien longtemps qu'il n'avait pas vu sa mère aussi animée, songea-t-il. Avait-elle souri comme ça depuis la fin de son traitement contre le cancer ? Peut-être lorsque les résultats avaient montré que la chimiothérapie avait fonctionné et que le cancer du sein avait disparu. Même si, comme toujours, le spectre du prochain examen de contrôle se profilait à l'horizon.

Et avant cela ? Eh bien, ils avaient tous été plongés dans le chagrin.

Il y avait eu tant de choses à régler après le décès inattendu de son père. Heureusement que son frère Pete avait été là pour l'aider. Mais désireux de faire fortune, il s'était installé à Singapour où il vivait depuis, travaillant sur les marchés financiers.

Pete avait rechigné à les abandonner, mais Josh et sa mère avaient insisté pour qu'il essaie vraiment de se lancer dans cette nouvelle vie. Bien que de deux ans son cadet, Pete avait toujours été le bébé de la famille et traité comme tel. Au moins vivait-il son rêve, se dit Josh. Chaque fois qu'il lui parlait – ce qui était plutôt peu fréquent ces derniers temps –, Pete semblait heureux.

Leur vie était si remplie que les deux frères s'appelaient rarement. Pourtant, ils avaient formé une famille très unie. À tel point que Pete avait essayé de persuader Josh de le rejoindre. Celui-ci avait été un peu tenté. Et puis, leur mère avait appris qu'elle était atteinte d'un cancer du sein.

Josh ne pouvait pas partir alors qu'elle était si malade. Quelqu'un devait prendre ses responsabilités et il était le frère aîné. Ces deux dernières années, il avait donc mis entre parenthèses sa brillante carrière de consultant en développement durable dans le secteur des entreprises européennes et quitté Londres pour s'installer à Cranbridge.

Et depuis, il n'avait pas été heureux un seul jour.

Il savait que cela n'avait pas été facile pour sa mère non plus. Le traitement lui avait certainement pompé toute son énergie. Pourtant, elle ne s'était jamais vraiment plainte.

Il monta à l'étage, où il entendait Amber et sa mère discuter dans la plus petite des chambres à coucher.

Il soupira en gagnant sa propre chambre pour enlever ses vêtements mouillés. Il n'aurait pas dû se disputer avec sa mère tout à l'heure. Comme toujours, il se sentait coupable lorsqu'ils n'étaient pas d'accord. Mais elle n'arrivait pas à surmonter la perte de son mari. Elle ne voulait rien changer dans la boutique. Tout devait rester comme avant. Comme ça avait toujours été.

Alors même que tout avait changé. Pete était parti. Sa mère était tombée malade. Seul Josh était resté le même, coincé à Cranbridge à se demander quand sa vie allait recommencer.

Il venait d'ouvrir les portes de son armoire pour en sortir des vêtements plus secs lorsqu'il remarqua tout au fond un assortiment d'outils de mécanicien. Le tracteur fonctionnerait-il un jour ? Il avait déjà essayé de réparer le moteur, mais n'en avait retiré qu'un nouveau sentiment d'échec.

En cet instant, il éprouva la perte de son père avec une telle acuité qu'il dut refouler ses larmes. Mais son père n'était plus là et il était fort probable que le magasin ne tarderait pas à disparaître, lui aussi. *Cranbridge Stores* était au bord de la faillite. Il n'avait simplement pas encore trouvé le courage d'annoncer la nouvelle à sa famille.

3

Amber grimpa l'escalier jusqu'à l'appartement situé au-dessus de la boutique, tout en essayant d'écouter Cathy qui, ouvrant la marche, parlait avec enthousiasme.

Mais elle n'arrivait pas à tout assimiler, tant elle était mortifiée. Elle était tombée dans la rivière et, pire encore, avait entraîné Josh avec elle ! Elle n'avait jamais été très agile, mais c'était une terrible entrée en matière pour son séjour.

Plus que jamais, elle voulait en finir avec cette visite, afin de pouvoir échapper à son embarras. Avec un peu de chance, elle réserverait la suite de son vol pour le week-end suivant et pourrait ainsi se soustraire à sa honte monumentale.

C'était pour cela que les choses n'avaient jamais marché pour elle, songea-t-elle. Parce qu'elle était maladroite et stupide. Comme ses camarades de classe le lui avaient dit et répété, à l'époque.

Elle frissonna, ses vêtements mouillés lui collaient à la peau, tandis qu'elle suivait Cathy dans son accueillante salle de séjour. De grosses poutres en chêne grimpaient jusqu'au sommet du toit. Une pile de livres et de disques était posée sur une commode assortie. Les placards de la cuisine, le long d'un mur, étaient également en bois et, dans le coin, il y avait deux canapés d'aspect confortable et un fauteuil occupé par une petite dame âgée.

— Maman ! Amber est là ! lança Cathy par-dessus les grincements du plancher.

— Bienvenue, répondit la vieille dame, qui sourit brièvement avant d'afficher une mine soucieuse en considérant Amber de haut en bas. Il pleut encore ?

— Ils sont tombés dans la rivière ! s'esclaffa Cathy. Amber et notre Josh. Tu imagines ?

— C'est extraordinaire, convint la dame en se levant lentement pour venir vers Amber. Voilà une entrée en matière que tu n'oublieras jamais ! Tu ne te souviens pas de moi, j'en suis sûre. Je m'appelle Clotilde, ma chérie, mais tout le monde m'appelle grand-mère Tilly.

— Bonjour, dit Amber en lui souriant.

Grand-mère Tilly ne devait pas dépasser un mètre cinquante, mais elle avait un visage rond et amical, éclairé par des yeux étonnamment bleus parmi ses rides. La vieille dame frôlait sans doute les quatre-vingts ans.

Amber se rappela soudain que Tilly lui avait donné une part de gâteau d'anniversaire supplémentaire lors d'une fête où elle était tapie dans un coin, comme d'habitude.

— Cela fait des années que je ne t'ai pas vue, ajouta Tilly, en lui souriant toujours avec tendresse. Si je me souviens bien, tu avais toujours le nez dans un livre. Tu es devenue bien jolie, dis donc.

Amber rougit, peu habituée à recevoir des compliments.

— Elle est adorable, hein ? dit Cathy en passant un bras autour d'Amber pour la serrer contre elle. Maintenant, il faut te changer avant de mourir de froid. Suis-moi. Je suis sûre que j'ai quelque chose qui t'ira, même si tu es beaucoup plus mince que moi désormais.

Elles quittèrent la pièce à vivre pour s'engager dans un petit couloir percé de chaque côté par deux portes.

— Ce sera ta chambre, annonça Cathy en montrant la porte de gauche. Mais là, c'est la mienne.

Amber suivit Cathy dans la première chambre, qui semblait être la plus grande. Elle était meublée d'un lit double et de deux armoires, ainsi que d'une vieille coiffeuse. La fenêtre donnait sur la petite rue.

— Voyons voir ce qui pourrait t'aller, entonna Cathy en ouvrant la porte d'une armoire.

Amber était touchée par la gentillesse de sa marraine, mais la perte de ses valises pendant le transit, qui la privait de ses propres vêtements, c'était le pompon.

— Nous y voilà ! s'exclama Cathy en lui tendant un legging noir et un pull bleu. Je pense que cette couleur t'ira bien au teint. J'ai aussi des chaussures à te prêter, car tes baskets sont trempées. Je ne peux pas te dire à quel point c'est agréable d'avoir un peu de compagnie féminine par ici.

Elle jeta un coup d'œil à la porte ouverte de la chambre.

— Ma mère a emménagé l'été dernier dans un superbe petit pavillon au bout de la rue, chuchota-t-elle. L'escalier devenait un peu trop difficile pour elle au quotidien, vu qu'elle a maintenant soixante-dix-sept ans.

Amber regarda Cathy sortir une grande serviette de bain d'un tiroir voisin.

— Merci. Tu as l'air en forme, ajouta-t-elle timidement en lui prenant vêtements et serviette.

Le beau visage de Cathy était plus ridé que dans les souvenirs d'Amber. Mais bien sûr, les années qui s'étaient écoulées avaient été assez stressantes. Elle portait toujours ses cheveux ondulés jusqu'aux épaules, toutefois, des fils gris se mêlaient à l'auburn.

Le sourire de Cathy s'effaça légèrement avant de reprendre sa place.

— Merci, mon cœur, clama-t-elle d'une voix trop éclatante. Six mois de rémission et ce n'est pas fini !

— C'est super ! la félicita Amber. Maman était très inquiète pendant ta maladie.

— On se parlait presque tous les jours quand j'étais sous traitement, confia Cathy en s'asseyant sur le lit. Et bien sûr, elle me rendait visite chaque fois qu'elle le pouvait. Avant qu'ils émigrent, je veux dire. Elle me manque. Josh est formidable, mais je n'ai pas envie de rebattre en permanence les oreilles de mon fils avec mes maux et mes douleurs.

— Où habite Pete en ce moment ? demanda Amber, en cherchant à se souvenir.

— Singapour, répondit Cathy, un brin nostalgique. Il a un bel appartement apparemment.

— Tu es allée lui rendre visite ?

Le sourire de Cathy s'estompa une nouvelle fois.

— Ce serait trop beau ! De toute façon, il y a tellement de choses à faire ici, avec le magasin et tout le reste… Maintenant qu'il n'y a plus que nous, ajouta-t-elle après une brève hésitation.

Amber acquiesça. Elle savait que Cathy était devenue veuve quelques années auparavant. Sans parler du cancer, la période avait été incroyablement difficile. Mais rien de tout cela ne l'avait préparée au chaos et au désordre qui régnaient dans la boutique au rez-de-chaussée, cependant.

Le contraste était saisissant avec le glamour et l'organisation d'un grand magasin comme *Saks Fifth Avenue*.

Cathy parut se ressaisir.

— Bref, je vais te laisser enlever ces vêtements mouillés. La salle de bains est juste de l'autre côté du couloir. Tu peux prendre une douche. Je suis sûre que tu ne dois rêver que de ça, après ce long vol. Sers-toi de mon gel douche et de tout ce dont tu as besoin. Prends ton temps. Viens nous trouver dans la cuisine quand tu te seras changée. On va mettre la bouilloire à chauffer.

Amber emporta les vêtements et la serviette dans la salle de bains, qui comportait une baignoire victorienne surplombée d'un pommeau de douche. Comme le reste de l'appartement, la pièce était à la fois accueillante et élégante, avec ses carrelages et ses tableaux à la thématique de bord de mer.

Elle fut heureuse de se débarrasser de ses vêtements mouillés et savoura la douche bien chaude, qui réchauffa sa peau glacée.

Ensuite, elle enfila le legging que Cathy lui avait donné. Il était plutôt court, mais les gens supposeraient sans doute qu'il avait été coupé. Le pull lui allait davantage et, au moins, lui descendait jusqu'aux cuisses. Bien que le style soit trop vieillot pour elle, Amber était contente de se réchauffer un peu.

Elle laissa les vêtements mouillés sécher sur le porte-serviettes de la salle de bains et retourna dans le petit couloir, en prêtant l'oreille à la conversation entre Cathy et grand-mère Tilly.

— Te voilà ! s'écria cette dernière, rayonnante, depuis la table où elles étaient toutes les deux assises, en la voyant arriver. Thé ou café ?

— Un café, s'il te plaît, répondit Amber.

— Assieds-toi, proposa Cathy, qui s'était levée d'un bond. Je vais le préparer. Tu as faim ? Tu voudrais un sandwich ?

Amber secoua la tête tout en s'asseyant.

— J'ai pris mon petit déjeuner dans l'avion, merci.

— Mange au moins un biscuit, insista grand-mère Tilly en poussant l'assiette vers elle.

— Merci, fit Amber, qui tendit la main et choisit un biscuit enrobé d'un épais chocolat.

— Est-ce qu'elle ne ressemble pas à Denise quand elle avait son âge ?

La question de Cathy s'adressait à grand-mère Tilly, qui acquiesça.

— Oh oui, c'est vrai. Son portrait craché, si l'on excepte la blondeur.

— Denise a essayé l'eau oxygénée une fois, tu ne te souviens pas ? interrogea Cathy, que le souvenir fit sourire. Elle avait dû se couper les cheveux tellement ils étaient devenus cassants. Elle était dans un de ces états !

— Maman ? voulut préciser Amber, stupéfaite. Les cheveux décolorés ?

Elle n'avait connu sa mère qu'avec ses cheveux bruns au naturel.

Cathy plaça une tasse de café devant Amber.

— C'était épouvantable ! Mais toi, tu tiens ta couleur de ton père, donc le blond te va bien, Dieu merci.

— Tu dormiras dans mon ancienne chambre, intervint grand-mère Tilly. C'est celle qui a la meilleure vue, car elle est située à l'avant.

— La pièce a l'air charmante, confirma Amber.

— Josh est en face de toi et moi, juste à côté dans la chambre double, ajouta Cathy. Tu auras donc de la compagnie pendant ton séjour ici.

Amber ne savait pas trop si Josh aurait envie de l'avoir aussi près de lui, après leur plongeon de tantôt dans la rivière.

— C'est une belle chambre, poursuivit grand-mère Tilly, dans une sorte d'hébétude. La vue me manque.

— Mais pas l'escalier, hein ? répliqua vivement Cathy. Et ton pavillon est charmant : tu peux voir la rivière depuis la fenêtre de ton salon.

Tilly acquiesça, même si Amber trouva que le sourire qui accompagnait son hochement de tête avait quelque chose de forcé.

— Tu n'aimeras peut-être pas mon papier peint fleuri, reprit la vieille dame.

— Je suis sûre que tout ira bien, rassura Amber, en repensant à la chambre miteuse qu'elle louait à New York.

— Josh pourrait peut-être lui donner un coup de peinture pour l'égayer pendant qu'Amber séjourne avec nous, suggéra Cathy. Je lui en toucherai deux mots.

Amber était décontenancée. Cathy devait bien comprendre qu'elle ne faisait que passer quelques jours à Cranbridge avant de s'envoler pour la Nouvelle-Zélande où elle rejoindrait ses parents. D'accord, elle n'avait pas encore réservé son billet d'avion, car elle attendait que son propriétaire lui rende la caution de la chambre qu'elle avait louée à New York. Mais dès qu'elle aurait suffisamment d'argent pour payer son billet, elle partirait.

— Je suis sûre que tu dois avoir la sensation de revenir en arrière, après ton séjour glamour à New York, déclara Cathy, avec un sourire bienveillant.

Amber secoua la tête.

— Pas du tout, protesta-t-elle.

Elle se refusait à admettre à quel point sa vie avait été peu glamour pour l'instant. Elle avait acheté quelques vêtements dans les boutiques de Manhattan, dont certains étaient en cours d'acheminement dans ses valises perdues, tandis que le reste avait été expédié en Nouvelle-Zélande. Mais la majeure partie de son argent avait été engloutie par le coût élevé de la vie dans l'une des villes les plus chères du monde.

— C'est tellement agréable d'avoir de la compagnie, pour changer, ajouta grand-mère Tilly, en se servant d'un biscuit. Nous nous sentons un peu seuls par ici, ces derniers temps.

Amber hésita.

— La boutique ne vous donne pas de l'occupation ?

Les deux femmes échangèrent un regard triste avant que Tilly ne se tourne à nouveau vers elle.

— Il fut un temps où ça se bousculait au portillon. Lorsque je tenais le magasin avec Bill, mon mari, c'était le centre névralgique du village. Mais c'était il y a longtemps. Après sa mort, Cathy, Todd et les garçons ont emménagé ici. (Tilly eut un léger haussement d'épaules.) Mais les temps changent, n'est-ce pas ? Les gens s'en vont ou déménagent. Aujourd'hui, la plupart des habitants du village viennent d'ailleurs. Ils rentrent de l'école ou du travail et ferment leur porte. À une époque, personne ne fermait sa porte à clé, car les voisins n'arrêtaient pas de se rendre visite. Mais, comme je l'ai dit, c'est de l'histoire ancienne. Maintenant, on se fait livrer depuis les grands supermarchés ou Amazon. La clientèle ne passe plus aussi souvent.

Amber les laissa parler de leur entreprise, dont la santé financière semblait assez précaire. Pourtant, les deux femmes restaient joyeuses, malgré le manque de clients. Peut-être que Todd, le célèbre mari de Cathy, avait gagné tellement d'argent comme guitariste que leur train de vie était relativement confortable, indépendamment du magasin, dont les difficultés n'étaient donc pas si graves.

Après qu'elles eurent terminé leur café, Cathy persuada Amber de redescendre au magasin.

— Josh va te faire visiter les lieux maintenant que tu es bien au sec. Je vais faire un peu de rangement et on vous rejoindra en bas, annonça Cathy.

Amber descendit l'escalier de bois et s'arrêta, hésitante, car elle n'avait vraiment pas envie de se retrouver face à Josh, si peu de temps après leur chute dans la rivière.

Elle resta à examiner le contenu de la réserve, ses nombreuses piles de boîtes, qui se battaient pour un peu d'espace. Elle regarda aussi le petit tracteur rouillé. Que faisait-il à l'intérieur ? Et pourquoi avaient-ils besoin d'un tracteur, de toute façon ? Elle n'arrivait pas à le deviner.

Un bruit de pas sonores retentit dans l'escalier et Josh faillit la renverser en se précipitant dans la pièce.

— Salut ! lança-t-il.

Il s'était changé, lui aussi, et il portait maintenant un autre jean et un autre sweat-shirt. Il avait dû le faire dans sa chambre, sans les rejoindre pour le café et les biscuits. Il l'évitait sans doute, songea-t-elle.

Ses cheveux noirs étaient encore un peu hérissés par l'humidité et elle dut se rendre à l'évidence : il était devenu bel homme. Avait-il une petite amie ? Et que fabriquait-il dans ce village si tranquille ?

Le silence se prolongea tandis qu'elle cherchait à trouver quelque chose à dire.

— Je m'interrogeais sur ce tracteur, finit-elle par lâcher, s'obligeant à cesser de le fixer.

— C'était celui de mon père, expliqua-t-il. Il l'a acheté pour essayer de le faire fonctionner, mais il n'a pas réussi à le réparer avant de, tu sais…

La voix de Josh s'éteignit.

— Je suis désolée. Il doit te manquer.

Amber se sentait mal d'avoir ravivé ce qui devait être des souvenirs douloureux. Josh acquiesça.

— Oui. Et bref, le tracteur est coincé ici, poursuivit-il, avant d'ajouter, presque dans un murmure : Comme beaucoup d'autres choses par ici.

Faute de savoir quoi en penser, Amber resta silencieuse.

Cathy et Tilly descendaient lentement l'escalier.

— Tu n'es pas encore entrée dans la boutique ? s'enquit Cathy alors qu'elles parvenaient enfin à la dernière marche.

Amber secoua la tête.

— Allez, viens, fit Josh en se détournant.

Amber le suivit donc dans la boutique, suivie de près par Cathy et Tilly.

Pendant qu'Amber essayait de se trouver un endroit où elle pourrait se tenir sans rien renverser – ce qui était plus facile à dire qu'à faire tant l'endroit était saturé –, Cathy se dirigea vers le long comptoir dans le coin le plus éloigné.

— Alors, lança-t-elle d'un ton très enjoué, que pensestu de notre petit empire ?

Amber sourit et hocha la tête pour montrer qu'elle appréciait, tout en priant pour que son visage ne trahisse pas ce qu'elle pensait vraiment. Ce n'était pas bon, pensa-t-elle en balayant l'endroit des yeux. L'intérieur était tellement démodé qu'il donnait à la boutique un air de fatigue et de désuétude, et sans le charme campagnard que la notion avait parfois. En outre, c'était rempli d'étagères jusqu'au plafond, ce qui donnait l'impression d'être à l'étroit, presque de suffoquer. Toutes les surfaces disponibles, y compris le comptoir où se trouvait la caisse, disparaissaient sous de hautes piles, mais tout à fait aléatoires. Il y avait de la lessive et des rouleaux de papier hygiénique. Puis des journaux. Des œufs. Des jouets en plastique. Un véritable méli-mélo de marchandises. Il y avait aussi deux réfrigérateurs, mais si l'un contenait une petite quantité de lait et de fromage, les deux autres, éteints, étaient plongés dans l'obscurité. Sans doute pour pouvoir contenir encore plus de stocks aléatoires.

Amber se dit que si elle vivait au village, elle ne viendrait probablement pas ici non plus.

Pourtant, à sa grande surprise, la sonnette au-dessus de la porte d'entrée tinta, annonçant l'arrivée d'un client. Un homme d'une bonne soixantaine d'années se faufila entre les étroites allées, pour récupérer précautionneusement un journal.

— Bonjour, dit-il quand il parvint enfin au comptoir.

— Bonjour, Frank, lui répondit Cathy avec un grand sourire. Comment ça va, aujourd'hui ?

— Pas mal, affirma l'homme. Mais il fait vraiment un sale temps.

— Permets-moi de te présenter ma filleule, Amber, annonça Cathy en la désignant, toujours plantée au milieu de la boutique. Elle va séjourner chez nous pendant un petit moment.

— Enchanté, déclara Frank.

Amber acquiesça.

— Moi de même, fit-elle, toujours un peu mal à l'aise de se retrouver au centre de l'attention.

— Elle vient d'arriver de New York, reprit Cathy, avec une note de fierté dans la voix.

— Une source d'inspiration pour nous tous, s'esclaffa l'homme en fouillant dans ses poches. Mon Dieu, j'ai oublié ma pièce d'une livre, constata-t-il en soupirant. Je suis de plus en plus distrait.

— Ce n'est pas grave, lui dit Cathy. Tu nous paieras demain quand tu reviendras.

Mais Frank fronçait toujours les sourcils.

— J'ai ma carte de crédit sur moi, si ça peut aider. Je n'aime pas devoir quelque chose.

— On ne prend pas le paiement par carte ici, indiqua Cathy. De toute façon, on sait où tu habites, donc tu es coincé !

— Eh bien, si tu es sûre, dit Frank en ramassant son journal. Je viendrai demain à la première heure pour m'acquitter de ma dette.

— Parfait. À demain donc.

Une fois que la cloche eut sonné le départ du client, Josh s'approcha de la caisse.

— Voilà pourquoi on a besoin d'une nouvelle caisse et du paiement sans contact, lança-t-il à sa mère d'un ton acerbe.

— Mais non, répliqua Cathy sur un éclat de rire. Celle-ci fonctionne très bien.

D'après ce qu'Amber pouvait en déduire, « celle-ci » était une très vieille caisse, plutôt laide et pas très pratique pour l'époque actuelle. Une fois de plus, elle repensa à *Saks Fifth Avenue*, où presque tous les achats étaient réglés par carte. Mais, bien sûr, il ne s'agissait ici que d'une boutique de village, pas d'un des plus grands magasins du monde.

— Les clients ne peuvent pas payer par carte, insista Josh, dont la colère parut s'accroître. Tout le monde ne se promène pas avec de l'argent liquide sur soi, de nos jours.

— On ne va pas recommencer cette discussion, rétorqua Cathy d'un ton ferme, avant de jeter un coup d'œil à Amber. Pas devant notre invitée.

Amber se balançait d'un pied à l'autre, regrettant de ne pas se trouver ailleurs.

Tandis que la mère et le fils se fusillaient du regard, Amber s'excusa doucement et se faufila jusqu'à l'avant du magasin, désireuse de s'éloigner de cette atmosphère gênante.

La sonnette tinta lorsqu'elle ouvrit la porte d'entrée et elle s'arrêta un instant sur la terrasse en bois. Malgré le temps couvert, la vue était sensationnelle. Elle contempla les berges de la rivière, les arbres resplendissant des chaudes couleurs automnales, de l'or jusqu'au rouge.

Au moins était-elle à l'abri de la bruine, pensa-t-elle, avant de lever les yeux et de se rendre compte qu'elle se trouvait sous l'énorme trou qui perçait le toit de la véranda et laissait passer l'eau. Elle s'éloigna de la fuite et observa l'une des grandes vitrines. Comme le reste de la boutique, elle était encombrée par toutes sortes de marchandises, dont aucune n'était même vaguement alléchante. Et l'autre vitrine offrait, elle s'en rendit compte, un spectacle tout aussi lugubre.

Pendant un instant, elle laissa libre cours à son imagination, repensant aux nombreuses vitrines qu'elle avait créées à Londres et à New York. Elles allaient de la fantaisie à la modernité et à l'éclectisme. Bien entendu, un tel design ne correspondrait pas du tout à ces *Cranbridge Stores* assoupis.

Et que dire de l'intérieur du magasin ? Faute de véritables présentoirs, l'espace était chaotique. Il ne semblait pas y avoir de système ou d'organisation concernant le stock, qui s'entassait partout. Cathy ne voulait introduire aucun changement. Josh était malheureux. C'était le foutoir.

Amber aurait bien aimé faire quelque chose pour les aider. Mais elle n'était là que pour peu de temps, histoire de complaire à sa mère. Elle avait promis de passer et de s'assurer que Cathy allait bien, qu'elle était heureuse. Peut-être qu'un point sur les deux, ce n'était pas si mal.

De toute façon, *Cranbridge Stores* continuerait à fonctionner sans elle après son départ. Et puis, que pourrait-elle apporter ici ? Elle était spécialisée dans les grands magasins. Mieux valait sans doute qu'elle ne s'en mêle pas, conclut-elle.

Elle jeta cependant un dernier coup d'œil pensif aux vitrines avant de s'en retourner à l'intérieur.

4

À mesure que la journée avançait, il devint de plus en plus évident pour Amber que ses bagages n'arriveraient pas ce jour-là. Ni même le lendemain. Elle était désormais coincée à Cranbridge, sans vêtements de rechange.

— Mais que fait donc la compagnie aérienne à ce sujet ? demanda Cathy, assise à la caisse.

Il était presque 17 heures et, comme pendant le reste de la journée, aucune brusque affluence de clientèle ne paraissait menacer la boutique en cette fin d'après-midi.

Amber haussa les épaules et relut l'e-mail de la compagnie aérienne.

— Ils me proposent un remboursement, mais je veux juste mes vêtements. Ils m'ont promis de les retrouver et de m'envoyer mes valises dès qu'ils les auraient localisées.

— Je suis sûre qu'elles ne vont pas tarder à arriver, déclara Cathy. Si tu as besoin de produits de toilette, j'en ai beaucoup à l'étage et tu peux toujours te servir de ce que tu trouves dans le magasin. En attendant, emprunte mes vêtements. Même si, je sais, ils sont probablement un peu démodés par rapport à ce dont tu as l'habitude.

— Merci, j'ai tout ce qu'il me faut, répliqua Amber, soucieuse de la rassurer.

Il était indéniable que la maladie avait fait des ravages chez sa marraine. Cette femme autrefois pleine de vie paraissait à présent enveloppée de tristesse.

Amber jeta un coup d'œil à l'arrière-boutique, où Josh était en train de déballer des cartons. Où allait-il bien pouvoir placer ces nouveaux produits ? Sans même parler de faire venir des clients pour les acheter.

— Je suppose que c'est toujours aussi calme le lundi ? demanda Amber, espérant que sa question ne blesserait pas Cathy.

Celle-ci lui adressa un sourire triste.

— C'est un peu plus calme depuis l'ouverture de l'énorme supermarché, à huit kilomètres d'ici, surtout. La plupart des gens font leurs courses là-bas.

— Quel dommage ! déplora Amber.

— Je n'y ai pas vraiment prêté attention à l'époque où il a ouvert ses portes, expliqua Cathy. C'était juste après le décès de Todd. J'avais trop de chagrin pour penser à la concurrence et aux bénéfices. Mais Josh s'est inquiété dès qu'il en a entendu parler.

Et probablement à juste titre, pensa Amber.

— Il y a combien d'habitants au village ? demanda-t-elle, s'interrogeant toujours sur la clientèle locale.

— À peu près cinq cents à Cranbridge même, répondit Cathy. Et quelques centaines d'autres dans les petits hameaux des environs. Il y a aussi Cranley, qui est un peu plus grand. C'est là que se trouve Willow Tree Hall. Tu sais, le manoir seigneurial ? Il semble qu'elle a beaucoup de visiteurs, en ce moment. Ils se sont diversifiés, bien sûr.

— Comment cela ? s'enquit Amber.

Peut-être pourraient-ils s'inspirer d'une entreprise plus prospère.

— Ils ont maintenant leur propre presse à cidre, lui expliqua Cathy. Ils mettent donc en bouteille et vendent du cidre local. Il y a aussi un salon de thé qui vient d'ouvrir. Et ils organisent un marché mensuel. J'y ai emmené ma mère, le mois dernier, pour lui faire plaisir, et il y avait des tas de produits proposés à la vente.

— Peut-être que Cranbridge pourrait organiser quelque chose d'approchant, suggéra Amber.

Elle se réprimanda intérieurement. Elle n'avait pas besoin de s'impliquer, vu que, si tout allait bien, elle serait en partance pour la Nouvelle-Zélande dans quelques jours.

— Je ne sais pas qui serait prêt à relever ce genre de défi, répliqua Cathy en fronçant les sourcils. Organiser un marché, ce n'est pas une mince affaire. De toute façon, on aime les choses telles qu'elles sont. Mon père tenait la boutique de manière différente, bien sûr. Mais Todd l'appréciait comme elle est maintenant, donc c'est comme ça qu'elle restera. C'est comme ça que ça a toujours fonctionné. La situation va s'améliorer, tu verras.

Le problème, c'était qu'Amber ne voyait pas comment les affaires pourraient reprendre avec une boutique aussi encombrée et peu attrayante. Mais il semblait que ce soit le lien que Cathy maintenait à tout prix avec son défunt mari et Amber comprenait que sa marraine veuille tout voir demeurer en l'état.

— Je vais aller vérifier que j'ai bien mis une couverture sur ton lit, déclara Cathy en se levant brusquement. Je ne veux pas que tu aies froid pendant la nuit.

— Je t'en prie, ne te tracasse pas pour moi, protesta Amber.

Secrètement, le décalage horaire se faisant sentir, elle avait envie de s'allonger et de s'endormir, mais pas le cœur de le dire à sa marraine.

Cathy disparut dans l'arrière-boutique et grimpa l'escalier. Jetant un coup d'œil dans cette direction, Amber se rendit compte que Josh avait également disparu.

Pour la première fois, elle se retrouvait seule dans la boutique. Pendant un instant, elle rêva des transformations qu'elle apporterait à l'aspect et à l'atmosphère de l'endroit s'il lui appartenait. Les poutres en chêne resteraient, bien sûr. Mais ce serait beaucoup plus joli. Plus chaleureux. Quelques guirlandes lumineuses ici et là.

Elle se secoua bientôt pour sortir de sa rêverie. Posséder et gérer une boutique n'avait jamais été son rêve. D'autant qu'elle n'avait aucun talent pour le commerce. Elle n'était qu'étalagiste. Rien de plus.

S'étant persuadée que personne n'entrerait, elle fut quelque peu étonnée d'entendre tinter la cloche à la porte.

Elle hésita avant de se lever et jeta un nouveau coup d'œil vers l'arrière du magasin : toujours pas de Josh ou de Cathy en vue.

— Bonjour, lança un vieux monsieur en se frayant un chemin à travers la boutique. Je ne crois pas que nous nous soyons déjà rencontrés. Je m'appelle Stanley.

— Bonjour, Amber pour vous servir, répondit-elle, un peu surprise d'avoir à se présenter à un parfait inconnu.

— C'est agréable de voir du sang jeune ici, reprit Stanley, dont les yeux gris pétillèrent quand il lui sourit.

— Dans ce cas, qu'est-ce que ça fait de moi ? s'exclama Josh en regagnant le magasin chargé d'un carton. Une partie des meubles ?

Amber se détendit, heureuse de le voir sourire pour la première fois depuis qu'ils s'étaient rencontrés dans la journée. Au moins allait-il s'occuper du client.

— Je suis heureux de vous voir tous les deux, car j'ai passé en tout deux heures dans le bus pour mon trajet aller-retour à l'hôpital, ce matin, déclara Stanley.

Josh posa sa boîte et fronça les sourcils.

— Tout va bien ? demanda-t-il.

Stanley acquiesça et continua de sourire.

— Juste un examen de contrôle, répondit-il. Mais je te remercie de ta sollicitude.

— Je me suis dit que quelque chose n'allait pas, vu que tu n'es pas venu chercher ton journal, à 9 h 30.

Amber vit le sourire de Stanley s'estomper légèrement.

— Oui, ma routine est un peu déréglée aujourd'hui. Le service normal reprend demain.

— Heureux de l'apprendre, répliqua Josh en farfouillant dans la boîte avec un soupir. Sinon, Amber va penser qu'on n'a pas le moindre client.

— Et comment va ta chère maman aujourd'hui ? l'interrogea Stanley.

— Bien, commenta Josh, en regardant autour de lui comme s'il venait de se rendre compte qu'elle manquait à l'appel. Où est-elle ?

— En haut, dit Amber.

— Ouf, lâcha Josh, l'air soulagé.

Manifestement, il continuait à ployer sous l'inquiétude que lui inspirait la santé de sa mère.

— Et qu'est-ce qui vous amène à Cranbridge ? s'informa Stanley en se tournant de nouveau vers Amber. Non que je m'en plaigne, bien au contraire.

Amber rougit.

— C'est la filleule de ma mère, précisa Josh après un interminable silence. La fille de sa meilleure amie.

— Ah bon ? fit Stanley en haussant les sourcils. Il ne s'agirait pas de Denise Spencer ?

Stupéfaite, Amber acquiesça.

— Oui, c'est ma mère. Comment vous avez deviné ?

Stanley rayonnait.

— J'étais le directeur de l'école du village. Je me souviens de ta mère et de Cathy. Inséparables, ces deux-là. Tout le temps à se faire gronder parce qu'elles bavardaient et ne se concentraient pas assez sur leur travail. Mais c'est merveilleux que vous soyez là et, si vous me le permettez, vous lui ressemblez comme deux gouttes d'eau. Comment va-t-elle ?

— Très bien, répondit Amber. Mon père et elle viennent d'émigrer en Nouvelle-Zélande.

— Oh, comme c'est excitant ! s'exclama Stanley en la fixant de ses yeux gris. Bien sûr, ça fait une trotte pour Cathy et vous.

— Pas tant que ça pour moi, nuança-t-elle. Je suis juste venue rendre une petite visite à Cathy, puis je m'envole pour commencer une nouvelle vie avec mes parents.

Elle n'allait pas admettre qu'elle n'avait aucune idée de ce que cette vie allait impliquer. La situation était pour l'heure si incertaine qu'elle ébranlait sa confiance en elle, déjà bien fragile.

— Eh bien, j'ai hâte de vous revoir d'ici là, lança Stanley en lui tendant la monnaie pour son journal.

Stanley quitta le commerce sur un petit signe de main, non sans faire tinter la cloche de l'entrée.

— Bienvenue à Cranbridge, plaisanta Josh en glissant les pièces dans la caisse. Je suis sûr que cela te change énormément de l'effervescence de New York.

Il se dirigea vers l'autre extrémité de la boutique, laissant Amber près de la caisse.

Il avait tort, bien sûr. Du moment qu'on travaillait pour un magasin extraordinaire et célèbre, dans l'une des plus grandes villes du monde, les gens s'attendaient à ce que l'expérience soit amusante et change une vie. Mais en réalité, on pouvait aussi se sentir très seul. Quand elle s'occupait des vitrines du magasin, la plupart de son temps avait été consacré à de courtes conversations sur les accessoires et la construction des vastes présentoirs. Rien de personnel. Parfois, elle passait toute la journée seule. Et lorsqu'elle quittait son travail, le vendredi après-midi, il y avait de fortes chances pour qu'elle ne parle à personne avant d'être de retour le lundi matin.

Le problème, quand on ne parlait pas avec quelqu'un au quotidien, c'était qu'on en perdait presque l'habitude. On ne voulait plus sortir. On refusait même les rares invitations que l'on recevait, de peur d'avoir oublié comment se comporter en société. Et pourtant, elle se sentait seule. Totalement et désespérément seule.

Sauf qu'un bref séjour à Cranbridge n'y changerait rien.

Amber vérifia une nouvelle fois son téléphone. Il avait heureusement survécu à son plongeon dans la rivière. Sans nouvelles de la compagnie aérienne ou du propriétaire de son ex-appartement new-yorkais, elle était coincée ici pour le moment.

5

La journée a été longue, pensa Josh en retournant le panonceau « Ouvert » pour qu'on y lise « Fermé » sur la vitre de la porte d'entrée. Une journée remplie de plongeons dans la rivière, de non-dits après la dispute de ce matin avec sa mère et de silences gênants. La dernière chose dont il avait envie, c'était de tenir compagnie à quelqu'un et de sortir dîner.

Mais sa mère lui était tombée dessus juste au moment où il refermait la porte d'entrée à clé.

— On devrait fêter ça, avait-elle lancé. Aller dîner au pub.

— Fêter quoi ? s'était-il surpris à marmonner.

De quoi pouvaient-ils bien se réjouir ?

— Amber a fait tout ce chemin pour nous rendre visite, avait répondu sa mère en levant les yeux au ciel. Une escale rien que pour nous. Donc je m'interroge : pourquoi ne pas le faire ?

Parce que nous ne pouvons pas nous permettre de dépenser de l'argent, aurait-il voulu lui répondre. Mais c'était la première fois depuis longtemps qu'elle avait l'air joyeuse, et puis, quel mal y aurait-il à s'endetter de quelques livres supplémentaires ?

Il savait cependant qu'à un moment ou à un autre, il allait devoir s'atteler à leurs problèmes financiers et parler à sa mère de la nécessité de réduire leurs achats de marchandises et d'écouler ce qu'ils pouvaient de leur stock. Il s'était interrogé sur la possibilité de vendre sur Internet, mais il n'avait aucune idée de la façon de lancer le processus.

Planté dans la terrasse couverte à l'avant du magasin, il attendait que la famille se rassemble. Il regarda le panneau « Fermé » sur la porte. Son père n'avait jamais voulu être commerçant. Todd Kennedy était un homme plein de vie et de personnalité. Ses pitreries à la guitare étaient encore visibles sur YouTube. Il se dégageait de lui une force magnétique immense, aimantant instantanément les gens dès qu'il entrait dans une pièce. Mais son style de vie rock and roll lui avait coûté cher et, après le décès du grand-père de Josh, son père les avait tous persuadés de déménager à Cranbridge pour y mener une vie plus tranquille.

Bien sûr, un village de campagne n'avait pas non plus suffi à brider la personnalité éblouissante de Todd et il s'était bientôt mis à acheter toutes sortes de marchandises dans toutes les foires et marchés de campagne qu'il pouvait trouver. Le problème, c'était que la gamme de produits était tellement vaste qu'une grande partie du stock demeurait invendue et Josh se sentait à présent tout bonnement dépassé. Des boîtes de ruban adhésif se disputaient l'espace avec de longs rouleaux de tissu. Des monticules de paillassons se balançaient, en équilibre précaire, à côté de boîtes de fèves au lard. Des balais de jardin côtoyaient des bottes en caoutchouc, des jouets d'enfants, des aiguilles à tricoter et de l'huile pour moteur.

Sa mère et sa grand-mère n'arrêtaient pas de dire que c'était à cause du supermarché si le succès du magasin avait tourné. Les temps avaient changé. Mais l'étrange assortiment de marchandises et les étalages surchargés n'aidaient certainement pas.

Josh voulait mettre de l'ordre dans cet endroit, l'organiser d'une manière ou d'une autre. Il avait besoin du soutien local. De nouveautés, comme le paiement par carte et même la vente en ligne. Mais sa mère refusait de changer quoi que ce soit, ce qui lui donnait l'impression de se trouver face à une tâche impossible.

Dans ses heures les plus sombres, il se voyait apporter tout le stock à la décharge municipale pour s'en débarrasser. Mais son père en avait acheté une grande partie, ils devaient donc au moins en tirer un peu d'argent. En outre, il n'était pas très écologique d'ajouter aux déchets de la planète.

En effet, le plus grand rêve de Josh était de rendre le magasin plus respectueux de l'environnement et plus durable. C'était une cause qui lui tenait à cœur. Quand il était encore petit, son père avait emmené toute la famille à la Grande Barrière de corail en Australie. Ils avaient loué un bateau privé et leur capitaine s'était avéré un passionné de l'écologie du récif et de l'impact du changement climatique et de l'industrie sur le corail.

Cette rencontre avait touché une corde sensible chez Josh, alors âgé de douze ans, et à partir de ce moment-là, il s'était passionné, pendant son adolescence rebelle, pour la sauvegarde de la planète contre les humains bien partis pour la détruire. Il avait participé à de nombreuses manifestations de Greenpeace. À l'université, il avait décidé d'utiliser son cerveau pour étayer ses arguments et décroché un diplôme d'études commerciales et environnementales.

Il avait eu la chance de voir sa carrière évoluer rapidement en tant que responsable du développement durable, aidant les clients à mettre en place des pratiques de travail plus écologiques dans leurs sociétés. C'était un métier extrêmement satisfaisant, qui consistait à rendre le monde plus vert, entreprise par entreprise. Il avait visité et travaillé dans certaines des villes les plus riches et les plus passionnantes d'Europe.

Ça, c'était avant qu'un matin, deux ans plus tôt, il reçoive un coup de téléphone inattendu. Son père avait été victime d'une grave crise cardiaque et il était peu probable qu'il passe la nuit. Il avait roulé à toute allure jusqu'à l'hôpital et était arrivé juste à temps pour tenir la main de Todd et lui faire ses adieux.

Plus rien n'avait été comme avant ensuite. Après l'enterrement, alors qu'il s'apprêtait à reprendre son travail, sa mère s'était sentie mal. Le cancer avait été rapidement diagnostiqué et, Dieu merci, un traitement mis en place. Mais elle était alors trop fragile, trop préoccupée par le sort du magasin, pour qu'il tourne le dos à *Cranbridge Stores.*

Il avait donc abandonné son poste pour honorer la promesse faite à son père de s'occuper de sa mère et de sa grand-mère. Il pensait que ce serait temporaire. Seulement, il était toujours là, deux ans plus tard. Coincé dans les limbes. Il ne pouvait pas mettre la boutique à la page sans perturber sa mère, qui avait déjà assez souffert. Tous avaient souffert. Le problème, c'était qu'il avait l'habitude d'être son propre patron, mais qu'il n'avait pas son mot à dire sur les affaires du magasin.

À un moment donné, il faudrait qu'il prenne son courage à deux mains, il le savait, et qu'il dise à sa mère qu'il avait besoin de partir pour sa propre santé mentale. Mais il n'avait pas encore le cœur de le faire.

Rien n'avait donc changé, si ce n'était son ressentiment grandissant d'être coincé au village.

La vérité, c'était qu'au fond de lui, il se fichait désormais de la boutique. C'était sa prison, son geôlier. Lui, il voulait juste passer à autre chose. Or, la culpabilité que lui inspiraient ses véritables sentiments le rendait encore plus malheureux.

Amber fut la première à le rejoindre au rez-de-chaussée avant le dîner. L'air mal à l'aise, elle tirait sur le pull bleu qu'il reconnut : un vêtement de sa mère. Il se sentait mal pour elle, car elle n'avait même pas ses propres habits à porter en ce moment.

Après le glamour de New York, Cranbridge devait être une véritable déchéance. Il ne lui en voulait pas d'avoir l'air un peu dépassée par le désordre qui régnait dans *Cranbridge Stores*. Le contraste était certainement saisissant avec les grands magasins clinquants des rues de Manhattan.

Une fois tous les membres de la famille rassemblés, ils tournèrent au coin de la rue et traversèrent Riverside Lane. Josh jeta un coup d'œil sur la route, mais il n'y avait personne. Les boutiques fermées le long de la rue confirmaient que plus personne n'avait de raison de se rendre dans ce qui était pourtant le cœur du village.

À part le magasin, le seul commerce ouvert était *Le Cygne noir*, de l'autre côté du pont étroit qui enjambait la rivière, et même ce pub avait connu des jours meilleurs.

— L'ambiance est joyeuse dans tous les cas, entendit-il sa mère glisser à Amber lorsqu'ils franchirent la porte d'entrée de l'établissement.

Josh pensait à de nombreux mots pour décrire le pub, mais « joyeux » n'occupait probablement pas la première place dans son esprit. *Le Cygne noir* était plutôt délabré, à l'heure actuelle. Il n'avait pas été rénové depuis les nombreuses années où il avait été le pub local de son père, mais au moins ses poutres en chêne et ses cheminées le maintenaient-elles du côté rustique du délabrement.

Comme tout le reste du village, il n'était pas très animé. Seule une poignée d'habitués s'y rendaient deux soirs par semaine, Josh y compris. C'était devenu son sanctuaire, l'endroit où il pouvait échapper à l'atmosphère claustrophobique de la boutique et de l'appartement.

Lorsqu'il y avait emménagé, après l'enterrement de son père, il s'était dit que ce ne serait que pour quelques semaines. Deux ans plus tard, il était toujours là.

Mike, le propriétaire des lieux, ne semblait pas trouver quoi que ce soit à redire au fait que Josh boive une seule pinte de bière pendant toute une soirée. C'était tout ce qu'il pouvait se permettre et la dernière chose qu'il voulait, c'était de commencer à trop compter sur l'alcool dans les moments de stress. Il avait vu le prix que son père avait failli payer, en matière de santé, à cause de cette dépendance. C'était du moins ce qu'il lui avait expliqué lorsqu'il lui avait décrit la vie alcoolisée qu'il avait menée pendant qu'il était en tournée autour du monde, avec un groupe de rock.

Ils trouvèrent une table sans difficulté, le pub étant relativement vide, malgré la compétition de fléchettes très animée qui s'y déroulait. Josh se rendit ensuite au bar pour commander les boissons.

— Bonsoir, dit Mike en hochant la tête. Je vois que tu as la famille avec toi, ce soir.

Mike était un homme plutôt agréable, au visage légèrement chiffonné, qui se montrait toujours amical avec tout le monde, sauf avec sa femme, avec laquelle il entretenait une relation haineuse.

— Et qui est-ce qu'on a d'autre là-bas ? demanda Mike en regardant la table.

— La filleule de maman, répondit Josh.

— Je ne me souviens pas de la dernière fois où on a eu une jolie femme ici, lâcha Mike, qui observait toujours Amber par-dessus l'épaule de Josh.

— C'est peut-être le manque d'atmosphère féminine qui les fait fuir, suggéra Josh.

Les jurons et les cris du match de fléchettes augmentaient de seconde en seconde.

— Oui, probablement, admit Mike.

Il n'avait cependant pas l'air de remarquer le bruit ou de s'en préoccuper.

Contrairement à sa femme, Angie, qui surgit soudain de derrière le bar. Elle leva les yeux au ciel en avisant son mari, puis se retourna pour crier vers l'autre extrémité du bar :

— Ohé ! Vous autres ! Fermez-la, d'accord ? Il y a des femmes ici.

— Ici ? s'étonna l'un des joueurs de fléchettes.

Il regarda tout autour de lui et parut surpris de découvrir Cathy, grand-mère Tilly et Amber assises dans un coin.

Tilly, rayonnante, salua ces messieurs, tandis qu'Amber s'enfonçait dans son siège, visiblement mal à l'aise face à l'attention dont elle était l'objet.

— C'est un plaisir de voir ta famille avec toi ce soir, affirma Angie, dont le large sourire était accentué par le rouge à lèvres rose vif qu'elle portait.

Tout chez Angie était éclatant. Depuis son abondante tignasse peroxydée jusqu'à son pull rose, sa minijupe bleue et ses longs ongles cerise, c'était une femme bruyante et effrontée.

— Bon, je m'en vais regarder *EastEnders*, annonça-t-elle en se servant un grand gin tonic.

— Je voulais regarder le foot, s'emporta Mike.

— Pas de bol, s'esclaffa Angie avec un rire presque maniaque.

— Attends voir une minute, riposta Mike en suivant sa femme vers l'arrière du pub.

Ce qui n'empêcha pas leurs cris d'être entendus par toute la clientèle.

Au bout du bar, leur nièce, Belle, leva les yeux au ciel et soupira. Contrairement à son oncle et à sa tante, bruyants et querelleurs, Belle se montrait toujours souriante et aimable. Ce soir-là, ses longs cheveux noirs étaient attachés en queue-de-cheval et elle était vêtue d'un jean et d'une chemise blanche.

— Vous avez un menu ? lui demanda Josh.

Belle eut l'air étonnée.

— Un menu ?

— Maman avait envie d'un bon repas au restaurant, lui expliqua Josh.

Belle semblait désormais inquiète.

— Dans ce cas, je pense qu'elle n'est pas venue au bon endroit.

Elle n'avait pas tort. La seule nourriture servie au pub était préparée au micro-ondes et plutôt dénuée de saveur. Mais Cranbridge ne regorgeait pas de restaurants. En fait, *Le Cygne noir* était le seul endroit où l'on pouvait manger sans avoir à prendre la voiture pour quitter le village.

— C'était son idée, marmonna Josh.

Belle poussa un soupir.

— Je vais voir ce qu'il y a au congélateur.

Alors que Belle disparaissait dans les cuisines, Josh regarda autour de lui. Il n'aurait pas dû aimer ce pub minable. Le décor datait des années 1970. La nourriture avait probablement été préparée dans les années 1990. L'endroit, vieux et miteux, ne sentait pas très bon. Et pourtant, *Le Cygne noir* le réconfortait. C'était une atmosphère essentiellement masculine qu'il recherchait, tant lui manquait la compagnie de son frère et de son père.

Belle était sympathique, même si sa tante et son oncle manquaient cruellement de sens du service. Cela dit, malgré leur âge, qui était identique, il n'y avait jamais eu de connexion entre Josh et elle. Il avait toujours eu l'intuition qu'elle était attirée par Pete plus que par lui. Ils étaient donc restés amis.

Il avait mis sa propre vie amoureuse entre parenthèses lorsqu'il avait emménagé à Cranbridge, deux ans plus tôt. Non qu'il ait l'impression de manquer grand-chose. Il avait eu quelques rendez-vous au fil des ans, mais personne n'avait jamais réussi à conquérir son cœur. Il savait que l'amour existait. Il avait été témoin de celui qui avait uni ses parents pendant les nombreuses années de leur heureux mariage. Mais il n'était pas sûr d'avoir un jour autant de chance.

Il but une rapide gorgée de la pinte de bière posée devant lui et balaya le pub du regard. À part les joueurs de fléchettes et sa famille, le seul autre client du pub était Del, le chauffeur de l'autocar. Del le chelou, comme tout le monde l'appelait.

Del avait bon cœur et se débrouillait toujours pour trouver ce dont on avait besoin, surtout dans les plus brefs délais. Mais les villageois avaient appris au fil des ans qu'il valait mieux ne jamais s'interroger sur la provenance de ce qui avait un lien avec lui.

— Ça baigne ? s'enquit Del en guise de salut, entre deux gorgées de sa pinte de cidre. Alors, c'est qui, la petite beauté que tu nous as ramenée ? questionna-t-il en désignant Amber d'un clin d'œil souriant.

Josh secoua la tête en signe d'avertissement.

— Elle est juste de passage, Del. Pas touche, OK ?

L'intéressé s'esclaffa.

— J'aurais dû me douter que tu garderais une jolie fille comme ça pour toi.

— Ce n'est pas ce que tu insinues, répliqua Josh en jetant un coup d'œil vers l'endroit où se trouvait Amber.

Elle était devenue une femme séduisante, c'était un fait, et qui brillait comme un diamant dans la pénombre de ce vieux pub mal éclairé.

Mais Del n'écoutait pas, car il venait de reporter son attention sur Belle, revenue avec la liste manuscrite des plats susceptibles d'être passés au micro-ondes.

— T'inquiète, répliqua Del, mon cœur appartient à l'adorable Belle ici présente.

L'intéressée lui adressa un sourire grimaçant.

— Je vais essayer de contenir mon enthousiasme, ricana-t-elle d'une voix teintée de sarcasme.

— Te retiens pas pour moi, chérie, protesta Del en souriant.

Heureusement, vu sa force de caractère, Belle était plus que capable de tenir Del le chelou à distance. Elle leva les yeux au ciel et tendit la liste à Josh.

— Il n'y a pas beaucoup de choix, mais ce n'est pas une surprise.

Il but une gorgée de sa pinte avant de porter les boissons jusqu'à leur table.

— Merci, murmura Amber en lui prenant le gin tonic.

Pendant une seconde, leurs yeux se croisèrent, les prunelles marron d'Amber et ses iris bleus à lui, et il ressentit comme une décharge électrique au plus profond de ses entrailles. Une étincelle de quelque chose. Il détourna le regard et se laissa tomber sur son siège. Elle était séduisante, et alors ? Il était déjà sorti avec de jolies femmes.

Mais elle n'était certainement pas du genre à avoir une aventure. Et il n'était pas assez stupide pour perturber davantage sa mère. Ni Denise. La mère d'Amber était un personnage tout aussi redoutable.

C'était donc là que s'arrêterait la petite attirance qu'il éprouvait pour elle, s'intima-t-il. Elle allait partir rejoindre sa famille en Nouvelle-Zélande. Il ne la reverrait probablement jamais.

Et il se sentit encore plus seul que jamais à cette idée.

***

Josh les avait prévenues que la nourriture du pub serait mauvaise, mais Amber fut surprise de constater à quel point.

— Comment se fait-il qu'ils ne réussissent même pas à préparer des frites ? s'étonna-t-elle en plantant sa fourchette dans une pomme de terre noircie.

Elle était à la fois carbonisée à l'extérieur, et pas assez cuite à l'intérieur.

— Je pense qu'Angie a du mal à cuisiner quoi que ce soit avec ses faux ongles, expliqua Cathy en opinant.

’est quand même bien de manger dans un endroit rent ce soir.

mber fut surprise. Elle avait cru comprendre jusqu’à ésent que sa marraine n’aimait pas les changements, surtout dans la boutique. Et pourtant, elle était là, en quête d’une alternative à ce qui devait être des soirées très solitaires dans leur appartement. Surtout depuis que grand-mère Tilly avait déménagé, même si Amber comprenait que l’escalier était devenu trop pénible pour les jambes instables de la vieille dame. Elle s’était montrée très enthousiaste à l’idée d’inviter Amber à prendre le thé, le lendemain, dans son nouveau pavillon. Peut-être que grand-mère Tilly se sentait elle aussi un peu seule, maintenant qu’elle vivait de son côté.

L’attention d’Amber se porta sur Josh. Se sentait-il seul lui aussi ? D’après ce qu’elle avait vu jusqu’à présent, il n’y avait pas beaucoup de femmes célibataires dans le village. Et pourtant, il était beau. Elle l’étudia un instant. Un beau visage. De beaux yeux. Des épaules larges.

Il tourna brusquement la tête, comme s’il sentait le regard qu’elle posait sur lui, et elle baissa les yeux sur son assiette, les joues en feu. Heureusement, elle n’avait pas vraiment faim. Son horloge biologique fonctionnait encore à l’heure de New York et tout ce qu’elle voulait, c’était se mettre au lit et dormir pour l’éternité.

Elle étouffa un bâillement que, malheureusement, Cathy surprit.

— Ma pauvre, commenta-t-elle en souriant, tu dois être lessivée. On va demander l’addition et tu pourras retourner à l’appartement.

— Allez-y, suggéra Josh qui sirotait sa pinte. Je finis mon verre et j’irai payer tout à l’heure.

Il leur souhaita bonne nuit et elles quittèrent le pub.

Dehors, il faisait déjà nuit et la température avait baissé. Au moins, Amber avait encore sa veste en cuir. Elle en resserra les pans autour d'elle et leva les yeux : le ciel était clair et plein d'étoiles. Elle n'avait, hélas, pas eu l'occasion de les voir à Manhattan.

Cathy passa sa main sous le bras de Tilly pendant qu'elles retraversaient le pont. Pourvu que son épuisement ne provoque pas une nouvelle chute dans la rivière ! Heureusement, elles arrivèrent sans encombre de l'autre côté.

En pénétrant dans la boutique, Amber entendit Cathy soupirer doucement.

— Tout va bien ? lui demanda-t-elle.

Cathy sourit tristement.

— Todd me manque, c'est tout. Ce n'est plus pareil maintenant.

Tilly serra sa main dans les siennes et adressa un sourire larmoyant à Amber.

— Je ne sais pas, poursuivit Cathy, le magasin semble devenu plus triste depuis le départ de Todd. Le pauvre Josh est coincé ici avec moi alors qu'il devrait vivre et voyager comme son frère.

— Peut-être qu'il se plaît ici, suggéra Amber.

Mais Cathy secoua la tête.

— Il a l'air triste et frustré la plupart du temps. Enfin bref, fit-elle en se secouant pour afficher un sourire. Tu es sûre que ça ne te dérange pas de te retrouver toute seule dans l'appartement ? Je vais raccompagner maman. Je ne serai pas longue et Josh ne va pas tarder.

— Tout ira bien, répondit Amber.

— Je suis sûre que tu rêves de ton lit, ajouta Cathy.

Amber leur souhaita bonne nuit tandis que sa marraine déverrouillait la porte arrière de la boutique et allumait les lumières pour qu'elle puisse trouver son chemin dans l'escalier.

Après s'être rapidement lavé le visage, Amber gagna la petite chambre d'amis. Elle n'avait jamais été aussi heureuse de voir un lit. Peu importait que Cathy lui ait passé un pyjama aux motifs de Noël, elle serait emmitouflée de chaleur et pourrait s'allonger sur le dos, contrairement à la nuit précédente où elle avait essayé en vain de trouver une position confortable dans l'avion.

Quelques secondes après avoir posé sa tête sur l'oreiller, elle dormait. Ses rêves furent peuplés d'étoiles et d'étroits ponts de pierre enjambant une rivière.

6

Amber se réveilla avec la caresse sur son visage de la lumière du soleil qui filtrait à travers un interstice entre les rideaux de sa chambre. Elle fut émerveillée d'entendre le chant des oiseaux jusqu'à ce qu'elle comprenne lentement que non, elle ne se trouvait plus à New York, mais dans l'appartement situé au-dessus de *Cranbridge Stores*.

Sa chambre new-yorkaise, dans un appartement en colocation, n'était pas du tout paisible. À New York, elle avait supporté des colocataires qui se criaient dessus à toute heure du jour et de la nuit, des rues animées et embouteillées, les coups de Klaxon et les sirènes. Le vacarme constant d'une mégalopole. Rien de tout cela à Cranbridge.

Elle se retourna et s'assit dans son lit pour jeter un coup d'œil à travers les rideaux. Sa chambre donnait sur Riverside Lane et elle voyait la rivière scintiller sous le soleil matinal. La transition de l'été à l'automne était déjà bien amorcée. Les arbres qui bordaient le cours d'eau étaient couverts de feuilles dorées, dont certaines, emportées par une légère brise, tombaient au sol.

Bien que ce soit une belle journée pour mettre le nez dehors, elle ne vit qu'une seule personne au loin en train de promener son chien. Elle jeta un coup d'œil à gauche et à droite, sur les deux rives, mais il n'y avait personne d'autre en vue. C'était vraiment calme, pensa-t-elle. Elle s'était habituée à être bousculée dans les rues bondées de New York et de Londres, mais pas au silence de Cranbridge.

Une nouvelle personne apparut, marchant d'un pas rapide de l'autre côté de la rivière. Le village comptait donc des habitants. Ce qui manquait, c'étaient juste des clients désireux d'entrer dans la boutique.

Elle se rallongea et observa l'espace autour d'elle. Apparemment, ç'avait été la chambre de grand-mère Tilly jusqu'à récemment. Malgré le papier peint fleuri, c'était une petite pièce plutôt mignonne, avec un lit simple, une étroite armoire et une commode. Une pile de vêtements de Cathy, pliés avec soin, se dressait dessus.

Amber fronça les sourcils en se rappelant ses bagages perdus. Elle attrapa son téléphone pour vérifier les mises à jour. À sa grande surprise, elle découvrit qu'il était plus de 8 heures du matin. Elle avait réussi à dormir dix heures d'affilée, elle qui avait le sommeil perturbé depuis qu'elle avait déménagé à New York. Le bruit de la ville qui ne dort jamais l'avait troublée et elle n'avait jamais réussi à dormir aussi tard.

Un peu gênée par sa grasse matinée, elle bondit hors du lit. Au moins avait-elle pu laver et sécher ses vêtements de la veille, ils étaient donc propres. Si ses valises n'arrivaient pas aujourd'hui, elle devrait sortir dans la journée pour acheter de nouveaux sous-vêtements et autres accessoires. Elle n'allait pas continuer à emprunter les habits de Cathy.

Elle quitta sa chambre et se rendit à la salle de bains située à l'autre bout du couloir. En chemin, elle coula un regard dans ce qui semblait être la chambre de Josh, juste à côté de la chambre d'amis. La porte étant déjà ouverte et aucun bruit ne provenant des lieux, elle en déduisit qu'il devait déjà être au travail en bas.

Elle s'interrogea sur Josh. Il avait eu l'air d'un homme brisé, à un moment de la soirée où il avait cru que personne ne l'observait. Le choc de la perte de son père se faisait manifestement sentir. D'après ce qu'elle avait entendu dire, Josh avait été un homme d'affaires prospère jusqu'à ce que sa vie change radicalement, il y avait quelques années, et peut-être pas pour le mieux.

Elle descendit au rez-de-chaussée et tomba immédiatement sur Cathy et Josh dans la réserve bondée.

— Bonjour, lança Cathy en souriant. Tu as fait un sacré somme.

— Bonjour, répondit Amber. Oui, mais tu aurais dû me réveiller plus tôt.

— Quelle idée ! répliqua Cathy. Tu avais manifestement besoin de repos.

— Ce n'est pas comme si tu avais raté des clients, intervint Josh en désignant la boutique déserte avec un sourire triste.

Cathy poussa un bruyant soupir et jeta un bref coup d'œil à son fils.

— Amber n'est pas ici pour travailler. Elle est en vacances. Allez, on va te préparer ton petit déjeuner.

Amber remonta avec Cathy pour gagner la petite cuisine.

Sa marraine la fit asseoir pendant qu'elle s'activait ici et là dans la pièce pour préparer des toasts et du café. Elle paraissait presque frénétique, constata Amber, à vider le lave-vaisselle et briquer les plans de travail.

— Tu ne veux pas prendre un café avec moi ? demanda-t-elle quand Cathy déposa une assiette de toasts et une tasse de café fumante sur la table. Et je suis capable de ranger derrière moi. Ne t'inquiète pas.

— Peut-être plus tard, indiqua Cathy avec un sourire. En attendant, prends ton petit déjeuner bien tranquillement. Rien ne presse. Oh, et n'oublie pas ton manteau avant de redescendre. Maman attend ta visite avec impatience.

Bien qu'habituée à vivre seule, Amber se sentait mal à l'aise à l'idée de prendre tranquillement son petit déjeuner alors que tout le monde était au travail.

Elle mangea donc ses tartines, rangea son assiette et retourna dans la boutique, son blouson de cuir à la main.

— Oh, parfait, commenta Cathy en désignant la veste d'Amber d'un signe de tête. Laisse-moi prendre mon manteau et je te montre le chemin jusqu'à la nouvelle maison de maman.

Il ne fallut pas plus de cinq minutes de marche jusqu'à l'autre extrémité de Riverside Lane, en passant devant le moulin et en franchissant le dernier pont piétonnier pour gagner l'autre rive, où une rangée de minuscules pavillons nouvellement bâtis se déployait sur une petite pente. Ils étaient construits en briques de la même couleur que le reste du village, même s'ils n'étaient peut-être pas aussi jolis que les autres maisons. En tout cas, ils n'avaient pas d'escalier. Amber suivit Cathy dans le chemin pavé qui menait à la porte d'entrée du numéro un.

Sa marraine entra avec sa propre clé et lança :

— Ohé ! Ce n'est que nous !

— Bonjour ! entonna Tilly, plantée dans l'étroit couloir, un grand sourire aux lèvres.

Elle portait déjà son manteau.

— Je me suis dit que nous pourrions faire notre promenade maintenant et prendre notre café plus tard, car on annonce de la pluie et je ne veux pas ruiner ma permanente.

— Allez-y toutes les deux et amusez-vous bien. J'ai trop de choses à faire aujourd'hui pour vous accompagner, déclara Cathy avec un large sourire. Il faut notamment que je défasse ton lit et que je lave tes draps, maman.

Alors qu'elle se précipitait vers la petite chambre, Amber vit Tilly secouer légèrement la tête.

Elle hésita avant de demander doucement :

— Est-ce que Cathy va bien ?

Tilly soupira.

— Elle s'inquiète pour l'examen qu'elle doit passer cette semaine, chuchota-t-elle. Ce n'est qu'un examen de plus, mais il restera suspendu au-dessus de sa tête comme un nuage jusqu'à ce qu'elle reçoive les résultats. Et en attendant, elle devient un peu maniaque.

— Je suis sûre que tout se passera bien, dit Amber.

— Je l'espère, ma chérie. Ces deux années ont été difficiles.

Lorsque Cathy déboula en trombe dans la cuisine avec une brassée de draps, Tilly s'égaya de façon notable.

— Et maintenant, ça te dirait, une petite promenade ? À moins que l'on ait besoin de moi au magasin, bien sûr.

Tilly avait presque l'air de l'espérer.

— C'est absurde ! s'exclama Cathy. On s'en charge, Josh et moi. Faites une belle promenade, toutes les deux.

Je suis sûre que cela permettra à Amber de se débarrasser des dernières séquelles du décalage horaire.

Elles ressortirent donc. Amber contempla la rivière pendant que Tilly enfilait ses gants.

— Au moins, tu habites toujours au centre du village, constata-t-elle.

— C'est un peu étrange de vivre de ce côté-ci de la rivière, admit la vieille dame en passant son bras sous celui d'Amber quand elles commencèrent à marcher. J'ai toujours vécu au-dessus de la boutique, tu comprends ?

Elles continuèrent à suivre la berge jusqu'à ce qu'elles se retrouvent en face du magasin, qui les regardait depuis l'autre rive.

Elles restèrent toutes les deux à l'observer pendant un moment. C'était un très beau bâtiment, avec ses briques couleur sable et son toit pointu, pensa Amber. Mais la véranda était trop dépouillée. Elle aurait besoin d'un peu de couleur et, à vrai dire, d'un coup de peinture ou de résine de bois pour avoir l'air moins miteuse.

— Je me souviens de la première fois que j'ai vu cet endroit, dit Tilly. Je n'avais jamais rien vu de plus beau.

— Ça ne m'étonne pas.

À un moment donné, Tilly ajouta pour elle-même :

— Bill, mon mari, a grandi ici. En fait, c'est son arrière-grand-père qui en a été le premier propriétaire. Ensuite, c'est son père qui s'en est occupé, puis c'est nous qui en avons pris soin. Les Kennedy tiennent le magasin depuis plus de cent ans. Je pensais que la succession s'arrêterait peut-être là lorsque Cathy a épousé Todd, qui a commencé à se faire un nom grâce à sa musique. Parce que bon, qu'est-ce qu'un musicien de rock allait faire dans un petit village comme Cranbridge ?

Amber se joignit à son petit rire.

— Mais il est quand même venu ?

— En effet, reconnut Tilly en hochant la tête. À ma grande surprise, je dois l'avouer. Il n'avait jamais été du genre à vivre à la campagne. Mais il commençait à avoir quelques problèmes cardiaques et, pour tout te dire, je pense qu'il s'était lassé de son mode de vie. Il a donc plié bagage et emmené sa famille ici. (Son sourire était cependant teinté de tristesse.) Todd et Cathy ont repris le magasin une fois que je suis devenue veuve.

— Il y avait plus de monde à l'époque ? demanda Amber.

La vieille dame soupira.

— Au début, oui. C'était une petite boutique remplie de ce dont les villageois avaient besoin. Mais Todd était si enthousiaste qu'il achetait tout ce qui lui tombait sous la main. Des jouets, des outils, de la papeterie… Ça a commencé à s'accumuler. Comme tu peux le voir, il a continué à renflouer son stock jusqu'à ce que…

Sa voix s'éteignit.

Amber exerça une petite pression sur sa main, que Tilly tapota distraitement.

— Viens, ma chérie. J'ai promis de te montrer le village et nous n'avons pas encore dépassé la boutique.

Tilly fit traverser la rivière à Amber, mais elles s'éloignèrent ensuite de la boutique et continuèrent à descendre Riverside Lane.

— C'était la mercerie, dit-elle en passant devant le magasin voisin de *Cranbridge Stores*.

Il s'agissait d'une réplique de leur propre commerce, tout aussi délabrée de l'extérieur, mais avec un intérieur vide.

— Mavis avait de beaux articles, elle aussi, raconta Tilly. Donc Todd a acheté les rouleaux qui lui restaient avant qu'ils ne partent. C'était il y a longtemps, bien sûr. Mais j'ai entendu dire que le journal local allait s'y installer.

— Vraiment ?

Amber n'en revenait pas. Les journalistes auraient sûrement été mieux dans une ville quelconque.

— C'est Frank Conway qui possède le journal. Tu l'as déjà rencontré ? Il habite à côté de chez moi. Bref, il dirige tout un tas de journaux locaux et apparemment ils ont eu des problèmes avec les bureaux qu'ils louent. (Tilly haussa les épaules.) En tout cas, ce sera bien d'avoir quelqu'un à côté. L'ancienne mercerie est restée vide pendant bien trop longtemps.

Amber s'avança pour jeter un coup d'œil à l'intérieur, car il n'y avait pas de rideaux ni de planches aux fenêtres. Elle fut stupéfaite par l'espace qu'elle découvrit. Il était immense et elle se rendait compte à présent de l'encombrement de *Cranbridge Stores*.

Elle rejoignit Tilly et elles continuèrent à marcher le long du chemin.

— Le salon de coiffure se trouvait là, indiqua sa compagne en passant devant la boutique suivante. Il n'a fermé que le mois dernier. Depuis, je m'accroche désespérément à ma permanente. Et le dernier magasin, là, c'était la boulangerie, dit-elle lorsqu'elles l'atteignirent avant de passer devant le moulin. Cela fait des années que je n'ai pas mangé de pain de fabrication artisanale. Ce qui est vraiment dommage, car le moulin est magnifique lorsqu'il fonctionne… Ça n'est pas arrivé depuis des années, bien sûr.

L'ancienne boulangerie semblait avoir été construite selon le même plan que les trois autres avant lui. Une grande porte au milieu avec deux immenses baies vitrées de chaque côté. Un appartement au-dessus de la boutique que coiffait un toit pointu.

Le moulin était construit dans la même pierre aux couleurs chaudes, mais quelques rayons de la roue en bois semblaient cassés.

Elles s'arrêtèrent et se retournèrent pour observer la rivière qui traversait le centre du village. Une fois de plus, hormis le chant des oiseaux, on n'entendait pas un bruit.

— Où sont passés tous les villageois ? demanda Amber.

Tilly la regarda.

— Tu veux dire, pourquoi tout est aussi silencieux ?

Amber acquiesça.

— Il n'y a que moi et quelques vieilles personnes grinçantes qui subsistons des villageois d'origine, expliqua Tilly avec un sourire. Les maisons sont vendues et de nouvelles personnes viennent s'installer. La plupart d'entre elles font la navette jusqu'aux villes des environs, d'après ce que j'ai entendu dire. Soit en voiture, soit en prenant le train à la gare du village voisin. Ou bien ils travaillent de chez eux, enfermés avec leur haut débit. Le week-end, ils prennent leur VTT ou leur 4x4 et se rendent à Aldwych, à une quinzaine de kilomètres. Il y a un cinéma, un grand centre commercial, un centre sportif, tout ça. C'est vraiment dommage, en fait.

— Et l'église ? s'enquit Amber en regardant, de l'autre côté de la rivière, le petit édifice au bout du chemin.

— Nous avons une nouvelle pasteure, qui s'appelle Glenda, dit Tilly. Elle est arrivée l'été dernier. Elle fait un travail merveilleux pour rendre le service du dimanche matin un peu plus intéressant. Elle est très amusante. Mais les temps changent et la religion aussi.

— Pourtant, il y a toujours des gens qui vivent ici, ils doivent donc avoir besoin de faire de temps en temps des courses dans le village, objecta Amber, qui cherchait à trouver une solution.

— Je ne sais pas, ma chérie, avoua Tilly en poussant un soupir. C'est difficile à décrire, mais avant, il y avait de l'animation ici. Une communauté. Les gens veillaient les uns sur les autres. Il leur manque à présent un endroit central pour se rassembler.

Le regard d'Amber descendit le cours de la rivière jusqu'au *Cygne noir.*

— Alors, si ce n'est pas l'église, pourquoi pas le pub ?

Tilly s'esclaffa.

— Tu as goûté leur nourriture, non ? Mike et Angie ne donnent pas vraiment l'impression d'être accueillants non plus, tu l'as vu. Et encore, hier soir, ils se sont montrés particulièrement délicats, crois-moi.

— Et pourtant, on s'isole lorsqu'on travaille chez soi, déclara Amber. Ou lorsqu'on reste enfermé toute la journée.

Elle parlait d'expérience.

— Oh que oui ! fit Tilly en poussant un soupir.

Amber se rendit compte que le déménagement dans le pavillon n'était peut-être pas une solution très heureuse après tout. Tilly lui adressa un sourire triste.

— Ne t'inquiète pas pour moi, ma chérie, dit la vieille dame en serrant sa main. Ce sera chouette d'avoir un peu de compagnie pendant que tu es ici. Cathy et Josh sont toujours si occupés que je ne vois presque personne ces jours-ci. Alors, j'allume la télévision et je me mets à tricoter, juste pour garder mes mains actives.

Elles traversèrent l'un des petits ponts pour gagner l'autre rive, sans qu'Amber ne cesse de se creuser les méninges pour trouver un moyen d'inciter la population du village à sortir prendre l'air. Cranbridge était si beau. Il avait juste besoin d'un cœur de village, autre que la rivière. Un endroit où les gens pourraient se rassembler et se rencontrer. *Un endroit comme* Cranbridge Stores, songea-t-elle.

Elle aurait aimé pouvoir aider la famille et, à son tour, aider le magasin à prospérer avant son départ. Mais ses compétences étaient limitées et elle n'avait aucune idée de ce qui pouvait être fait pour changer les choses entre-temps.

7

Josh se tenait devant la porte d'entrée du magasin, en train de se demander par où commencer.

Il avait l'intention de se lancer dans une réorganisation de la boutique, ce jour-là, en espérant que la visite d'Amber distrairait sa mère. Peut-être même qu'elle sortirait d'entre ces quatre murs, pour une fois. Cathy n'allait plus nulle part depuis quelque temps, comme si elle ne voulait rien d'autre que rester à l'intérieur, semblait-il. Mais Cathy avait envoyé grand-mère Tilly se promener avec Amber, les laissant tous les deux dans cette atmosphère gênante.

— Qu'est-ce que c'est que ça ?

La voix de sa mère interrompit le fil de ses pensées.

Il tourna la tête et la vit tenir une enveloppe qu'il avait délibérément laissé traîner sur le comptoir, la veille au soir.

— C'est la paperasse pour un système de paiement par carte bancaire, répondit-il, en se faisant violence pour ne pas lever les yeux au ciel. Je leur ai envoyé nos coordonnées la semaine dernière.

— Pourquoi on aurait besoin de ça ?

— Maman, la plupart des gens veulent payer par carte à l'heure actuelle.

Quand ils se donnent la peine d'entrer, ajouta-t-il en son for intérieur, non sans lorgner la boutique déserte.

— Les clients n'ont pas l'air d'être dérangés par la caisse, protesta sa mère, en désignant leur antique mastodonte.

Aux yeux de Josh, il s'agissait du vestige monstrueux d'une époque révolue, totalement inadapté à l'ère moderne.

— Les gens doivent pouvoir payer avec leur carte, répéta-t-il.

— Elle fait un joli bruit quand le tiroir s'ouvre, s'entêta sa mère en effleurant le bord de la caisse. C'est pour cela que ton père l'aimait tant. Parce que c'était celle dont ton grand-père se servait, tu sais.

Josh prit une grande inspiration.

— Je sais qu'elle appartenait à grand-père. Mais elle ne nous rend pas tous les services qu'elle pourrait nous rendre. Elle est obsolète.

— Tout comme moi, je suppose, marmonna sa mère.

Tout signe de bonne humeur avait disparu.

Il savait ce qui expliquait le comportement de sa mère. Elle tentait désespérément de préserver la mémoire de son père. Le problème, c'était que Josh avait l'impression de manquer à ses devoirs envers ses deux parents, jour après jour.

Il se détourna pour regarder la devanture de la boutique. Ils avaient la même conversation tous les jours. Ils tournaient en rond. Et rien ne changeait. Le thème de la discussion était toujours le même. Il voulait changer le magasin. Sa mère refusait.

L'affaire était en train de péricliter et il n'y avait plus de place pour le sentimentalisme. Des décisions difficiles devaient être prises. Mais il savait que sa mère ne voulait rien entendre. Elle voyait encore la boutique à travers les lunettes teintées de rose du passé. À la lueur des jours heureux où son père était encore en vie, où tout était sûr et garanti. Mais les choses avaient changé et elle avait du mal à affronter la nouvelle réalité.

— Je crois que tu oublies que je t'ai laissé changer les fenêtres et les portes, ajouta sa mère.

Cette fois, Josh leva les yeux au ciel.

— Elles étaient pourries et laissaient passer les courants d'air.

Il avait également réussi à mettre à jour le circuit électrique, de sorte qu'il ne craignait plus un court-circuit chaque fois qu'il appuyait sur un interrupteur. Une petite victoire dans un océan d'échecs.

Le restant de ses économies durement gagnées avait servi à rembourser la deuxième hypothèque sur la maison, bien salée, un fardeau qu'il avait partagé avec son frère. À l'insu de tous, sauf de Josh et de Pete, leur père avait réhypothéqué le commerce plusieurs années auparavant. Même leur mère ne savait pas que Todd s'était mis dans des difficultés financières. S'il avait été un excellent père, il s'était révélé un homme d'affaires médiocre. Les dettes étaient assez importantes, en plus de l'hypothèque. Son père avait acheté tout et n'importe quoi dans les foires et les ventes d'entrepôts, remplissant le magasin d'on ne savait quoi. Il y avait énormément de marchandises et la plupart d'entre elles auraient dû finir à la poubelle. Mais les problèmes d'argent n'avaient pas disparu, et Josh avait utilisé ses dernières économies pour s'assurer que sa mère et sa grand-mère aient un toit au-dessus de leur tête. Malheureusement, il n'avait pas assez d'argent pour couvrir les dettes quotidiennes de la boutique, qui augmentaient à un rythme alarmant.

— Tu as dépensé trop d'argent pour toutes ces rénovations, grommela Cathy, qui ne voulait manifestement pas abandonner la dispute pour l'instant. Tu n'avais pas besoin de faire installer le chauffage central dans l'appartement au-dessus du magasin.

Il ne répondit pas, se contentant de détourner les yeux vers la fenêtre. Ce n'était qu'un ennui de plus dans une longue série et il se sentait impuissant, piégé à Cranbridge, sans qu'aucun de ses talents d'homme d'affaires ne soit en mesure d'aider sa famille. Même s'il aimait sa famille, il avait désespérément voulu s'enfuir du village lorsqu'il était plus jeune. Il voulait suivre sa propre voie et faire quelque chose de sa vie. Il avait transformé sa passion pour la lutte contre le changement climatique en une véritable entreprise. Il avait porté de beaux costumes, apprécié d'être quelqu'un dont l'opinion comptait. Un adulte faisant carrière.

Mais il était désormais de retour au village et c'était comme s'il avait reculé dans le temps. Il logeait même dans sa chambre d'enfant, dans l'appartement au-dessus de la boutique. En ce moment, il se sentait à nouveau dans la peau de l'adolescent qu'il avait été, sans espace pour respirer ou grandir.

— Ton père n'aimait pas la technologie, entendit-il ronchonner sa mère.

Il inspira brusquement pour garder une voix égale, tout en continuant à regarder par la fenêtre.

— Il a acheté une guitare électrique, lui rappela-t-il. Il l'utilisait tout autant que sa guitare acoustique.

— Bof. C'était de la musique.

— Le fait est qu'il était musicien. (Il se tourna enfin vers sa mère.) Le magasin doit changer, ajouta-t-il d'un ton doux. Sinon…

Sa voix s'éteignit. Même à l'âge de trente-cinq ans, il n'arrivait pas à dire ce qui était nécessaire.

Sa mère croisa les bras. *Les boucliers de défense sont levés,* pensa-t-il.

— Il est très bien comme il est, finit-elle par asséner.

Non, c'est faux. Elle se retourna pour redresser une pile de biscuits à côté de la caisse. Savait-elle à quel point la situation était critique ? Il imaginait parfois que oui.

— Je suis revenu pour tenir le magasin, lui rappela-t-il.

— Non, tu es revenu parce que ton père était malade.

— Et puis tu as été malade, dit-il. Et grand-mère ne pouvait pas tout faire toute seule, alors me voilà.

Coincé à Cranbridge, ajouta-t-il pour lui-même.

Elle le regarda en relevant un peu le menton.

— J'aurais pu m'en sortir.

— Avec la chimiothérapie qui te rendait si malade ?

— Eh bien, pas ces jours-là, mais tous les autres, s'empressa de répliquer sa mère. Quoi qu'il en soit, je ne veux pas parler de la chimiothérapie. Ou de quoi que ce soit d'autre… Bon, je vais me préparer une tasse de thé.

Sortant rapidement de derrière le comptoir, elle se précipita dans l'arrière-boutique pour grimper l'escalier qui menait à l'appartement.

Josh soupira. Il savait que sa mère préférait s'enfouir la tête dans le sable plutôt que d'affronter la réalité de leur situation. Il savait aussi qu'elle était stressée à l'idée de recevoir les résultats du scanner plus tard dans la semaine. La dernière fois, les médecins s'étaient montrés optimistes quant à l'avenir, mais il n'en avait pas moins l'estomac serré par la peur.

Sa mère était tombée malade bien trop tôt après avoir perdu son mari, mais ils avaient traversé le pire, non ? Pourtant, il y avait toujours un autre rendez-vous pour le stresser.

Et il ne pouvait pas non plus lui dire la vérité et lui causer encore plus de peine et d'inquiétude. Il resta donc silencieux et frustré, incapable de trouver une issue à leur situation.

Il revint à sa contemplation du paysage par la fenêtre et avisa grand-mère Tilly et Amber qui marchaient lentement de l'autre côté de la rivière.

Il observa Amber. Ses longs cheveux blond foncé brillaient sous les rayons du soleil qui filtraient à travers les arbres. Ils étaient presque de la même couleur que les feuilles changeantes des chênes, nota-t-il.

Peut-être qu'Amber pourrait aider sa mère à comprendre que le magasin avait besoin d'être réorganisé. Elle était calme et réfléchie. Sans doute saurait-elle se montrer plus douce que lui pour persuader sa mère de voir la lumière.

Tout en continuant à les observer, il se demanda brièvement à quoi avait ressemblé la vie d'Amber depuis leur adolescence. Elle avait toujours été très discrète lorsqu'ils étaient plus jeunes. Cela n'avait pas changé. Mais elle avait très bien réussi, travaillant à la fois à Londres et à New York.

La cloche au-dessus de la porte retentit lorsque grand-mère Tilly la poussa.

— C'est magnifique dehors, dit-elle. J'adore cette période de l'année.

— Moi aussi, renchérit Cathy, qui sortit de l'arrière-boutique avec une tasse de thé. Je vous ai vu toutes les deux par la fenêtre et j'ai préparé du thé. Vous en voulez une tasse ?

— Merci, répondit grand-mère Tilly en se dirigeant vers le siège situé derrière la caisse. Qu'est-ce que j'ai raté ?

— Juste la séance de harcèlement quotidienne de ton petit-fils, déclara Cathy.

Grand-mère Tilly serra son manteau autour d'elle dans l'air frais de la boutique.

— J'ai bien chronométré notre promenade, hein ?

Elle adressa un clin d'œil appuyé à Amber avant de toiser Josh d'un air innocent.

—Apparemment, à en croire Josh, nous avons besoin d'une mise à jour, lâcha Cathy, d'un ton sarcastique. Non mais tu y crois ? ajouta-t-elle en regardant Amber.

Celle-ci se balança d'un pied sur l'autre, visiblement embarrassée de se retrouver sur la sellette.

— Je ne connais rien aux magasins, finit-elle par dire. Je ne m'y connais qu'en vitrines.

— Peut-être que tu pourrais faire quelque chose avec la nôtre, suggéra grand-mère Tilly. J'ai toujours aimé les grandes baies vitrées que nous avons ici.

Amber sembla surprise par cette suggestion.

— Oh, je ne sais pas…

— Elles ne pourraient pas avoir plus piteuse allure, poursuivit grand-mère Tilly.

— Excuse-moi, mais j'ai fait poser ces fenêtres cet été, protesta Cathy, l'air légèrement offensé.

Grand-mère Tilly sourit.

— Je le sais, ma chérie. Je pense juste que nous avons ces jours-ci une étonnante étalagiste parmi nous. Tu ne penses pas que nous pourrions utiliser les talents d'Amber ?

Tout le monde se tourna vers elle, qui avait maintenant les joues très roses.

— Si vous pensez que ça peut t'aider, murmura-t-elle. Bien sûr, je redécorerai les vitrines pour vous.

— Génial ! s'exclama grand-mère Tilly en souriant.

— Tu vois ? fit Cathy d'un ton triomphal, tout en regardant Josh. Et toi qui disais que j'étais incapable de changer quoi que ce soit ici !

Josh s'apprêtait à répliquer, mais ne trouva aucun mot à sortir. On ne parlait pas des changements massifs qui s'imposaient. C'était peut-être un début, mais comment deux vitrines pourraient-elles provoquer un revirement de leur destinée ?

8

Amber avait accepté de créer une nouvelle vitrine pour *Cranbridge Stores*, principalement parce que cela rendait sa marraine plus heureuse qu'elle ne l'avait vue depuis son arrivée.

— Je suis ravie que tu puisses faire ça pour nous, dit Cathy, en passant un bras autour de l'épaule d'Amber pour la serrer contre elle, avant de lever les yeux vers Josh. Qu'en penses-tu ?

— Si tu crois que cela peut aider, répondit-il en haussant les épaules.

Même si elle doutait d'elle-même, Amber ressentit une petite bouffée d'indignation. Mettait-il en doute ses compétences ?

— L'intérêt de toute vitrine est d'attirer des clients, se surprit-elle à répliquer d'un ton guindé.

— Voilà ! s'écria Cathy, avec un signe de tête résolu. Exactement. Amber, tu fais ce que tu veux avec les vitrines. Après tout, c'est toi qui as la formation et le talent.

Amber vit le visage de Josh s'assombrir aux paroles de sa mère.

— Je crois que je vais aller les regarder de l'extérieur, annonça-t-elle, soucieuse de ne pas se retrouver au milieu d'une énième dispute.

Elle sortit donc observer les fenêtres depuis la route devant la boutique.

C'était une belle matinée, sans un seul nuage dans le ciel bleu pâle. Le soleil bas pointait à travers les feuilles jaunies des arbres au bord de la rivière où des taches de lumière dansaient sur la surface.

Tout autour se multipliaient les signes annonciateurs de l'automne, du bruissement des feuilles séchées soulevées par une brise légère aux arbres embrasés de teintes dorées et pourpres.

En descendant les marches de la véranda pour gagner l'allée, elle ne put s'empêcher de se pencher pour ramasser une feuille d'érable rouge vif qui s'était accrochée à ses baskets.

— Bonjour, lança une voix.

Elle se retourna. Stanley arrivait à sa rencontre d'un pas lent.

— Bonjour, répondit-elle.

— N'est-ce pas magnifique ? questionna-t-il en souriant devant la vue qui s'offrait à eux.

Elle acquiesça.

— En effet. Vous venez chercher votre journal ?

— Plus quelques boîtes de biscuits pour la fête des récoltes à l'église ce week-end. L'année est passée très vite et tout ce que j'y ai gagné, c'est un an de plus. Et quels sont vos projets pour cette belle journée ? demanda-t-il après une pause.

— J'ai été chargée de décorer les vitrines, lui annonça-t-elle.

— Comme c'est charmant ! approuva-t-il. J'ai nettoyé mes vitres pas plus tard que la semaine dernière.

Pendant que Stanley gravissait les marches, Amber regarda attentivement les deux grandes baies vitrées.

Stanley avait mis le doigt sur quelque chose. Les deux vitrines étaient poussiéreuses et sales, ce qui n'était pas le point de départ idéal pour mettre en valeur quoi que ce soit. Son premier travail serait donc de les nettoyer de l'intérieur comme de l'extérieur.

Elle retourna dans la boutique et entreprit de débarrasser les vitrines des marchandises qui les encombraient. Heureusement, Josh et Cathy semblaient s'activer ailleurs dans l'appartement, si bien qu'elle se retrouvait livrée à elle-même, ce qui lui convenait parfaitement.

Parmi toutes les boîtes de conserve et de rangement posées sur le rebord de la fenêtre, elle trouva quelques insectes morts ainsi que des feuilles séchées qui avaient probablement été projetées là par l'ouverture de la porte d'entrée. Les feuilles, plutôt jolies, provenaient manifestement du grand chêne. Amber les mit donc de côté.

Une fois qu'elle les eut dégagés, elle fut ravie de constater que les rebords des fenêtres, assez larges, pourraient accueillir un étalage conséquent. Quand elle en aurait choisi le thème, bien sûr. Cette dimension-là lui échappait encore.

Pour l'instant, elle décida de se concentrer sur le nettoyage. Prenant un seau dans l'arrière-boutique, elle le remplit de liquide vaisselle et d'eau chaude avant de commencer à savonner les fenêtres et leurs rebords.

— Tiens, dit grand-mère Tilly, en lui tendant une peau de chamois, une fois qu'elle eut terminé. Je suis sûre que tout cela s'apparente un peu à une déchéance par rapport à ton grand magasin de luxe.

— Ça n'a jamais été si glamour que ça, la rassura Amber.

Et c'était vrai. La majeure partie de son travail avait consisté à travailler dans les espaces restreints des fenêtres, à utiliser du ruban adhésif, de la colle et tout ce qui permettait de maintenir en place ses étalages élaborés. Vus de face, ils étaient fabuleux et artistiques, mais de derrière, c'était beaucoup moins charmant.

Tout en essuyant le rebord, elle prit conscience que son étalage serait vu à la fois de l'intérieur et de l'extérieur de la boutique et qu'elle n'avait, par conséquent, pas le luxe de cacher une quelconque mise en scène. Il fallait que cela fonctionne sous tous les angles.

— C'est vraiment triste que tu aies été licenciée, poursuivit Tilly. Tu devais adorer ce travail.

Le sourire d'Amber s'estompa. Avait-elle aimé ce travail ? Seulement la partie conception proprement dite. La responsable de l'habillage des vitrines était une femme difficile qui s'était attribué un certain nombre des idées d'Amber. Il avait été malaisé de travailler avec elle et l'atmosphère avait toujours été pesante. Rétrospectivement, son licenciement avait été un petit soulagement, même s'il l'avait laissée à la fois sans emploi et sans logement.

Une partie de ses réflexions dut se lire sur son visage, car Amber se rendit compte que Tilly l'examinait. Elle s'empressa de continuer à frotter la vitre.

— C'est un super espace à utiliser, commenta-t-elle pour changer de sujet. Il est vraiment large et profond, ce qui va être génial.

— J'ai toujours aimé ces fenêtres, informa Tilly. J'avais l'habitude d'y placer un petit sapin de Noël au début de l'Avent.

— Tu devrais faire pareil cette année, lui suggéra Amber.

Tilly fit la grimace.

— Je crois que je vais te laisser faire ce genre de choses, ma chérie. Je devrais plutôt m'en tenir à mon tricot. Après tout, je suis superflue, ces temps-ci.

Mais il n'y avait pas d'intonation plaisante dans les paroles de Tilly. Amber se demanda si la vieille dame ne se sentait pas un peu perdue depuis qu'elle avait déménagé de l'appartement du dessus.

Une fois le nettoyage terminé, elle sortit pour observer une nouvelle fois les fenêtres, cette fois-ci depuis la terrasse couverte. Au moins la lumière rebondissait-elle désormais sur le verre qu'elle venait de frotter. Le problème était dorénavant de savoir avec quoi remplir l'espace.

Plongée dans ses pensées, elle descendit de la véranda et retourna dans la rue. Plantée là, elle étudia le village. *L'automne,* songea-t-elle. Beaucoup de jaunes, d'oranges et de rouges. La nature. L'époque des lunes de moisson et des réserves pour l'hiver. Elle repensa aux feuilles qui avaient été soufflées jusqu'à l'intérieur sur le rebord de la fenêtre. Puis elle se souvint de ce que Stanley avait dit à propos de la fête des récoltes. C'était peut-être une idée.

Elle eut soudain la vision d'un tissu à carreaux rouge et blanc, sur lequel se trouveraient des citrouilles. Des pommes aussi. Certaines roses, d'autres vertes. Des feuilles, bien sûr, dans toutes les couleurs de l'automne. Peut-être quelques brindilles. Des guirlandes lumineuses pour éclairer les jours qui s'assombrissaient.

C'était ça ! Elle avait son thème. Elle espérait juste qu'il serait aussi beau dans la réalité que dans son esprit.

Tout excitée, Amber retourna au magasin pour se ravitailler. Il regorgeait sûrement d'articles qu'elle pourrait utiliser, non ?

— Cela ne te dérange pas si j'emprunte quelques objets de la boutique pour la vitrine ? demanda-t-elle à Cathy.

— Bien sûr que non, affirma sa marraine, rayonnante. Tu cherches quel genre de choses ?

— Colle, ficelle, guirlandes électriques, énuméra Amber.

Cathy parut surprise.

— Il doit y avoir tout ça dans l'arrière-boutique.

— Tu aurais aussi du matériel de dépannage ? la sonda Amber. Comme une vieille nappe ou quelque chose comme ça ?

Cathy et grand-mère Tilly échangèrent un regard.

— Il n'y a pas quelques rouleaux de tissu dans le coin près de l'escalier ? suggéra la vieille dame.

— Je pense que si, répondit Cathy.

— Je vais jeter un coup d'œil, déclara Amber en se dirigeant vers l'arrière-boutique.

Comme il fallait s'y attendre, l'endroit, qui croulait sous les cartons, rendait tout déplacement très difficile. Elle faillit tomber deux ou trois fois, à force de grimper pour atteindre ce dont elle avait besoin. Mais elle dénicha rapidement les rouleaux de tissu que Tilly avait mentionnés. Ils étaient un peu poussiéreux, n'empêche, à sa grande joie, l'un d'entre eux se révéla être un vichy à carreaux rouge et blanc. Exactement ce qu'elle voulait pour sa vitrine.

Elle trouva une ficelle et un ruban adhésif dans la boîte à outils, à côté du vieux tracteur. Elle s'apprêtait à retourner dans la boutique lorsqu'elle aperçut deux vieux paniers en osier, rencognés dans un coin sombre. Elle s'en saisit avant de se diriger vers la vitrine.

Amber passa deux heures très agréables à dépoussiérer le tissu et à nettoyer les paniers en osier en vue de l'étalage qu'elle allait concevoir. Pendant tout ce temps, son esprit bouillonnait d'idées.

Ensuite, elle sortit et dénicha quelques branches courtes et fines aux abords de la rivière. Elle ramassa également de nombreuses feuilles, choisissant des spécimens entiers et non crottés.

De retour à l'intérieur, elle commença à coller les feuilles sur la ficelle, puis les laissa sécher avant de les enrouler autour des guirlandes lumineuses que Cathy avait trouvées pour elle parmi les décorations de Noël.

— Tu travailles très dur, constata sa marraine en posant un biscuit et une tasse de thé sur le rebord de la fenêtre, à côté de l'endroit où Amber se trouvait.

— Merci, répondit-elle.

C'était la journée de travail la plus agréable qu'elle ait eue depuis longtemps.

L'absence de supervision sur ses créations lui communiquait une sérénité qu'elle n'avait jamais éprouvée dans un emploi. Personne pour juger ou critiquer ses choix, elle était libre de donner vie à ses propres idées.

Cathy la regardait toujours en souriant.

— Oh, je savais que ton séjour chez nous allait améliorer les choses.

Pourvu que sa marraine ne mette pas trop d'espoir dans ce qui ne devait être que deux petites vitrines. Mais au moins, cela faisait plaisir de la voir aussi enjouée. Restait à espérer qu'elle réussisse à produire une devanture qui plairait à toute la famille, Josh compris. Mais, comme d'habitude, son ardeur était tempérée par le doute persistant de n'être jamais aussi talentueuse qu'elle aurait voulu.

9

Josh avait été quelque peu déconcerté par la suggestion que sa mère avait faite à Amber d'habiller les vitrines. À proprement parler, c'était une goutte d'eau dans l'océan comparé à tous les autres changements nécessaires. Mais si cela permettait à sa mère d'être de meilleure humeur qu'elle ne l'avait été ces derniers temps, de quel droit allait-il s'en plaindre ?

Avant d'aller chez le grossiste chercher quelques maigres provisions de lait et de fromage pour la boutique et la maison, il avait observé les allées et venues d'Amber dans la réserve. De la ficelle, du ruban adhésif, de vieux cageots et même une paire de vieux paniers en osier avaient été sortis de leurs cachettes pour être nettoyés et transportés vers l'avant du magasin. Un tissu à carreaux rouge et blanc avait amené sur les lèvres d'Amber un sourire plus large qu'il ne lui en avait encore jamais vu.

Cela étant, il n'attendait pas grand-chose de ce qu'elle pourrait confectionner avec des fournitures aussi rudimentaires. Après tout, leur boutique n'avait pas le même budget ni les mêmes ressources qu'un grand magasin new-yorkais.

En fin d'après-midi, alors qu'il déchargeait ses derniers achats de la camionnette, Amber fit irruption dans l'arrière-boutique, où sa mère se servait une nouvelle tasse de thé. Que faire d'autre avec peu ou pas de clients ?

— Les vitrines sont terminées, annonça Amber en rougissant. J'espère que ça vous plaira.

Elle se tordait les mains de nervosité. Cathy applaudit, aux anges.

— Oh, je brûlais d'y jeter un coup d'œil, mais comme je t'avais promis de ne pas le faire… J'ai hâte de voir le résultat !

Josh les suivit avec un peu moins d'enthousiasme. Ils traversèrent la boutique, se frayèrent un chemin dans le fouillis et débouchèrent sur la véranda avant de se tourner vers les baies vitrées…

Ce qu'il vit le laissa bouche bée. Pour commencer, il n'avait aucune idée de la taille réelle des baies vitrées. Elles semblaient immenses maintenant qu'elles étaient désencombrées et décorées. Et de quelle manière !

À l'intérieur, le rebord de la fenêtre était recouvert d'un vichy à carreaux rouges et blancs, sur lequel étaient disposés plusieurs cageots, des vases, les paniers en osier et même des marrons et des glands. De pâles guirlandes lumineuses avaient été entortillées autour de branches dénudées, ce qui conférait à l'ensemble un air presque festif. Amber avait également collé de nombreuses feuilles sèches de couleurs différentes, qu'elle avait suspendues en haut de la vitrine. Les deux baies vitrées étaient le pendant l'une de l'autre.

Mieux encore, il remarqua qu'à l'intérieur des paniers en osier, Amber avait placé quelques biscuits et conserves qu'il cherchait désespérément à vendre. Elle connaissait le pouvoir du placement de produits… C'était impressionnant.

L'ensemble était superbe, il dut le concéder. Les vitrines étaient chaleureuses, pleines de charme campagnard. Jolies, mais également sophistiquées, bien qu'il n'arrive absolument pas à comprendre comment elle avait pu obtenir pareil résultat avec des objets aussi simples.

— Elle n'a pas bien travaillé ? s'écria grand-mère Tilly, rayonnante de ce qui ressemblait à de la fierté.

— Oh, Amber ! s'exclama sa mère. C'est magnifique ! Je savais que tu y arriverais !

Elle s'avança pour serrer une Amber visiblement embarrassée dans ses bras.

Sa mère s'écarta alors pour décocher à Josh d'un regard plein de sévérité, histoire de l'inciter à dire quelque chose de gentil.

— C'est vraiment bien. Remarquable, en fait, lâcha-t-il enfin en hochant la tête après un nouveau regard aux vitrines.

Amber haussa les épaules, toujours gênée.

— C'est facile quand on sait comment faire, nuança-t-elle.

— Mais nous, on ne sait pas, au cas où tu ne l'aurais pas encore compris, lui glissa-t-il en souriant. Alors accepte le compliment.

Le sourire d'Amber vacilla l'espace d'une seconde avant qu'elle ne soit entraînée à l'intérieur par sa mère et grand-mère Tilly.

Amber était manifestement douée, mais son manque total de confiance en elle, c'était autre chose. La question était de savoir pourquoi. Que lui était-il arrivé pour qu'elle ait une si piètre estime de son indéniable talent ?

***

Plus tard, Amber s'en fut avec sa mère regarder un film de filles dans le pavillon de grand-mère Tilly. Josh ne se joignit pas à elles. D'une certaine manière, c'était bien que sa mère ait de la compagnie féminine. Elle ne sortait plus beaucoup depuis qu'elle s'était remise de sa maladie, ce qui l'inquiétait. Elle avait toujours été pleine de vie. Le contraste était saisissant avec la femme presque colérique qu'elle était devenue.

Une fois la boutique fermée, Josh resta dans l'arrière-boutique pour bricoler sur le moteur du tracteur. Mais l'activité ne lui procura aucun plaisir.

Il se souvenait encore de la première fois où son père était apparu avec le petit engin rouge dans l'allée derrière le magasin.

— Ça va nous servir à quoi ? avait demandé sa mère, l'air horrifié.

Encore une des idées folles de Todd !

Son père souriait jusqu'aux oreilles.

— Je ne sais pas ce qu'on va en faire, avait-il répondu en souriant. Mais n'est-ce pas une vraie beauté ? Un David Brown 25 ! Tu sais combien ça vaut, ces trucs-là ?

Toute la famille avait regardé la carrosserie défraîchie, criblée de rouille et dont plusieurs pièces pendouillaient.

— Il marche ? avait demandé Pete, alors âgé de dix ans.

L'excitation lui faisait ouvrir des yeux comme des soucoupes.

Josh, qui avait commencé à maîtriser le cynisme dès le début de l'adolescence, avait glissé à son cadet :

— Vu qu'il est arrivé dans une remorque, qu'est-ce que tu en penses ?

— Écoutez, c'est une question d'occasion, de rêve, s'était enthousiasmé leur père, les yeux brillants.

Sa mère avait soupiré.

— C'est ce que tu disais quand on a quitté Londres pour venir ici.

— Et ça a fonctionné au poil, non ? avait répondu Todd en adressant un clin d'œil à ses fils.

De retour dans le présent, le soupir de Josh fut remarquablement similaire à celui de sa mère, toutes ces années plus tôt.

D'une certaine manière, cela avait bien fonctionné, puisque la famille avait quitté Londres pour s'installer dans le village alors que Josh n'était encore qu'un adolescent. Pour commencer, la pression de la vie moderne s'était éloignée d'eux, ainsi que les tentations inhérentes aux feux de la ville urbaine. Son père était resté abstinent jusqu'à la fin de sa vie, après leur déménagement à Cranbridge. Il avait adopté le mode de vie campagnard, emmenant les garçons à la pêche et se rendant au pub local pour y boire du Coca light. Mieux encore, il s'était remis à jouer de la guitare. Le dimanche, lorsque le magasin était fermé, il s'asseyait dans la véranda et jouait. Si Josh fermait les yeux, il entendait encore cette musique chère à son cœur.

Le reste du temps, il y avait toujours de la musique quelque part. Sur une radio ou sur la platine. Mais la boutique et l'appartement étaient silencieux maintenant. Trop silencieux.

Son père n'étant plus là et, Pete ayant déménagé à l'étranger pour son travail, on aurait dit que toute étincelle avait disparu de leur vie. Josh ne voyait pas comment elle pourrait se rallumer un jour.

Il tourna la clé de contact et attendit que le tracteur revienne à la vie. Après avoir démarré, pour le plus bref et le plus bruyant des instants, le moteur s'éteignit presque immédiatement.

Il jeta le vieux chiffon qu'il tenait à la main, désespéré. L'engin avait besoin d'une révision majeure, sauf qu'il n'avait pas les moyens d'acheter les pièces coûteuses. Il y en aurait pour des centaines, voire des milliers de livres, s'il voulait le relancer. C'était peut-être ça, le truc. Il ferait sans doute mieux de renoncer et de le vendre au ferrailleur. Après tout, c'était le rêve de son père, et pas le sien, de retaper ce véhicule.

Mais s'en débarrasser signifierait qu'une autre partie de leur vie disparaîtrait et il ne pouvait tout simplement pas faire face à un surcroît de chagrin pour le moment. Tout ce qu'il parviendrait à supporter, c'était sa pinte de bière au pub. Il enfila donc son blouson de cuir et se fraya un chemin à travers la boutique obscure, se heurtant à plusieurs cartons au passage. S'il se débarrassait du tracteur, il y aurait plus de place pour le stock à l'arrière de la boutique. Mais à quoi bon, s'ils n'avaient pas de clients ?

L'œil attiré par la lumière de la devanture, il s'aperçut que les guirlandes lumineuses étaient encore allumées dans les vitrines conçues par Amber. Intrigué, il sortit et, après avoir fermé à clé, s'engagea dans l'allée avant de se retourner pour faire face au magasin.

Il fut surpris de constater le changement par rapport à la normale. De sombres et peu engageantes, les baies vitrées étaient devenues attrayantes, jolies même, il devait bien l'admettre. Elles attiraient le regard avec leur exposition automnale. L'ensemble était douillet sans être trop maniéré.

Amber avait assurément un don. Bien sûr, elle avait l'habitude d'attirer les foules dans les grands magasins de New York. Josh jeta un coup d'œil autour de lui. Il n'y avait pas foule à Cranbridge. Sa vitrine attirerait certainement tous ceux qui passeraient par là. Le problème, c'était que personne ne passait jamais.

Bien que bouleversé à l'idée de perdre le magasin pour faillite, il n'était peut-être pas aussi triste qu'il aurait dû. Il avait juste l'impression d'avoir affaire à un terrible fardeau dont il voulait se débarrasser. Il brûlait de retrouver son ancienne vie. Être libre de prendre ses propres décisions. Mais l'idée de laisser sa mère et grand-mère Tilly affronter seules la tempête déclenchée par son père était trop difficile à supporter. Cela leur briserait le cœur de savoir que Todd avait peut-être mis en faillite le magasin et la maison que la famille conservait depuis tant d'années.

Il voulait que toute sa famille tourne la page sur la douleur du passé. Mais il ne savait pas si le sauvetage de la boutique suffirait à assurer aussi leur bonheur futur.

10

Amber se réveilla le lendemain matin, ragaillardie. Les effets du décalage horaire s'étaient estompés après une autre bonne nuit de sommeil et, merveille des merveilles, la compagnie aérienne lui avait envoyé un courriel pour lui annoncer que ses bagages avaient été retrouvés et qu'ils allaient enfin arriver dans la journée.

Elle se sentait donc plus gaie qu'elle ne l'avait été depuis son arrivée au village. De plus, elle avait éprouvé un sentiment de satisfaction incroyable à travailler sur les vitrines du magasin, la veille. La décoration avait toujours été son passe-temps favori et en faire son métier était un rêve devenu réalité.

À sa grande surprise, elle retira une joie encore plus grande de la visite de quelques clients, plus tard dans la matinée, lorsqu'elle les entendit commenter les vitrines.

Certes, il ne s'agissait que de Cranbridge, mais elle n'avait encore jamais eu de retours de la part de clients réels. Cachée dans les profondeurs des grands magasins, les seuls commentaires qu'elle avait reçus provenaient de ses supérieurs. Et elle avait toujours eu l'impression qu'ils étaient acérés.

Elle ressentit donc un petit élan de confiance en entendant les éloges dont son travail était l'objet.

Frank se montra particulièrement louangeur.

— J'ai remarqué la nouvelle vitrine en passant hier soir. Elle est vraiment superbe.

— Merci, balbutia-t-elle en rougissant.

Elle l'aida à glisser sa brique de lait dans un sac. Cathy étant allée voir grand-mère Tilly, Amber s'était proposée pour aider à la boutique, puisqu'elle n'avait pas d'autres projets.

— Cela devrait attirer un peu plus de monde, ajouta-t-il en s'adressant à Josh, qui se tenait à proximité.

— Espérons-le, répondit ce dernier en affichant un sourire de façade.

— En parlant de nouveaux clients, vous n'avez pas entendu la dernière ? poursuivit Frank. Comme vous le savez, je suis propriétaire du *Cranbridge News.* Les bureaux qu'on loue actuellement viennent d'être vendus pour devenir des appartements. (Il leva les yeux au ciel.) Comme si on en avait encore besoin. Bref, j'ai loué le magasin vide d'à côté. Ça devrait faire l'affaire, je pense.

— Qu'est-ce qu'il y avait comme commerce là-bas, avant ? demanda Amber, qui cherchait à se souvenir de ce que Tilly lui avait dit.

— Une mercerie. Mais Tom, mon rédacteur en chef, n'a pas besoin de le savoir, répliqua Frank en riant. Quoi qu'il en soit, ça vous fera de la compagnie. Une petite dizaine d'employés vont arriver, donc on aura au moins un peu plus de jeunesse dans le village, hein ?

Pourtant, après son départ, Amber trouva à Josh l'air plus déprimé qu'avant.

— Je ne suis pas sûr que sept-huit personnes résolvent le problème, marmonna-t-il, presque pour lui-même.

Elle s'en doutait. Le magasin était vraiment en difficulté.

— Ta mère sait-elle à quel point c'est grave ? demanda-t-elle.

Il secoua la tête.

— Pas vraiment. Si elle a deviné, elle ne veut pas se colleter avec la vérité. Elle a eu assez de mauvaises nouvelles, ces derniers temps.

— L'entreprise était en faillite avant que tu perdes ton père ?

Josh acquiesça.

— Tu sais comment il était. Ce n'était pas vraiment un homme d'affaires. Il aimait juste acheter des trucs et discuter avec les clients. Quand on en avait, cela va sans dire, nuança Josh avec un soupir. Je crois que je n'ai fait qu'empirer les choses ces deux dernières années.

Amber fronça les sourcils.

— Comment ça ?

— Parce que ma mère est malheureuse.

— Elle est malheureuse parce qu'elle a perdu son mari, corrigea-t-elle en secouant la tête. Tu ne peux rien y changer.

Il lui jeta un regard accablé.

— Mais je ne suis pas non plus à la hauteur vis-à-vis de lui. Je ne peux pas sauver le magasin.

Affligée pour lui, Amber observa autour d'elle, essayant de trouver quelque chose de positif à dire.

— N'empêche que c'est toujours le magasin le plus mignon que j'aie jamais vu. Si l'on fait abstraction de tout ce bazar, je veux dire.

— Ce n'est pas suffisant, ajouta Josh, la voix enrouée par l'émotion.

— Mais c'est un point de départ. On va essayer de trouver quelque chose, d'accord ?

Il acquiesça.

— Merci, dit-il en poussant un soupir. Désolé. Je crois que le rendez-vous de maman à l'hôpital, cet après-midi, me perturbe plus que je ne le pensais.

— Tu vas l'accompagner pour ses résultats ?

Josh secoua la tête, puis la regarda de ses yeux bleus emplis de tristesse.

— Elle n'arrête pas de répéter qu'elle préfère y aller seule. Elle ne s'est pas remise du décès si brutal de mon père. Et ensuite, on n'a pas eu le temps de faire notre deuil parce qu'on est passés directement au traitement du cancer. Le coup a été dur pour elle.

Le fait d'être coincée dans un magasin bondé, presque étouffant, n'avait probablement pas contribué non plus à améliorer le moral de Cathy, songea Amber.

— Peut-être qu'elle pourrait se mettre un peu en retrait, suggéra-t-elle. Faire une pause loin de tout.

— Pete dit qu'il l'a invitée à Singapour pour des vacances, mais qu'elle refuse de partir.

— Je pourrais peut-être lui en toucher deux mots, proposa-t-elle.

— Je ne sais pas si tu arriveras à quoi que ce soit, mais merci, dit Josh avec un sourire reconnaissant.

Au même instant, un coursier arriva, rapportant les deux valises d'Amber. Elle fut tellement soulagée de les voir qu'elle ne se soucia même pas des piles de boîtes et de marchandises que le livreur avait renversées en traînant ses bagages à l'intérieur.

— Je vais les monter, déclara Josh en empoignant une valise. Je ferais mieux d'en prendre une à la fois, sinon tout le magasin va se retrouver par terre.

Amber gloussa, heureuse d'avoir enfin récupéré toutes ses affaires.

— Qu'est-ce qui se passe ? demanda Cathy, qui revenait tout juste de sa visite à Tilly.

— Mes valises sont enfin arrivées, lui annonça Amber, rayonnante.

— Il était temps ! Quelle bonne nouvelle !

Elle semblait attendre que Josh ait disparu à l'étage avec la première valise.

— Peut-être que ce sera la journée des bonnes nouvelles pour chacun de nous, ajouta-t-elle alors, presque pour elle-même.

Elle avait l'air soudain si terrifiée qu'Amber se précipita pour la serrer dans ses bras.

— Merci, ma chérie, murmura Cathy, qui s'appuya un instant sur elle avant de se redresser. J'en avais besoin.

— Je pourrais peut-être venir à l'hôpital avec toi ? suggéra Amber. Pour te tenir un peu de compagnie.

— Ce n'est pas une bonne idée, protesta Cathy en secouant la tête.

— Je ne te l'aurais pas proposé si je n'en avais pas envie, répliqua Amber. Et je n'ai rien d'autre à faire aujourd'hui.

Cathy exerça une petite pression sur son bras.

— C'est gentil, mais je ne veux pas faire de peine à Josh.

— Comment tu pourrais me faire de la peine ?

Elles sursautèrent toutes les deux en entendant retentir sa voix dans leur dos.

— J'ai proposé à ta mère de l'accompagner cet après-midi, expliqua aussitôt Amber, avant que Cathy ne puisse intervenir.

— Je trouve que c'est une bonne idée, s'empressa-t-il de dire.

— Vraiment ?

Cathy paraissait stupéfaite.

— Bien sûr.

Cathy regarda alors Amber.

— Tu es sûre ? Tu étais censée prendre un peu de repos en venant ici. Pas travailler sur des vitrines et aller à d'affreux rendez-vous à l'hôpital.

— Tout ira bien, assura Amber.

En fait, Cathy était encore plus nerveuse sur le chemin de l'hôpital. Amber se retrouva donc à bavarder plus qu'elle ne l'avait encore jamais fait, pour combler le silence. Elle parla de New York, de ses vêtements et des vitrines qu'elle avait conçues.

Heureusement, elles arrivèrent pour le rendez-vous de Cathy pile au moment où elle commençait à avoir épuisé son stock d'anecdotes.

Amber respecta le souhait de Cathy d'être laissée seule et prit donc place sur une chaise devant la salle du spécialiste, pendant que sa marraine le rencontrait. Elle croisa les doigts en attendant que Cathy réapparaisse.

Entre-temps, elle vit de nombreux patients dans l'aile d'oncologie qui n'avaient pas l'air aussi en forme qu'elle. Il était pénible de voir autant de personnes si manifestement malades. Pour la première fois, Amber se dit que cette épreuve avait dû être aussi compliquée pour Josh, en tant que fils, que pour Cathy elle-même.

Enfin, au bout d'un laps de temps qui lui parut interminable, Cathy quitta le bureau du spécialiste. À la grande horreur d'Amber, le visage de sa marraine était strié de larmes.

Elle était en train de réfléchir à une parole de réconfort, n'importe laquelle, lorsque Cathy esquissa un large sourire.

— Tout va bien, affirma-t-elle en riant et en pleurant à la fois. Ce sont des larmes de joie. L'oncologue ne veut plus me revoir avant un an.

Puis elles rirent et pleurèrent de soulagement en se serrant dans les bras l'une de l'autre.

— Je vais appeler Josh et nous irons prendre une tasse de thé dans un café avant de rentrer à la maison, annonça Cathy. Et une part de gâteau pour fêter ça. Je n'ai pas envie de rentrer tout de suite.

Après avoir acheté leur tarte au citron et leur thé, elles s'installèrent dans un coin du café très fréquenté de l'hôpital.

— Santé, lança Amber en tendant sa tasse pour l'entrechoquer avec celle de Cathy.

— Merci, fit Cathy, le sourire toujours jusqu'aux oreilles. Je crois que je suis sous le choc. Cela fait des semaines que je me tourmente à propos de ce rendez-vous.

— Maintenant, tu peux te détendre et ne plus t'en préoccuper pendant douze mois, assura Amber.

— Le toubib m'a dit qu'après cette dernière visite, je serais débarrassée pour de bon, déclara Cathy, qui s'adossa à sa chaise et soupira de soulagement. J'ai l'impression que ma vie est en suspens depuis une éternité.

Amber opina en jetant un coup d'œil au café.

— Moi aussi, se surprit-elle à avouer.

L'hôpital et tous les malades lui avaient fait comprendre qu'elle devait profiter au maximum de sa vie et ne pas se contenter de la laisser filer.

Cathy parut surprise.

— Toi aussi ?

— Cela n'a pas d'importance, répliqua Amber, qui regretta instantanément ses paroles. Aujourd'hui, c'est de toi qu'il s'agit. Pas de moi.

— Parle-moi, insista sa marraine.

Amber prit une grande inspiration.

— Ma vie entière semble en plein marasme. Pour être honnête, je n'étais pas vraiment heureuse à Londres ou à New York.

— Beaucoup de gens se sentent dépassés par une ville. Surtout s'ils sont un peu timides.

Amber acquiesça.

— Je ne sais pas quoi faire désormais.

Cathy se pencha pour prendre une bouchée de gâteau.

— Dans ce cas, pourquoi ne pas rester à Cranbridge jusqu'à ce que tu aies trouvé ce dont tu as envie ? suggéra-t-elle en essuyant le glaçage sur ses lèvres.

Amber sourit à sa marraine.

— Je pense que maman aura sans doute son opinion sur la question.

— Je pense aussi à elle, dit Cathy avec un sourire penaud. Je peux peut-être proposer une alternative à ta mère.

— Lui changer sa fille ? s'esclaffa Amber.

— Je pourrais plutôt lui changer sa visiteuse, répliqua Cathy avec une lueur dans les yeux. En me proposant à sa place.

Abasourdie, Amber se remémora les paroles de Josh.

— Tu parles d'aller voir maman ?

— Elle me manque énormément. Et Pete aussi. Je me suis dit que je pourrais aller à Singapour, puis en Nouvelle-

Zélande. Qu'est-ce que tu en penses ? Je ressens le besoin de déployer un peu mes ailes.

Amber se retrouva en train d'acquiescer avec enthousiasme.

— Je pense que c'est une excellente idée, dit-elle. Je suis sûre que Josh pourra se débrouiller en ton absence au magasin et garder un œil sur Tilly. Il sera ravi que tu fasses une pause. Et maman sera aux anges de te voir.

— J'ai encore une idée, ajouta Cathy, en lui prenant la main par-dessus la table. C'est une énorme faveur. Pourrais-tu donner un coup de main au magasin pendant mon absence ? Ce ne serait que pour un mois, je pense.

Amber la regarda, incrédule.

— Un mois ?

— Ça me laissera assez de temps pour aller voir Pete à Singapour avant de rendre visite à tes parents, déclara Cathy.

Amber n'en revenait pas. Un mois entier ?

— Ça passera très vite, j'en suis sûre, ajouta Cathy. Et tu pourras partir dès que je serai de retour.

Amber n'était pas du tout convaincue du bien-fondé des plans que suggérait Cathy. Mais sa marraine avait l'air si heureuse qu'elle se mit à hocher la tête.

— D'accord, concéda-t-elle. Bien sûr.

Comme d'habitude, elle sacrifiait ses propres projets pour les autres. Sauf qu'elle n'avait aucun projet, se rappela-t-elle. Et si quelqu'un méritait une pause, c'était bien sa marraine.

— Je savais que tout irait mieux dès que tu viendrais nous voir, déclara Cathy en serrant sa main entre les siennes, un grand sourire aux lèvres.

Amber opina et sourit également. Elle consentait à un sacrifice, c'était un fait. Cependant, elle ne doutait pas que Cathy tirerait le plus grand profit à s'éloigner un peu. Elle était moins sûre de pouvoir rester coincée à Cranbridge avec Josh pendant quelques semaines encore. Enfin, ce n'était pas une éternité et le temps passerait sans doute vite.

Elle espérait simplement que Josh serait heureux de la voir rester.

11

Josh avait passé la majeure partie de l'après-midi à essayer de ne pas penser au rendez-vous de sa mère à l'hôpital.

Grand-mère Tilly était également venue à la boutique au milieu de l'après-midi, l'air préoccupé.

— Je ne voulais pas être seule aujourd'hui, avait-elle confié à Josh.

Mais ils étaient tous les deux très inquiets concernant ces résultats lorsque Cathy avait finalement appelé.

Et une fois qu'il eut transmis la bonne nouvelle, ce fut en souriant tous les deux de soulagement qu'ils attendirent le retour de sa mère.

— J'ai une grande nouvelle à vous annoncer, déclara-t-elle justement, grand sourire aux lèvres, lorsqu'elle franchit enfin la porte d'entrée avec Amber.

— Je n'arrive pas à croire que tout ça soit derrière nous, balbutia grand-mère Tilly, avant d'éclater en sanglots.

Sa mère se précipita pour l'attirer dans ses bras.

— Oui, maman. Ils ne demandent même pas à me revoir avant un an. Et sans vouloir les vexer après tout le merveilleux travail qu'ils ont accompli, je n'ai pas particulièrement envie de les revoir non plus.

Elle fixa Josh par-dessus l'épaule de sa mère. Pendant quelques secondes, ils restèrent à se regarder dans les yeux, communiant dans le soulagement d'avoir reçu le feu vert de l'hôpital.

Josh s'appuya contre le comptoir. Ce qu'il avait été inquiet ! C'était fini. Enfin, ils pouvaient tourner la page de sa maladie.

Mais pour affronter quoi ? Ses craintes concernant l'avenir étaient presque plus grandes que celles que lui inspirait le cancer. Mais il n'allait pas gâcher ce moment où tout le monde était si soulagé.

— J'ai une autre bonne nouvelle, ajouta sa mère en jetant un coup d'œil à Amber. C'est une idée, en fait.

— Il y a de la place pour d'autres bonnes nouvelles ? s'étonna Tilly en sortant son mouchoir et en s'essuyant les joues. De quoi s'agit-il donc ?

Sa mère le regarda.

— J'en ai parlé avec Amber et je veux aller voir Pete à Singapour.

Josh n'en revenait pas. Il n'avait eu qu'une brève conversation avec Amber concernant cette idée de vacances pour sa mère, mais elle semblait avoir accompli des merveilles.

Il se tourna vers Amber, qui lui adressa un petit signe de tête comme pour confirmer cette déclaration.

— J'ai appelé Pete après t'avoir parlé, poursuivit sa mère. Il veut même me payer le billet d'avion jusque là-bas.

Heureusement, pensa Josh, car ils n'avaient pas d'argent à consacrer aux distractions. Bien sûr, s'il avait encore eu des économies, il les aurait dépensées pour sa mère. Elle le méritait pleinement.

Tilly applaudit.

— Quelle idée merveilleuse ! Je t'aurais bien accompagnée si j'avais eu un passeport.

— Tu peux toujours t'en faire faire un et venir avec moi, suggéra sa mère.

Mais grand-mère Tilly secouait la tête.

— Oh non. Je n'ai jamais aimé prendre l'avion, même quand j'étais au mieux de ma forme. Je ne pourrais jamais voyager aussi loin.

Josh était heureux pour sa mère, mais les détails pratiques lui trottaient dans la tête.

— Je sais à quoi tu penses, dit-elle en le regardant. Tu t'inquiètes pour le magasin.

Je suis toujours inquiet pour le magasin, songea-t-il, mais il resta silencieux.

— Eh bien, j'ai aussi de bonnes nouvelles à ce sujet, poursuivit sa mère. Amber a gentiment accepté de rester pendant mon absence.

Josh était abasourdi. Il contempla de nouveau Amber, qui s'empourpra sans oser croiser les yeux de personne.

— Tu ne voulais pas aller voir tes parents ? demanda-t-il.

Elle consentait un trop grand sacrifice. Elle n'avait certainement aucune envie de rester à Cranbridge alors qu'elle pouvait prendre un nouveau départ en Nouvelle-Zélande.

Mais sa mère la devança.

— Il n'y aura plus de place chez eux, car je compte sauter dans un avion depuis Singapour pour aller les voir aussi ! Écoute, tout est réglé. Je téléphonerai à Denise ce soir, quand le décalage horaire sera un peu moins gênant. Amber s'est proposée de rester ici et de vous tenir compagnie à tous les deux. Et elle partira à mon retour.

— Je trouve que c'est une merveilleuse idée ! s'exclama grand-mère Tilly en serrant le bras d'Amber.

Josh essayait de trouver une objection, mais il était toujours sous le choc de la quantité d'informations reçues au cours des cinq dernières minutes. Notamment le voyage que sa mère s'apprêtait à faire à Singapour et en Nouvelle-Zélande.

— Eh bien, on dirait que tu as tout résolu, lâcha-t-il finalement.

Mère et fils se dévisagèrent à nouveau. Il aurait voulu se montrer plus loquace, mais il y avait trop de monde autour d'eux.

— Oui, cela mérite d'être célébré en bonne et due forme, décréta Tilly.

— Tout à fait d'accord, renchérit sa mère. Allons boire un verre au pub !

— Deux fois en une semaine ? Je ferais mieux d'aller changer de gilet, lança Tilly en souriant. Je ne peux pas porter cette vieille chose. Amber, sois gentille et raccompagne-moi, veux-tu ? J'ai les jambes un peu flageolantes après toute cette agitation.

— Tout de suite, consentit l'intéressée.

En les voyant quitter le magasin, Josh se dit que sa remarquable grand-mère avait beaucoup de qualités, mais qu'elle n'était pas particulièrement subtile. N'empêche, il lui était reconnaissant de le laisser seul un moment avec sa mère.

— Je suis désolée que tout te retombe sur les épaules, lui confia-t-elle dès qu'ils se retrouvèrent en tête-à-tête.

— C'est bon, dit-il. Cela fait longtemps que j'essaie de te convaincre d'aller voir Pete.

— Je sais, admit-elle avec un lourd soupir. Je n'étais tout simplement pas prête, j'imagine. J'avais besoin de savoir que cette saleté était partie pour de bon avant de pouvoir aller de l'avant. J'ai enfin l'impression d'être en mesure de faire table rase de tout ça. (Elle l'examina.) Tu en as besoin toi aussi, je crois. D'être débarrassé de moi quelque temps, je veux dire.

Il se laissa tomber sur le tabouret derrière le comptoir.

— Je suis désolé, admit-il en secouant la tête. J'ai été tellement en colère ces deux dernières années. Je ne voulais pas m'en prendre à toi.

— Je suis désolée moi aussi, l'informa-t-elle en allant se placer de l'autre côté du comptoir. J'aurais dû me rendre compte que tout tournait autour de moi.

Il haussa les épaules.

— C'est normal. Tu étais gravement malade.

— Mais nous étions tous les deux en deuil, murmura-t-elle.

Ils se turent et le silence enveloppa la boutique quelques minutes.

— Papa me manque, se surprit-il à admettre.

— À moi aussi, avoua sa mère en hochant la tête.

Le silence se prolongea entre eux, mais pour une fois, il se révélait confortable.

— Je pense que c'est une bonne idée que tu ailles voir Pete, décréta-t-il finalement. Tu pourras te reposer un peu de tout ça.

Il agita le bras vers la boutique surencombrée.

— À ce propos…, commença sa mère en prenant une grande inspiration. Tu as dit que tu avais quelques idées pour moderniser le magasin. Tu pourrais peut-être t'en occuper pendant mon absence.

Josh leva les yeux vers sa mère.

— Tu en es sûre ?

— Il est temps, répondit-elle, tout en ravalant visiblement quelques larmes. J'ai bien discuté avec Amber à l'hôpital. Je me suis accrochée à cet endroit pendant longtemps, en essayant de le garder tel qu'il était autrefois. Mais le passé n'est justement que le passé. Je pense que nous avons tous besoin d'aller de l'avant.

— Je ne veux pas te perturber en changeant trop de choses, lui assura-t-il.

— Je crois en toi. Tu feras ce qu'il faut le moment venu. Si à ton avis cela peut sauver le magasin, ajouta-t-elle après une hésitation, fais tout ce que tu penses nécessaire. Il est dans la famille depuis tant d'années que je ne supporterais pas de le perdre comme ça.

Il comprit alors qu'elle avait toujours eu conscience de la précarité de leur situation financière. Mais que la peur du retour de sa maladie l'avait privée de la force d'y faire face.

— Je ne suis pas certain de pouvoir nous empêcher de perdre cet endroit, avoua-t-il.

— Fais juste de ton mieux, dit-elle avec un doux sourire. C'est tout. Et puis, je suis sûre que ta grand-mère gardera un œil sur toi.

Josh inspira profondément et se leva.

— Un dernier lancer de dés alors, déclara-t-il.

Le sourire de sa mère s'élargit.

— Maintenant, tu parles exactement comme ton père.

— Tant mieux, fit-il en essayant de paraître plus fort qu'il ne l'était. On aurait bien besoin d'un peu de son sang-froid et de son assurance ici.

— Oui, tu as raison, approuva sa mère en hochant la tête. Mais on t'a, toi, ce qui est encore mieux, je pense.

Elle s'avança et ils s'étreignirent.

— Je suis tellement content que tu sois guérie, murmura-t-il dans son épaule.

Il y avait des larmes dans les yeux de sa mère lorsqu'elle s'écarta enfin de lui pour le contempler.

— Moi aussi. Et maintenant, on a Amber pour nous aider par-dessus le marché, ajouta-t-elle en tendant la main pour lisser une mèche de ses cheveux.

— Tu es certaine qu'elle veut vraiment rester ici ? demanda-t-il.

— Elle m'assure que oui.

Josh n'en était pas si sûr. Amber semblait heureuse de faire plaisir à tout le monde en s'oubliant elle-même. Cela le touchait qu'elle agisse ainsi pour sa mère, mais ce mois supplémentaire à rester coincée à Cranbridge, c'était vraiment pousser le sacrifice trop loin, jugeait-il.

— Elle a un vrai sens du design, ajouta sa mère en jetant un coup d'œil à la devanture du magasin. Ces vitrines sont magnifiques. Peut-être qu'elle pourra aussi faire quelque chose de tout ça.

Josh s'esclaffa.

— C'est beaucoup demander, pour être honnête, maman.

— Allez, dit-elle en lui donnant un petit coup de coude. Fermons boutique un peu plus tôt et rejoignons-les toutes les deux dans la rue. Personne d'autre ne viendra aujourd'hui.

Après avoir tiré les verrous de la porte d'entrée et retourné le panonceau indiquant « Fermé », ils se frayèrent un chemin à travers la boutique.

— Je ne voulais pas te laisser seul, mais tu es prêt, lui lança sa mère, par-dessus son épaule. Et tu as trouvé une partenaire en Amber.

Josh jeta un dernier coup d'œil à la boutique. Il ne savait pas trop ce qu'elle ou lui seraient en mesure de faire pour améliorer les rentrées du magasin, mais d'une certaine manière, il était heureux de ne pas avoir à affronter seul la situation. Et il se rendit compte qu'il était en fait assez content qu'Amber reste à Cranbridge, ne serait-ce que pour les quatre semaines à venir.

12

— C'est juste pour un mois.

Amber regardait la rivière, dont le débit était beaucoup plus rapide ce matin-là après les fortes pluies de la nuit. Elle ajusta le portable qu'elle tenait à l'oreille et leva les yeux vers le ciel gris. De nouvelles pluies étaient prévues dans la journée. En cet instant, le ciel ensoleillé d'un été néo-zélandais lui parut plus attrayant que jamais.

— Et de toute façon, tu ne pourrais pas séjourner avec nous pour le moment, poursuivit sa mère. Maintenant que Cathy vient passer quelques semaines chez nous, la chambre d'amis sera occupée. Tu n'aurais pas envie de dormir sur le canapé à ton âge. Bonté divine, j'ai encore tellement de choses à régler avant qu'elle arrive. On vient tout juste de déballer nos affaires et les moutons ne sont même pas là.

Malgré sa panique, il y avait de l'excitation dans la voix de sa mère et Amber se rendit compte que la visite de Cathy lui faisait un immense plaisir.

Quelques jours à peine s'étaient écoulés depuis son rendez-vous à l'hôpital, mais l'avion de Cathy pour Singapour partait en fin d'après-midi. Comme ce n'était pas encore la période des vacances scolaires, Pete, le frère de Josh, avait réussi à trouver pour sa mère un aller simple de dernière minute à un prix très modique.

— Cathy a laissé la date de son vol de retour ouverte, au cas où elle voudrait rester ici un peu plus longtemps, poursuivit sa mère.

— Du moment que j'arrive à temps pour décorer l'arbre de Noël, dit Amber.

Décidément, les vacances de Cathy semblaient soudain devoir durer bien plus qu'un mois. Au temps pour passer du bon temps avec sa marraine. Mais elle savait qu'elle se montrait égoïste, car ce voyage serait exactement ce dont Cathy avait besoin.

— Oh, je n'ai aucune envie de penser à Noël en ce moment, dit sa mère. Comment vais-je faire rôtir une dinde par cette chaleur estivale ? Et ton père est tellement occupé par la ferme que je le vois à peine.

— On pourrait peut-être organiser un barbecue à la place, suggéra Amber. Il faut suivre le mouvement maintenant que vous n'êtes plus en Angleterre.

— Je n'en suis que trop consciente, marmonna sa mère.

Il y eut un court silence.

— Tout va bien là-bas ? demanda Amber.

— Bien sûr ! Qu'est-ce que je disais ? Ah oui, à ton avis, Cathy préférera la housse de couette rose ou la bleu pâle ? De toute façon, elle sera épuisée par le voyage.

Tandis que sa mère continuait à parler de tout ce qu'elle avait à faire, Amber se concentra sur la vue. L'automne arrivait en force, avec les feuilles qui abandonnaient le vert frais et les jaunes ensoleillés pour la richesse des oranges, des rouges ardents et des bruns terreux. Certes, il y avait pire endroit qu'un joli village à la campagne.

Bien sûr, à New York, il y avait Central Park, qui était charmant au fil des saisons. Mais comme elle avait principalement grandi à la campagne, le bourdonnement constant de la circulation et des sirènes l'avait toujours un peu déstabilisée. Le calme de Cranbridge était donc le bienvenu, même si l'endroit était un tantinet étrange tant il était désert.

Peut-être que la paix et la tranquillité lui donneraient le temps de planifier son avenir. Elle pourrait décider du prochain chapitre de sa vie une fois qu'elle aurait quitté le village.

Alors qu'elle effectuait un demi-tour pour faire face à *Cranbridge Stores*, son optimisme s'estompa quelque peu. C'était – et elle n'arrivait pas à trouver d'autres mots pour le décrire – un magasin assez déprimant. Avec sa pagaille et son encombrement, son atmosphère de moisi et de tristesse.

Mais, comme l'avait dit sa mère, ce n'était que pour un mois.

Du moins l'espérait-elle.

Et Cathy était tellement excitée par ses vacances à venir qu'Amber n'avait pas le cœur d'annoncer qu'elle n'avait aucune envie de rester. En fait, les deux derniers jours s'étaient déroulés dans un véritable tourbillon avec une Cathy plus exaltée qu'elle ne l'avait jamais vue.

Tout s'était rapidement arrangé pour que Cathy séjourne chez Pete, le frère de Josh, puis aille voir les parents d'Amber en Nouvelle-Zélande pendant un certain temps.

— C'est logique, puisque je serai déjà à l'autre bout du monde, à Singapour, précisa-t-elle, rayonnante. Mais j'aurai des tas de courses à faire dans ces marchés pendant que je me trouverai là-bas.

— Pas trop ! protesta Josh, même s'il sourit. On n'a plus de place pour rien d'autre dans le magasin !

Amber le trouvait bien plus séduisant lorsqu'il souriait que dans le mode grincheux qu'il adoptait par défaut.

Cathy gloussa et adressa un clin d'œil à Amber. Prendre l'air et voir son benjamin, puis sa meilleure amie feraient le plus grand bien à sa marraine. Qui avait même parlé de se baigner dans l'océan Pacifique et de randonner en montagne.

En outre, le feu vert qu'elle avait reçu de l'hôpital semblait avoir ouvert les yeux de Cathy sur tout un monde de possibilités, chez elle comme en vacances.

— Au moins, cela vous donnera à tous les deux l'occasion de ranger un peu le magasin, une fois que je ne serai plus dans vos pattes, leur avait-elle dit la veille au soir, alors qu'ils dînaient tous les trois dans l'appartement.

Surprise, Amber s'était tournée vers Josh.

— Je suis sûre qu'on aura une idée, avait-elle lentement répliqué.

Josh avait pris une grande inspiration avant de lancer en douceur :

— Même si on doit réorganiser une grande partie du magasin ?

Il y eut un silence de plusieurs secondes, pendant lesquelles Cathy observa son fils. Finalement, et à l'évident soulagement de Josh, elle hocha la tête.

— Je ne vois pas pourquoi ce serait à exclure.

Josh en était resté bouche bée et il s'était tourné vers Amber pour obtenir une confirmation. Mais elle était aussi stupéfaite que lui. Après avoir été si catégorique pendant aussi longtemps sur le fait qu'aucune modification ne devait être apportée au magasin, Cathy changeait complètement d'avis et c'était bien la dernière chose à laquelle elle s'attendait.

Cathy avait regardé Amber, soudain inquiète.

— Qu'en penses-tu ?

Amber avait jeté un rapide coup d'œil à Josh.

— Je pense que c'est une bonne idée, avait-elle répondu timidement. C'est un peu comme acheter de nouveaux vêtements pour les vacances. Tout le monde a besoin d'un coup de frais de temps en temps. Même la boutique.

— Eh bien, je vous donne carte blanche à tous les deux pendant mon absence, avait déclaré Cathy en opinant fermement.

Josh s'était esclaffé.

— Tu en es sûre ?

Sa mère lui avait serré le bras.

— Tout à fait sûre. J'ai confiance en toi. Tu ne me décevras pas.

Amber avait observé mère et fils échanger un regard plein d'affection avant que Cathy ne se redresse.

— Je me suis dit que j'allais peut-être avoir besoin d'une autre valise.

— Pour d'autres vêtements ? avait lancé Josh, toujours souriant.

Il avait haussé les sourcils pour feindre la surprise.

Cathy s'était dépêchée d'aller emballer les nouveaux vêtements qu'elle s'était offerts à Aldwych.

— Ce n'est que des habits de chez Primark, avait-elle minimisé, l'après-midi précédent, en s'empressant de faire disparaître l'énorme sac en papier kraft.

Non seulement elle avait fait l'emplette de tenues différentes, mais elle s'était aussi fait teindre les cheveux et offert une nouvelle coupe. Elle paraissait soudain beaucoup plus jeune et Amber s'était rendu compte que Cathy n'avait pas encore dépassé le milieu de la cinquantaine.

Josh avait passé beaucoup de temps à marmonner sur le fond de caisse qui allait lui faire défaut, mais il souriait un peu plus, c'était un fait. Difficile de rester grincheux devant une Cathy aussi joyeuse et l'excitation propre aux vacances qui régnait autour d'eux.

Le jour du départ, alors que Josh plaçait les valises dans la camionnette, Cathy observa longuement le magasin avant de sourire à Amber.

— Cette vieille bicoque va me manquer, c'est sûr. Mais j'ai l'impression de revivre, avoua Cathy en la serrant dans ses bras. Comme si j'étais restée en pause ces dernières années.

Amber hocha la tête.

— Passe de bonnes vacances. Tu le mérites.

Elle se sentait un peu nostalgique de ses parents, mais elle partirait les rejoindre en Nouvelle-Zélande un mois plus tard, elle n'avait donc pas très longtemps à attendre.

— Je suis sûre d'avoir oublié quelque chose, dit Cathy. Je vais vérifier une dernière fois.

Alors qu'elle se précipitait à l'étage, Amber alla retrouver Josh et grand-mère Tilly près de la camionnette.

— Où est-elle passée maintenant ? demanda grand-mère Tilly, un peu impatiente.

— Elle est juste allée vérifier qu'elle n'avait rien oublié, répondit Amber.

Grand-mère Tilly soupira.

— Je vais aller lui dire de se dépêcher. Il ne manquerait plus qu'elle rate son vol après tout ce remue-ménage !

Amber resta avec Josh, à attendre à l'extérieur. Ce serait gênant, c'était un fait, de se retrouver seule avec lui. Mais il y avait une petite pointe d'excitation au fond d'elle, alors qu'elle se demandait ce qu'ils pourraient réussir à faire.

— Ta mère va passer un mois merveilleux, dit-elle.

— Oui, acquiesça-t-il. Elle mérite bien une pause.

— Absolument. Tu n'as jamais pensé à aller voir ton frère à Singapour ?

Il se tourna vers elle en soupirant.

— Je ne peux pas me le permettre. Et puis, il n'y aurait eu personne pour aider maman à tenir le magasin si je partais.

— Bien sûr, concéda-t-elle, avant d'ajouter, après une hésitation : C'est une bonne chose que je sois ici.

Il leva les yeux vers elle, surpris, et sourit.

— Peut-être bien, en effet.

— Je suppose que la rémunération est nulle ? plaisanta-t-elle.

— Mais le gîte et le couvert sont gratuits, poursuivit-il avant de cesser de sourire. Est-ce que tout cela te convient ? J'ai l'impression que maman t'a un peu forcé la main.

— J'ai besoin d'un endroit où loger. Et ta mère veut que je décore le magasin avant qu'elle revienne.

— Si tu peux trouver une surface dégagée quelque part là-dedans, nuança-t-il en tournant la tête.

Sur ces entrefaites, sa mère et grand-mère Tilly sortirent enfin de la boutique.

— Tu es sûr que tu vas t'en sortir ici tout seul ? demanda Cathy à Josh pour la vingtième fois.

— Oui, maman, répondit Josh en levant les yeux au ciel.

— Je sais, je sais, murmura-t-elle en souriant. Mes réflexions ne te manqueront pas, j'imagine ? (Elle serra son fils dans ses bras.) Tu sais que tu as été mon roc ces dernières années. Merci.

Amber vit Josh rester silencieux pendant un moment, puis étreindre sa mère en retour.

Finalement, ils s'écartèrent.

— De toute façon, je ne serai pas tout seul, lâcha Josh. Grand-mère m'a dit qu'elle allait garder un œil sur nous.

— Je les surveillerai tous les deux, promit l'intéressée avec un clin d'œil. Ne t'inquiète pas.

S'ensuivit donc une joyeuse série d'adieux larmoyants, de gros câlins et de « Je vous enverrai un message à l'atterrissage » de la part de Cathy.

Elle aussi rayonnante, grand-mère Tilly paraissait ravie pour sa fille.

— Premier arrêt, le *duty free*, annonça-t-elle en riant alors que Cathy montait dans la camionnette.

Puis, avec un dernier signe de la main et un adieu sonore, Josh démarra et ils tournèrent au coin de la rue, disparaissant à leur vue.

Plantée dans l'air froid de l'automne, Amber se demanda dans quoi elle s'était embarquée. L'avenir de *Cranbridge Stores* était entre ses mains et celles de Josh. Elle espérait simplement être à la hauteur de la tâche.

13

La soirée avec Amber avait été un peu gênante, pensa Josh. Ils avaient fait un brin de causette à son retour de l'aéroport, après qu'il avait déposé sa mère, puis ils avaient gagné leurs chambres respectives.

Heureusement, l'avion de Cathy n'avait décollé qu'avec dix minutes de retard, si bien qu'en se réveillant ce matin-là, il avait eu le soulagement d'apprendre qu'elle avait atterri sans encombre à Singapour.

Il avait déjà reçu plusieurs textos et photos de sa mère et de son frère souriants dans une sorte de jardin tropical.

Il était content. Ils étaient heureux et en bonne santé.

Il leur enviait aussi le ciel bleu et le changement de décor. Parce que lui, il était toujours coincé à Cranbridge avec la boutique sur les bras.

Mais au moins, il pouvait enfin en changer l'aménagement intérieur. Il se sentait donc un peu plus optimiste qu'il ne l'avait été depuis un certain temps. En regardant autour de lui, il tenta d'imaginer un autre aspect aux lieux. Tout d'abord, le commerce était trop encombré. Il fallait absolument retirer les cartons, mais où les mettre ? L'arrière-boutique était tout aussi remplie que le magasin lui-même.

N'ayant aucune idée de la prochaine étape, il fut presque reconnaissant à grand-mère Tilly de sa visite à la boutique.

— Comment ça se passe ? demanda-t-elle.

— Honnêtement, je ne sais pas par où commencer, avoua-t-il.

La vieille dame acquiesça en embrassant l'espace bondé du regard.

— C'est vrai que c'est un peu chargé par ici. Bien sûr, ce n'était pas comme ça avant.

— Comment c'était ? questionna Amber, qui arrivait de l'arrière-boutique.

— Oh, tout à fait différent. Mon beau-père avait une gestion rigoureuse du magasin. Dans les années 1950, les rayons ne contenaient que des produits en vrac et des articles de marque. Ma belle-mère et moi-même n'avions même pas le droit d'entrer dans le magasin. Il n'y a pas à dire, c'est mieux d'avoir l'égalité de nos jours. La liberté des femmes et tout ça. Je détestais être coincée à l'étage. Je devais faire le mur pour aller au dancing d'Aldwych.

— Quelle rebelle ! s'exclama Amber avec un sourire affectueux.

Le sourire de grand-mère Tilly s'élargit.

— Et pas qu'un peu !

— Alors, ça ne ressemblait pas à ça ? insista Josh en désignant la boutique.

— C'était beaucoup plus vide à l'époque, répondit sa grand-mère. La faute au rationnement d'après-guerre. Il n'y avait pas beaucoup de nourriture. Il n'y avait pas non plus beaucoup d'argent, pour être honnête. Mon beau-père vendait des produits à crédit. Les gens n'étaient pas payés, donc ils devaient emprunter.

— Ça ne semble pas avoir été une affaire très rentable, commenta Josh.

Grand-mère Tilly secoua la tête.

— À l'époque, nous formions une communauté. Nous connaissions tout le monde et tout le monde nous connaissait. C'était une question de confiance entre les familles de Cranbridge. Nous connaissions tous les noms de toutes les personnes qui franchissaient cette porte.

— Les temps changent, constata Josh.

Il se sentait presque triste de ne pas avoir ce genre de lien avec le village.

— Tant que la gentillesse demeure…

— Et quand le magasin a-t-il fini par se remplir ? s'enquit Amber. Après la fin du rationnement ?

— Oui, confirma la vieille dame en hochant la tête. C'était très excitant dans les années 1960 quand j'étais petite. Ton grand-père a modifié le magasin. Nous avons perdu la grande cuisine du rez-de-chaussée et tout déménagé à l'étage. Les gamins du coin venaient s'approvisionner en bonbons, ajouta-t-elle en faisant claquer sa langue. Cela ressemblait à une vraie boutique de village avec des bocaux de bonbons derrière la caisse.

Josh se souvint soudain qu'il arrivait à sa grand-mère de leur donner, à son frère et à lui, un sachet rempli de bonbons. L'excitation qu'il ressentait alors lui revenait intacte, désormais. Comment avait-il pu oublier ?

Grand-mère Tilly ramassa son sac à main.

— Bon. Je ferais mieux d'y aller. Mon feuilleton du matin commence dans une demi-heure.

Après son départ, Josh ne put s'empêcher de sourire et de hausser les sourcils à l'adresse d'Amber.

— Tu es sûre que tu n'as pas changé d'avis ? Tu as toujours l'intention de rester ? Ma grand-mère va te raconter toutes ses histoires.

— Je crois qu'elle se sent un peu seule, nota-t-elle.

Josh acquiesça.

— La vie au village peut être assez calme.

— Je n'en doute pas, dit-elle en le regardant plus longuement avant de détourner les yeux.

Est-ce qu'elle faisait référence à lui ? Il n'en était pas certain. Il ne se sentait pas seul. Il était juste inquiet. Rien de plus.

Mais la rénovation du magasin permettrait au moins de faire taire ses angoisses pendant un mois, le temps de remettre les lieux au goût du jour.

Il se passa la main dans les cheveux, un peu submergé. Il rêvait depuis si longtemps de ce jour où il aurait les coudées franches pour ranger et débarrasser la boutique, et voilà qu'il se retrouvait face à un blanc complet, comme s'il avait peur d'aggraver la situation.

Il fixa Amber.

— Alors, qu'en penses-tu ? demanda-t-il. Je veux dire, par où penses-tu que nous devrions commencer pour mettre de l'ordre dans tout ça ?

Amber soupira en observant autour d'elle.

— C'est très difficile, parce que c'est tellement, euh…

Elle se tut.

— Encombré ? Plein à craquer ? Complètement surchargé ? suggéra-t-il.

Elle sourit.

— Juste un peu. Si tu essaies de faire abstraction de tout le bazar au milieu du magasin, il est en fait assez vaste. Je dois dire que quand Tilly m'a montré la boutique vide d'à côté, qui a la même disposition, j'ai été surprise par la quantité d'espace qu'on a ici sans le savoir.

— Viens donc me montrer, proposa-t-il en ouvrant la voie vers la sortie du magasin.

Ils se dirigèrent vers le local vide qui jouxtait le leur et jetèrent un coup d'œil par les vitres.

— C'est grand, constata-t-il, surpris. Très grand même.

— Il y a en effet beaucoup d'espace, confirma Amber en se redressant. On a de hauts plafonds, et donc beaucoup de place sur les côtés de la boutique pour des étagères hautes. C'est juste que le reste de la pièce est encombré et crée une sensation oppressante.

Elle s'interrompit et rougit, comme si elle était allée trop loin.

— Enfin, ce n'est que mon avis, s'empressa-t-elle d'ajouter.

— C'est bien, parce que je suis d'accord avec toi, la rassura-t-il, faisant naître un sourire sur son joli visage. Alors, par où on commence ?

— Rentrons, décréta-t-elle.

Et ainsi firent-ils.

La boutique avait un aspect encore plus accablant que d'habitude, car le temps humide et maussade ne fournissait pas la moindre lumière supplémentaire.

Amber soupira.

— C'est vraiment difficile quand tout est si encombré, dit-elle.

— Je pense qu'on devrait partir de zéro, déclara-t-il. Se débarrasser de tout ce qui se trouve à l'intérieur.

C'était une idée qu'il avait souvent caressée.

Amber eut l'air surpris.

— Tout le magasin ? Tu veux parler d'une refonte totale ?

— Je pense qu'on devrait commencer par une toile vierge, confirma-t-il en haussant les épaules. Un coup de peinture ne serait sans doute pas du luxe, mais impossible de peindre tant que tout n'est pas sorti. Nous pourrions déplacer le stock dans l'arrière-boutique et opérer à partir de là.

Amber fronça les sourcils.

— Mais ça ne va pas être un peu juste avec le tracteur ? C'est déjà bien embouteillé là-bas derrière.

— Oui, c'est vrai, admit Josh avec un soupir.

Amber hésita avant de reprendre la parole.

— Écoute, j'espère que ça ne va pas te déplaire, mais j'ai regardé sur Internet la valeur de ce type de tracteur. C'est un véhicule de collection. Il pourrait valoir pas mal d'argent. De l'ordre de quelques milliers de livres.

Josh leva les yeux vers elle, surpris.

— Vraiment ?

Amber acquiesça.

— Il pourrait payer les rénovations que tu comptes faire ici.

Le silence se prolongea quelques secondes, tandis que Josh luttait contre son trouble.

— Il est peut-être temps qu'il s'en aille, en effet, lâcha-t-il sur un soupir.

— Mais j'ai cru comprendre qu'il avait une grande valeur sentimentale pour ta mère et toi, objecta Amber.

— Plus pour moi que pour maman, à dire vrai, mentit-il, le cœur lourd. Mais on ne peut pas le faire sortir par-derrière. Je me suis dit que je pourrais peut-être y arriver par l'avant de la boutique.

— Qu'est-ce qui cloche avec la porte de derrière ? s'enquit Amber, un peu inquiète.

— Lorsque j'ai remplacé les portes, j'ai pensé qu'une seule suffirait. On a donc bloqué le reste avec des briques. Je n'ai pas pensé au tracteur à ce moment-là, avoua-t-il, les yeux au ciel, avant de les poser sur la porte d'entrée. C'est désormais la seule entrée dotée de doubles portes et le seul moyen de le faire sortir d'ici.

— Et qu'est-ce que tu en feras ensuite ? demanda-t-elle.

— Je ne sais pas, répondit-il en toute honnêteté. Je vais lui faire contourner le magasin et le laisser dehors, dans l'allée de derrière, jusqu'à ce que maman rentre. Je pourrai peut-être la persuader de le vendre.

Amber se mordit la lèvre et fronça les sourcils, préoccupée.

— Ça me semble un peu radical.

— C'est comme tu l'as dit, on a besoin d'espace. On devra commencer par faire un peu de ménage ici, bien sûr. Il y a des objets dont il faudra se débarrasser pour libérer de la place. C'est comme une sorte de puzzle, mais on va y arriver.

Il plaisantait à moitié, mais son cœur se brisait presque à l'idée que le tracteur bien-aimé de son père soit vendu. Ce n'était pas grand-chose, pourtant le véhicule avait constitué une partie importante de leur vie pendant très longtemps. Il ne devait pas se mentir pour autant. Le tracteur les gênait et, de toute façon, si le magasin devait être repris par la banque, il faudrait quand même l’en faire sortir.

Le plus tôt sera le mieux, se dit-il. Tel un pansement à arracher, le tracteur devait partir et vite. Il espérait seulement que la cicatrice laissée sur son cœur ne serait pas trop profonde.

14

Fidèle à sa promesse à Cathy de veiller sur grand-mère Tilly, Amber remontait Riverside Lane pour aller lui rendre visite.

Et aussi pour ne pas traîner dans les pattes de Josh pendant qu'il réfléchissait à ce qu'il pouvait faire de la boutique. Après tout, c'était sa responsabilité et elle ne ferait que l'entraver.

Le temps avait un peu changé et Amber était contente que ses valises soient arrivées, car elle avait pu enfiler sa parka noire pour se protéger de la pluie et du vent froid.

Sa promenade lui permit de constater qu'il n'y avait personne dans les parages. Stanley et Frank avaient été les seuls clients de la boutique depuis le début de la journée.

— Bonjour, lança-t-elle lorsque Tilly lui ouvrit la porte.

— Que voilà un visage bienvenu, répondit la vieille dame, rayonnante. Bonjour à toi aussi. Entre donc.

Amber la suivit dans le pavillon. À sa grande surprise, la table de la cuisine était encombrée de cartons.

— Qu'est-ce que c'est que tout ça ? demanda-t-elle en ôtant son manteau.

— Je suis encore en train de faire le tri d'après mon déménagement, expliqua Tilly, en allumant la bouilloire. Ces cartons étaient entassés dans un coin de la chambre et j'ai failli trébucher dessus ce matin. Je me suis dit que tu pourrais peut-être les monter en haut de l'armoire pour moi.

— Bien sûr, assura Amber en examinant l'intérieur d'une des boîtes ouvertes. Ce sont uniquement des albums photos ?

Tilly acquiesça.

— Certains sont très anciens. Ça t'intéresserait de jeter un coup d'œil à quelques-uns d'entre eux ? Si tu as le temps, bien sûr. Je sais que mon petit-fils et toi êtes très occupés dans la boutique.

Amber entendit alors Tilly soupirer doucement, tandis qu'elle versait leur café.

— J'ai tout mon temps, la rassura-t-elle. Je choisis quelques albums et je les apporte dans le salon ?

Tilly sourit à nouveau.

— L'idée me plaît. Je vais chercher des biscuits.

Une fois qu'elles se furent installées dans les fauteuils du salon, Amber ouvrit le premier album. Il était rempli de photos datant de l'époque où Josh et son frère étaient de jeunes garçons.

— Comme c'est mignon, commenta-t-elle en montrant à Tilly une photo des deux frères pagayant dans la rivière. C'est à Cranbridge ?

— Oui. Ils venaient nous rendre visite tous les étés. Puis, lorsque mon mari est décédé, ils ont tous emménagé chez nous. (Elle se sourit à elle-même.) L'appartement était soudain animés de cris et de rires. Ces moments me manquent.

Le pavillon était sans doute encore plus silencieux que le magasin, ces jours-ci.

— Voilà Todd, constata Amber en regardant une photo qui le montrait en train de jouer de la guitare. J'ai bien peur de ne presque pas me souvenir de lui. Sauf qu'il était amusant et, en quelque sorte, plein de vie en permanence.

— Absolument, confirma Tilly en hochant la tête. Il avait un tel enthousiasme pour la vie ! Avec un grand rire qu'on entendait à trois portes d'ici. Il était également très doué. Il s'asseyait dans la véranda, sur le rocking-chair de mon mari, et il jouait de la musique. Quel talent !

— Les garçons ont-ils hérité de son don pour la musique ?

— Pete, oui, répondit Tilly. Il est vraiment doué, même si je ne l'ai pas entendu jouer depuis des années. Josh, en revanche, je ne pense pas. Je veux dire, c'est un garçon adorable, mais pas particulièrement créatif dans ce domaine.

— Mais il était bon dans son travail, déclara Amber.

— Oh que oui ! Il gagnait pas mal d'argent aussi, d'après ce que j'ai entendu dire. Il était toujours en train de parler du changement climatique et d'essayer d'être plus vert. (Elle fronça les sourcils.) Il a plus ou moins arrêté, maintenant.

— J'imagine qu'il a beaucoup de soucis en tête, nuança Amber.

— Probablement, oui.

L'album qu'elles regardèrent ensuite était beaucoup plus ancien. L'attention d'Amber se porta sur un cliché délavé, en noir et blanc, daté de 1900.

— C'est une photo de Bill, commenta Tilly.

— Incroyable ! lâcha Amber qui examina le cliché de plus près. Et ça, c'est le magasin ?

Tilly acquiesça.

— C'était le bon temps. On vendait du tabac noir au poids.

Amber n'en revenait pas des changements opérés dans la physionomie du magasin.

— Il y avait beaucoup de produits alimentaires en vrac, constata-t-elle en étudiant les cageots et les paniers remplis de fruits et de légumes frais.

— Même la farine et le beurre devaient être pesés. Rien n'était vendu dans des contenants en métal ou en plastique à l'époque, expliqua Tilly. C'est bien plus tard, avant la Seconde Guerre mondiale, que tout a changé. Puis tout a changé à nouveau. (Elle tourna quelques pages jusqu'à une photo sous laquelle on pouvait lire : « 1938 ».) Là, tu vois ? Tout est plus ou moins produit en série.

Amber scruta la boutique, qui avait en effet changé.

— Seule la cloche au-dessus de la porte est restée à l'identique, remarqua-t-elle.

— Et moi, constata Tilly avant de froncer les sourcils. Ou plutôt non, quand je pense à mes cheveux gris. Et au fait que je n'en fais plus partie désormais.

Amber vit que Tilly avait l'air contrariée.

— Tu peux venir aider au magasin quand ça te chante, non ? s'empressa-t-elle d'ajouter.

Tilly secoua la tête.

— J'ai trébuché et je me suis presque fracturé le poignet, l'année dernière. Cathy et Josh ne veulent pas que je me casse quelque chose, c'est du moins ce qu'ils ont dit.

— Dans ce cas, une fois qu'on aura mis un peu d'ordre, tu pourras peut-être revenir ?

— Peut-être, répondit Tilly avec un petit sourire. Ce serait bien de se sentir à nouveau utile. (Elle soupira.) Parce que sinon, je reste assise ici avec la télévision allumée. Je n'ai même rien à tricoter en ce moment.

Elle désigna ce qui semblait être un sac rempli d'aiguilles à tricoter et de pelotes de laine.

— Qu'est-ce que tu confectionnes d'habitude ? demanda Amber.

— Des dessus de lit, des petits bonnets et des écharpes, précisa la vieille dame en haussant les épaules. N'importe quoi, en fait.

Tandis que Tilly se repliait dans une forme de morosité, Amber réfléchit rapidement à un moyen de l'occuper.

— Je vais te dire quelque chose. Tu pourrais peut-être nous faire une couverture, à maman et à moi. Ce serait bien d'avoir quelque chose de fait main pour changer.

Le visage de Tilly s'éclaira.

— Tu voudrais un dessus de lit dans ce genre-là ? C'est un peu démodé, tu ne trouves pas ?

Amber le détrompa.

— C'est traditionnel, nuance. Et je saurai que c'est toi qui l'as fait. Pense à la joie de maman quand je la lui montrerai à mon arrivée. Ça pourrait même être son cadeau de Noël.

Le visage de grand-mère Tilly se décomposa brièvement.

— En attendant, j'espère que nous pourrons te garder un peu plus longtemps.

Cela étant, au moment où Amber s'en alla, Tilly avait l'air bien plus joyeuse et parlait couleurs et motifs pour les couvertures. En redescendant Riverside Lane, Amber avait au moins l'impression d'avoir contribué à remonter le moral de la grand-mère de Josh. Pourvu que ce soit aussi facile avec lui… mais elle en doutait fort, vu l'ampleur des problèmes du magasin.

15

De retour de chez grand-mère Tilly, Amber enfila un sweat-shirt.

Bien que la journée soit plus lumineuse, le soleil avait perdu de sa chaleur et les nuits commençaient à être plus froides. D'ailleurs, la nuit précédente, elle avait dû ajouter une couverture supplémentaire sur son lit.

Elle jeta un coup d'œil par la devanture de la boutique : une brume froide s'élevait de la rivière dans la lumière rasante du soleil. L'automne était bel et bien arrivé. Malheureusement, les clients n'étaient pas pour autant plus nombreux.

Même si les vitrines avaient bien meilleure allure, elles n'avaient pas attiré les villageois en foule. Amber avait repéré quelques personnes qui s'arrêtaient et regardaient la nouvelle composition, mais elles semblaient hésiter à franchir le seuil.

Était-ce vraiment étonnant ? Elle frissonna dans l'air frais du magasin.

— Il n'y a jamais de chauffage ici ? demanda-t-elle en tapant ses Uggs sur le plancher pour se réchauffer.

Josh leva les yeux du carton qu'il était en train d'ouvrir.

— Les vieux radiateurs sont cachés derrière tout ça, répondit-il en agitant le bras vers les empilements de boîtes. J'ai dû finir par m'immuniser un peu à force. Je crois que grand-mère porte des sous-vêtements thermiques, si ça te tente.

Il y avait bel et bien une note de flirt dans son sourire. Elle se retrouva à rougir furieusement.

— On devrait abandonner la question de mes sous-vêtements, murmura-t-elle. Comment se fait-il que tu n'aies jamais pensé à régler ce problème de chauffage jusqu'à maintenant ?

Josh continuait à sourire, ce qui la troublait légèrement. Elle pouvait s'accommoder du Josh grincheux. Mais le Josh souriant était un peu déconcertant.

— Pour être honnête, j'ai toujours pensé que cet endroit était un tel cauchemar pour la santé et la sécurité que tout partirait en fumée si j'essayais de rallumer les radiateurs. Mais comme j'ai fait installer une nouvelle chaudière à l'étage, l'appartement reste chaud, lui, au moins.

Amber embrassa tous les cartons du regard.

— Alors, par où on commence ?

Josh poussa un soupir.

— Aucune idée. Je rêve de ce jour depuis une éternité, mais maintenant qu'on y est, je n'arrive pas à avoir les idées claires.

Son attitude décontractée avait brusquement disparu.

Amber observa autour d'elle, essayant de trouver comment démêler cet embrouillamini.

— Et si on commençait par le milieu ? finit-elle par suggérer. On prendra simplement les tas un par un.

Elle fut surprise de constater la légère nervosité de Josh à la perspective de s'attaquer à la boutique, mais il n'était pas difficile de comprendre pourquoi. La quantité de marchandises était aussi incroyable qu'impressionnante.

Elle regarda la pile chancelante de boîtes de fèves au lard, en équilibre précaire sur un carton.

— Alors, nous avons des conserves, annonça-t-elle.

— Il est plus prudent de vérifier les dates, dit Josh avec une grimace. Je ne sais pas depuis combien de temps elles sont là.

Heureusement, les haricots n'étaient pas périmés, pas plus que les tomates en conserve et les paquets de café qu'ils trouvèrent dans les cartons suivants.

— Qu'est-ce que tu dirais de rassembler toute la nourriture ? proposa-t-elle.

— C'est un bon plan, acquiesça Josh.

Amber les plaça sur le comptoir, en attendant, tout en laissant un espace libre pour qu'ils puissent continuer à atteindre la caisse.

Elle se souvint soudain de ce que grand-mère Tilly avait dit à propos de Todd qui mettait de la musique en permanence et regarda la boutique, silencieuse et vide, à l'exception de Josh.

— Pourquoi on ne mettrait pas un peu de musique pendant qu'on travaille ? suggéra-t-elle.

Josh se redressa de la pile de papier à lettres qu'il était en train de trier.

— De la musique ? répéta-t-il avant de s'éclaircir la gorge.

— Grand-mère Tilly a dit qu'il y avait toujours de la musique avant, que ce soit dans la boutique ou dans l'appartement.

Josh eut l'air abattu.

— Je crois que maman n'aime plus ça.

— Mais ta mère n'est pas là pour l'instant, objecta Amber, en veillant à garder la voix douce. Enfin, c'était juste une idée. J'ai pensé que cela pourrait aider à faire passer le temps un peu plus vite.

Josh hocha pensivement la tête, mais sans rien répliquer, si bien qu'Amber se pencha sur la caisse suivante.

— De la peinture, constata-t-elle. Tu veux que j'en fasse quoi ?

— De la peinture ? s'étonna Josh qui vint regarder et leva les yeux au ciel. De l'émulsion blanche. Dieu seul sait où il nous a dégoté ça. Ça va dans la pile quincaillerie, j'imagine.

— J'en déduis que c'est principalement ton père qui se chargeait des achats ? questionna-t-elle en allant placer quelques boîtes de bouillons cubes dans la pile des produits alimentaires.

— Oui, confirma Josh avec un soupir. Il aimait le caractère aléatoire du processus. Son cerveau était toujours un peu désordonné, tu sais, toujours à vagabonder ici ou là. Ça nous a fait passer des vacances scolaires très amusantes.

— C'est-à-dire ?

Josh sourit en se les remémorant.

— Il annonçait qu'on partait et on avait dix minutes pour charger la voiture. On avait une grande tente qu'on montait dès qu'on trouvait un endroit où camper.

— Qui tenait le magasin pendant votre absence ? s'enquit Amber.

— Grand-mère Tilly, répondit-il. Ça ne l'a jamais dérangée. Elle disait que ça l'occupait, maintenant qu'elle était veuve.

Il fronça soudain les sourcils.

— Qu'est-ce qu'il y a ? demanda Amber.

— Tu crois que c'est ce qu'a fait maman ces deux dernières années ? Avec le magasin, je veux dire…

Il croisa son regard.

— Je pense que oui, acquiesça Amber. Quand ils traversent une passe difficile, la plupart des gens s'effondrent. Ta mère a choisi d'affronter son chagrin et sa maladie en s'occupant de la boutique. C'était son filet de sécurité.

— Et le tien, c'est quoi ?

Cette question la prit au dépourvu.

— Qu'est-ce que tu veux dire ?

— Le filet de sécurité de maman, c'est le magasin. Moi, j'essaie de faire marcher le tracteur, avoua-t-il avec une grimace. Même si j'ai plus ou moins échoué, vu que le moteur ne semble pas fonctionner plus de quelques minutes d'affilée. Mais toi, qu'est-ce que tu fais dans les moments de stress ?

Amber hésita avant de répondre. Après tout, ce n'était pas un secret d'État.

— Je dessine. Des idées de vitrines, ce genre de choses.

— Oui, c'est vrai… Tu dessinais toujours, même quand on était petits.

— C'est ça, mon filet de sécurité.

Il baissa les yeux sur la pile de marchandises qu'il avait dans les mains.

— J'ai des tournevis et des vis, donc c'est pour la pile quincaillerie.

Amber était heureuse de pouvoir se concentrer de nouveau sur le rangement de la boutique. Se retrouver au centre de l'attention n'avait jamais été son idée de la sérénité, surtout quand cette attention émanait de Josh, constata-t-elle.

Le caractère hétéroclite des marchandises qu'ils mirent au jour la stupéfia quand même. Il y avait des biscuits, dont certains étaient périmés. Des pelotes de laine. Des livres. Du papier d'emballage. Des ampoules électriques. Des bonbons.

— Pourquoi avons-nous besoin de cinq cartons de sacs en papier ? lâcha Josh au bout d'un moment.

Il poussa un soupir.

— Au moins, ils peuvent être recyclés, je suppose. Mon Dieu, ajouta-t-il avec un petit rire de dérision, si mes anciens clients voyaient cet endroit, ils ne m'emploieraient plus jamais. C'est l'endroit le moins écoresponsable que j'aie jamais rencontré, et ce n'est pas peu dire, crois-moi.

Amber jeta des biscuits périmés dans un sac à compost afin de pouvoir recycler la boîte et le plastique dans lesquels ils étaient emballés.

— Est-ce que tu y reviendras un jour ? À ton travail de consultant, je veux dire.

Josh haussa les épaules.

— J'y pense, tu sais, si ou quand la boutique fera faillite.

Il baissa les yeux et Amber perçut l'intensité de son chagrin.

— Peut-être que vous n'en arriverez pas là, dit-elle finalement.

Il lui adressa un sourire plein de tristesse.

— Peut-être.

En fin d'après-midi, ils avaient débarrassé environ un quart de l'amoncellement au centre du magasin. Il y avait maintenant une grande pile de nourriture près de la caisse. Une autre pile, dans un coin près de la vitrine, était réservée aux articles de quincaillerie. La papeterie constituait une troisième pile. Et la dernière pile comprenait les marchandises qu'ils ne parvenaient pas à rattacher à une même catégorie : laine, bottes de pluie, parapluies, rouleaux de tissu et lunettes de soleil.

— Au moins, on pourra recycler les boîtes vides, déclara Josh en transportant une nouvelle pile de cartons aplatis dans la véranda. Je déteste l'idée que tout cela finisse à la décharge.

Mais à présent qu'ils avaient commencé à éclaircir le terrain, il était vite devenu évident qu'une partie du stock ne pourrait être vendue. Il y avait des paquets de nourriture et des boîtes de conserve presque périmés.

— Je crois que grand-mère Tilly a parlé d'une tombola à l'église, dit-il. Il faut que je l'interroge là-dessus, qu'on puisse faire don de ces denrées.

Ils les mirent donc en carton et les entreposèrent à l'étage, afin qu'elles ne soient pas mélangées avec le reste de la nourriture.

Les rayonnages du centre de la salle étant désormais vides, ils se saisirent chacun de l'extrémité d'une étagère pour se diriger vers la porte d'entrée. Josh en ouvrit les deux battants afin d'avoir juste assez de place pour la transporter dans la véranda, puis dans l'allée qui longeait le magasin.

Alors qu'ils déposaient l'étagère avec soulagement, Josh déclara :

— Je la remettrai en place une fois qu'on l'aura nettoyée et qu'on lui aura peut-être donné une couche de peinture.

Mais lorsqu'ils eurent regagné l'intérieur, il parut se raviser.

— Peut-être qu'on ne devrait pas remettre les étagères centrales en place, après le ménage ?

— Je suis d'accord, convint-elle. On a l'impression que c'est beaucoup plus grand maintenant qu'on peut voir le milieu de l'espace.

C'était cependant encore beaucoup trop encombré, pensa-t-elle. Pendant un instant, elle se souvint de l'aspect des lieux en 1900, sur les photos de grand-mère Tilly. Cet endroit lui avait semblé chaleureux et accueillant, plein de caractère et de vie. Mais l'époque était différente. Les changements étaient sans doute une fatalité…

Ils décidèrent de continuer à débarrasser la zone au centre du magasin, en laissant les étagères contre les deux murs opposés pour le lendemain. Comme c'était un dimanche, le commerce ferma à 16 heures, ce qui leur permit de poursuivre sans interruption. Même si, à dire vrai, ils n'avaient pas vu un seul client depuis qu'ils avaient commencé leur ménage.

C'était un labeur poussiéreux et salissant, mais Amber trouvait extrêmement satisfaisant de commencer à organiser le désordre.

Alors qu'elle retirait encore une haute pile de cartons, elle réalisa avec plaisir que l'un des murs, complètement occulté jusqu'à présent, abritait un joli poêle à bois logé dans une cheminée.

— Comme c'est joli ! s'enthousiasma-t-elle.

Les briques de la cheminée avaient été laissées brutes, avec une épaisse poutre de chêne en guise de manteau. Sous le poêle noir se trouvait une grande dalle d'ardoise grise pour le foyer.

Josh, qui examinait l'ensemble, poussa un soupir.

— J'avais oublié qu'il était ici, pour être honnête.

— Cela aiderait à résoudre en partie le problème de la température, énonça-t-elle. Et c'est une belle pièce.

— Tu trouves ? s'étonna Josh.

— Peut-être que s'il faisait moins froid, les gens s'attarderaient davantage dans le magasin et dépenseraient un peu plus d'argent.

Josh éclata de rire.

— Amber ! Tu es secrètement une femme d'affaires impitoyable !

— Pas vraiment, répliqua-t-elle avec un sourire. J'aimerais juste retrouver la sensation de mes doigts et de mes orteils pendant la journée.

Ils continuèrent à débarrasser quelques boîtes supplémentaires jusqu'à ce que, la nuit tombant, ils décident de s'arrêter.

— Merci, dit Josh en se tournant vers elle. Je ne pense pas que j'aurais eu le courage de commencer à mettre de l'ordre si tu n'avais pas été là.

— De rien, lâcha-t-elle en rougissant.

— Peut-être que maman a raison.

Elle leva les yeux vers lui pour obtenir des éclaircissements et découvrit deux prunelles bleues qui brûlèrent les siennes.

— Peut-être que les choses ont changé pour le mieux depuis que tu es arrivée, précisa-t-il.

— Je n'en suis pas si sûre, répliqua-t-elle, repoussant cette ébauche d'éloge. Que penses-tu de fèves au lard sur des toasts pour le dîner ?

— Seulement si le mariage est savoureux, répondit-il sans la quitter des yeux.

Elle s'éloigna rapidement et grimpa l'escalier. Parfois, la façon dont il la fixait lui coupait le souffle. Mais il regardait probablement tout le monde comme ça. C'était un homme assez intense.

Et elle était presque sûre que l'accélération de son pouls n'avait rien à voir avec le fait qu'il devenait chaque jour plus beau à ses yeux.

16

Plus tard dans la semaine, Amber venait de terminer de débarrasser le magasin d'une nouvelle pile de marchandises lorsque Josh lui tendit son portable pour qu'elle prenne un appel.

— J'espère que vous ne travaillez pas trop, tous les deux, dit Cathy dès qu'Amber se fut annoncée.

— Tout va bien, répondit-elle. Tranquillise-toi.

Josh leva les yeux au ciel, lui qui venait déjà d'endurer la longue litanie des inquiétudes de sa mère.

— Comment ça se passe, à Singapour ? demanda Amber, désireuse de changer de sujet.

— Oh, c'est génial ! Pete m'emmène prendre le thé à l'hôtel Raffles ce week-end, quand il aura fini son travail.

Amber percevait son sourire, même à l'autre bout du fil. C'était bien ce qui lui semblait : les deux frères étaient aussi travailleurs l'un que l'autre.

— J'ai eu des nouvelles de maman hier soir. Elle ne tient plus en place.

— Moi pareil, avoua Cathy. J'ai encore dix jours à passer ici et ensuite je pars pour la Nouvelle-Zélande. Je ne sais pas combien de temps j'y resterai.

Amber hocha pensivement la tête. Comme elle s'en doutait, les vacances de Cathy allaient durer plus longtemps que prévu. Mais elle n'y voyait pas d'inconvénient. Elle prenait plaisir à aider Josh dans sa réorganisation du magasin.

Une fois qu'elles eurent fini de discuter, elle rendit le téléphone à Josh.

— On dirait qu'elle passe un bon moment avec ton frère, constata-t-elle.

Il jeta un coup d'œil vers à la pagaille alentour.

— Elle en a de la chance. Nous aurons bien besoin de vacances, tous les deux, après cette épreuve.

Amber regarda autour d'elle. Le désordre s'était encore accru dans la boutique, c'était du moins l'impression qu'on en avait.

— Peut-être que je ne suis pas très douée pour ça, marmonna-t-elle.

Ses craintes et ses doutes remontaient à la surface, comme d'habitude.

Josh la dévisagea.

— Bien sûr que si. Ne raconte pas n'importe quoi.

— Ce n'est pas n'importe quoi. C'est juste la vérité.

Il fronça les sourcils.

— Écoute, si tu étais aussi nulle dans ton travail, je ne vois pas pourquoi on t'aurait donné tous ces postes extraordinaires.

— Que j'ai ensuite perdus.

— Pour cause d'une récession et des plans sociaux qui se sont ensuivis, répliqua-t-il en s'approchant. Pas à cause de toi.

Elle baissa la tête.

— Non, il faut croire que non.

Avait-il raison ? Peut-être. Ou peut-être pas.

Elle sursauta lorsqu'il lui toucha soudain le menton et leva son visage vers le sien.

— Tu as une tache sur la joue, murmura-t-il.

Amber se rendit compte qu'elle retenait son souffle lorsqu'il l'effleura de son pouce.

— Ça fait partie des risques professionnels, ces jours-ci, réussit-elle à lâcher lorsque les yeux bleus de Josh se rivèrent aux siens.

Il la fixa pendant une seconde avant de s'écarter brusquement et Amber put enfin respirer à nouveau.

— Je pensais aller au pub regarder le match de l'Angleterre après le dîner, reprit-il d'une voix décontractée. Ça te dit, de venir avec moi ?

Amber fut à la fois surprise et heureuse d'être invitée, mais comme elle essayait encore de se remettre de sa réaction lorsqu'il lui avait touché la joue, elle secoua la tête.

— Merci, mais je suis assez fatiguée. Je pense que je vais prendre une douche et ensuite mettre mes pieds au repos, si c'est possible.

— C'est aussi ta maison, répliqua-t-il en haussant les épaules.

Amber souriait pour elle-même lorsqu'il partit une heure plus tard. Elle se sentait un peu comme à la maison, même si elle n'était pas sûre de savoir où se trouvait cette maison, ces derniers temps. Quand s'était-elle sentie chez elle pour la dernière fois ? Certainement pas à New York. Et même pas à Londres.

Probablement quand elle était petite, mais déjà à cette époque, ils avaient eu de nombreuses maisons. Les déménagements à travers le pays, à la poursuite du énième rêve de ses parents, les avaient empêchés de s'installer où que ce soit. Pourtant, une maison, fût-elle temporaire, se transformait en un havre quand il s'agissait d'échapper aux filles agressives qu'étaient ses camarades de classe.

Une fille s'était montrée particulièrement vicieuse : Catherine Hooper. Implacable dans ses critiques et ses brimades, elle raillait sans pitié la maladresse d'Amber. Ces rires moqueurs la hantaient encore aujourd'hui.

Amber secoua la tête comme pour effacer les souvenirs douloureux du passé. Ayant terminé la vaisselle, elle jeta un coup d'œil à la salle de bains. Depuis son arrivée à Cranbridge, elle écourtait sa douche quotidienne, car deux autres personnes pouvaient avoir besoin de la pièce à chaque fois. Sa colocation à New York n'avait pas été plus détendue lorsque tout le monde se ruait à la salle de bains. Mais pour l'heure, elle était seule. Et il y avait une vraie baignoire ! Cathy lui avait même proposé de s'offrir un bain moussant et lui avait montré où se trouvaient les produits.

Josh ne serait pas de retour avant des heures, se rappela-t-elle. Elle décida donc de se lancer.

En s'enfonçant dix minutes plus tard dans les bulles chaudes qui avaient presque rempli la baignoire, Amber poussa un cri de satisfaction. *Waouh !* songea-t-elle en souriant parmi les volutes de vapeur parfumée. *C'est incroyable !*

Allongée dans son bain, elle repensa au magasin. Les vitrines avaient été faciles à aménager, mais l'agencement et l'aspect intérieur étaient des problèmes d'un tout autre ordre.

Elle tenta de passer à autre chose, toutefois, son imagination se déchaînait, lui remplissant la tête de choix de couleurs et de styles pour la boutique. Elle rejeta l'idée d'une décoration trop fleurie, qui ne semblait pas correspondre à l'endroit dans sa globalité.

Cranbridge Stores, c'était quoi ? Un magasin de village qui appartenait à la famille depuis les années 1900. Il lui manquait juste un petit quelque chose pour inverser la courbe vers le déclin.

Elle repensa à la photo de grand-mère Tilly et, sans le désordre et l'encombrement actuels, elle se focalisa sur les points positifs du bâtiment. Qu'avait-il conservé de toutes ces années ? Il y avait les poutres. C'était un vaste espace. La véranda était certainement un atout supplémentaire. L'endroit avait du caractère. Ou du moins pourrait-il en avoir si elle trouvait quelque…

Soudain, elle le vit. Elle eut une vision claire de l'incroyable potentiel de la boutique. Elle se redressa dans la baignoire, provoquant un ruissellement de bulles sur le carrelage. Elle voyait des murs blancs et propres, laissant apparaître les irrégularités du plâtre d'origine. Devant, de hautes étagères. Du chêne foncé pour s'harmoniser avec les poutres. Le sol, qui avait lui aussi besoin d'une couche de vernis, serait brillant. Les feuilles et les décorations des vitrines pourraient être étendues aux rayonnages. Des guirlandes lumineuses et des farandoles de feuilles d'automne seraient disposées dessus ou seraient même suspendues autour des poutres.

Tout excitée, elle sortit rapidement du bain, attrapa sa serviette et se précipita dans sa chambre. Son carnet à croquis en main, elle s'assit sur le lit pour dessiner et son crayon vola aussitôt sur la page.

Elle s'empara ensuite de ses crayons de couleur et coloria les étagères et la cheminée qu'ils venaient seulement de découvrir. Les feuilles décoratives furent ajoutées, ainsi que quelques autres touches.

Elle s'arrêta finalement et regarda son projet. Ça avait fonctionné ! *Presque*, réalisa-t-elle. Que manquait-il ? Elle n'arrivait pas à trancher. Les murs de la boutique avaient l'air bien. Elle avait esquissé la jolie cheminée. Mais il y avait un vide au milieu de l'espace. Quel présentoir serait susceptible d'accueillir cet endroit ?

Amber se mordit la lèvre, mais elle n'arrivait pas à trouver.

Elle se leva et fit les cent pas. Qu'est-ce qui clochait ? Normalement, elle repérait très vite la pièce manquante.

Elle s'approcha de la porte, pour s'assurer qu'elle était bien seule. Josh était toujours au pub.

Elle avait juste besoin de jeter un autre coup d'œil à la boutique. Carnet à dessin et crayon en main, elle se précipita au rez-de-chaussée, vêtue de sa seule serviette.

***

La dispute derrière le bar du pub devint plus bruyante.

— Je t'avais dit que l'antenne parabolique avait besoin d'être révisée, s'écria Angie.

— N'importe quoi ! hurla Mike. Tu m'as harcelé pour tout autre chose !

— Bien sûr que si, je te l'ai dit ! C'est juste que tu ne m'as pas écoutée, comme d'habitude !

Josh vida le fond de sa pinte. Au temps pour une bière devant un match de football. BT Sport avait cessé de fonctionner et la télévision n'affichait plus qu'un message d'erreur.

Il enfila son manteau et croisa le regard de Belle, qui semblait souhaiter se trouver n'importe où sauf derrière le bar.

— Merci pour la boisson relaxante, déclara-t-il.

Elle lui adressa un petit sourire.

— L'amour est peut-être aveugle, mais c'est le mariage qui ouvre vraiment les yeux, lui conta-t-elle en jetant un coup d'œil dans son dos, où les cris s'intensifiaient.

— Ça va aller ?

— Oui, répondit-elle avec un sourire las. Ils avaient besoin d'une bonne dispute, sinon c'est tensions larvées et menaces voilées. Je vais bientôt aller me coucher et je les laisserai à leur passe-temps favori.

— Bonne nuit alors, dit Josh en se dirigeant vers la porte.

— Bonne nuit, entendit-il dans son dos.

Dans l'air frais de la nuit, il se sentit à nouveau plus calme. Au moins le mariage de ses parents avait-il été heureux. Rien à voir avec l'horreur criante du malheur conjugal de Mike et Angie.

En retraversant le pont, il crut voir une lumière allumée dans la boutique… Ce devait être le reflet des guirlandes lumineuses. Il était aussi incroyablement fatigué. Ces derniers jours avaient été riches en émotions, il avait dû dire au revoir à sa mère et commencer à vider le magasin. Il était reconnaissant à Amber de lui tenir compagnie pendant qu'ils tentaient de venir à bout du désordre.

Poussant la porte de derrière, il s'arrêta brusquement. Un bruit. Il y avait bien quelqu'un dans la boutique.

— Qui est là ? demanda-t-il en allumant la lumière.

Il entendit un souffle et, saisissant un marteau qui se trouvait dans la boîte à outils à côté du tracteur, il s'avança, s'attendant à tomber nez à nez avec un cambrioleur.

Il s'arrêta brusquement lorsqu'il découvrit Amber debout au milieu de la boutique, enroulée dans une courte serviette de bain qui couvrait à peine le haut de ses jambes.

Elle le regardait fixement, les yeux écarquillés, un carnet à dessin à la main.

Il voulut trouver quelque chose de spirituel à dire, mais il était trop hypnotisé par ses épaules encore humides dans la lumière du plafonnier, ainsi que par sa gêne manifeste.

— Je croyais que tu étais sorti pour la soirée, gémit-elle en serrant le carnet encore plus fort contre sa poitrine.

Elle battait rapidement des paupières, sous l'effet du choc.

— La télévision par satellite a cessé de fonctionner, expliqua-t-il en s'efforçant désespérément de ne pas reluquer ses longues jambes dénudées.

Il la regarda serrer le crayon encore plus fort.

— Qu'est-ce que c'est ? ajouta-t-il, histoire de changer de sujet.

Il désigna son carnet d'un signe de tête, avant de réaliser tout à coup qu'il était en train d'indiquer aussi sa poitrine.

— Rien, bredouilla-t-elle. Juste un dessin idiot.

— J'aimerais bien le voir, dit-il.

Mais elle secouait violemment la tête.

— Oublie. C'était juste une idée stupide.

— Écoute…, commença-t-il.

Mais Amber, qui avait enfin retrouvé ses esprits, lui passa devant à toute vitesse.

— Je ferais mieux d'y aller, lui lança-t-elle avant de s'engouffrer dans l'escalier.

Il entendit des pas, puis la porte de sa chambre se refermer.

Qu'avait-elle bien pu dessiner dans la boutique ?

« Oublie », avait-elle dit. Mais il allait avoir beaucoup de mal à oublier à quel point Amber était incroyable dans cette petite serviette.

17

Le lendemain matin, en descendant l'escalier, Amber savait qu'elle devait essayer d'être courageuse lorsqu'elle se retrouverait face à Josh.

— Bonjour, réussit-elle à lui lancer avec un sourire.

Il haussa les sourcils, visiblement intrigué par le ton trop enjoué de sa voix, mais se contenta de lui rendre son sourire et son bonjour.

Voilà, se dit-elle. *Ce n'est pas si mal, non ?* Au moins avait-elle réussi à parler.

Si seulement elle pouvait faire disparaître sa mortification absolue pour avoir été découverte dans une simple serviette de bain, en plein milieu du magasin !

Qu'est-ce qui lui avait pris ? Elle n'en revenait pas de sa stupidité. Elle était tellement absorbée par ses idées pour la boutique qu'elle n'avait même pas envisagé la possibilité que Josh rentre plus tôt.

Ce matin, elle avait fait en sorte de rester cachée pendant qu'il prenait son petit déjeuner, histoire qu'il ne voie pas son visage rougissant.

Heureusement, elle pouvait abriter son teint écarlate derrière l'un des nombreux cartons encore à débarrasser. Elle espérait qu'ils auraient l'occasion de redistribuer le stock obsolète, mais se laissa distraire par la perplexité et l'étonnement de leurs clients occasionnels.

— Je me suis trompé de chemin ? s'enquit Stanley en regardant autour de lui, ébahi, lorsqu'il arriva, comme à son habitude, à 9 h 30.

Certains cartons avaient déjà été écartés, d'autres formaient une pile encore plus élevée. La physionomie du magasin n'y gagnait peut-être rien, mais c'était tout de même un progrès, se disait Amber.

— Nous faisons un peu de place, lui expliqua-t-elle.

— Si je n'avais pas vu vos jolies vitrines en entrant, je n'aurais pas su qu'il s'agissait de la même boutique, avoua Stanley, l'air un peu surpris. Mais c'est certainement plus facile de se déplacer. Si vous pouviez me dire où se trouvent les journaux, maintenant ?

— Ils sont là, à l'arrière, répondit Josh en sortant le *Times* pour le tendre à Stanley. Je n'ai pas voulu les apporter ici, parce que…

Sa voix s'éteignit pendant qu'il désignait l'espace autour de lui.

— Je voulais vous dire que les vitrines sont encore plus belles la nuit, poursuivit Stanley, avant d'afficher un air inquiet. Mon Dieu, je me suis mal exprimé. Ce que je voulais dire, c'était que je me promenais hier soir et j'ai vu quelques personnes qui sortaient leurs chiens et contemplaient vos vitrines. C'était très joli, avec toutes ces illuminations.

— Vous trouvez ? intervint Amber en rougissant. Comme c'est gentil à vous !

Stanley récupéra son journal.

— Cela rend Riverside Lane plus gaie, le soir, après la tombée de la nuit. Bonne journée à vous.

Sur un hochement de tête, Stanley traversa la boutique et gagna la sortie, non sans faire tinter la cloche en partant.

— Je crois que tu as un admirateur, commenta Josh en agitant plaisamment les sourcils.

— N'importe quoi…

Amber tourna rapidement la tête vers la porte, où la sonnette venait de retentir à nouveau.

— Une jolie clochette pour annoncer la Belle du village, lança Josh, qui semblait d'excellente humeur.

Belle leva les yeux au ciel.

— Oui, très original…

— Et comment vont tes oncle et tante à la voix douce aujourd'hui ? demanda Josh, toujours souriant. Encore en train de se crier leur amour ?

— Si la télévision n'était pas cassée avant leur dispute, elle l'est certainement maintenant ! répondit Belle en soupirant. Je viens chercher deux ampoules : deux des lampes d'angle ont également été victimes de la dispute d'hier soir.

— Je vais jeter un coup d'œil à l'arrière pour toi, dit Josh. Je pense qu'on en a une boîte quelque part.

Lorsqu'il eut disparu, Belle s'appuya au comptoir et regarda autour d'elle.

— C'est moi ou c'est encore pire que d'habitude ici ?

— On vient de commencer à tout réorganiser, alors c'est un peu le bazar, concéda Amber.

— J'ai entendu dire que tu restais un certain temps, reprit Belle avec un sourire amical.

Amber acquiesça.

— Ce sera chouette d'avoir un peu de compagnie féminine. Viens au pub un soir, on discutera autour d'un de mes fameux gin tonic. Je suis en manque de copines, pour être honnête.

— Merci, dit Amber, alors que Josh revenait chargé d'une grosse boîte. Ça me tente bien.

— L'idée est bonne, approuva-t-il en posant la boîte sur le comptoir. La pauvre Amber n'a que Stanley pour lui tenir compagnie.

— Il se sent juste seul, murmura-t-elle en rougissant. Je ne suis pas sûre qu'il puisse parler avec qui que ce soit d'autre, le restant de la journée.

— Stanley aime bien bavarder, convint Belle. Il vient au pub une fois par semaine, le mercredi soir. Je pense qu'il a besoin de compagnie depuis la mort de sa femme.

— C'est vraiment triste. On dirait qu'il vient à 9 h 30 pile tous les matins.

— Peut-être qu'il tient grâce à sa routine, ajouta Belle en hochant la tête d'un air pensif. Notez que, parfois, c'est aussi la seule personne à qui je parle vraiment le mercredi soir.

Amber eut comme une illumination : Stanley n'était peut-être pas la seule personne solitaire du village. Même une jeune femme aussi sûre d'elle que Belle semblait avoir du mal à y trouver de la compagnie.

— Tu as une idée du type d'ampoule que tu veux ? demanda Josh qui fouillait dans la boîte.

Belle jeta un coup d'œil à l'intérieur.

— Ces deux-là, dit-elle en s'emparant des ampoules concernées. Bon, je te dois combien ?

Une fois qu'elle eut payé, Belle glissa les deux ampoules dans ses poches.

— N'oublie pas le gin, lança-t-elle en souriant à Amber avant de se diriger vers la porte. Au fait, les vitrines sont superbes. Je n'ai pas reconnu l'endroit quand je les ai vues.

— Je ne suis pas sûr de le reconnaître moi-même ces jours-ci, avoua Josh, tandis que Belle refermait la porte derrière elle. (Il regarda la pagaille autour de lui.) Je pense que nous avons empiré la situation au lieu de l'améliorer.

Amber repensa à ce que Stanley avait dit sur les badauds de l'autre soir.

— À ce propos, pourquoi tu ne resterais pas ouvert un peu plus tard en soirée ?

Josh haussa les épaules.

— Personne n'ouvre en nocturne par ici, à part le pub. Je veux dire, ce n'est pas la peine. C'est une ville fantôme.

— Je vois, fit Amber, tout en se demandant si elle devait pousser encore ses questions.

Josh le devina à son ton.

— Qu'est-ce qu'il y a ? s'enquit-il.

— Grand-mère Tilly m'a dit que certaines personnes font la navette entre le village et la ville, pour aller travailler, commença-t-elle. Ils doivent rentrer chez eux après 17 heures.

— Peut-être, admit-il sans la quitter du regard. Qu'est-ce que tu suggères ?

— Il m'est arrivé d'avoir à faire de longs trajets lorsque je travaillais à Londres. Tu rentres tard de la gare et tu voudrais juste t'acheter un petit quelque chose à manger.

Josh fit la grimace.

— Eh bien, d'après mes chiffres de vente, ce n'est pas ici que les gens du coin achètent ce petit quelque chose.

— Parce que tu n'es pas ouvert après 17 heures, lui rappela-t-elle.

— Nous ne vendons pas non plus d'aliments prêts à l'emploi comme les plats préparés, ajouta-t-il.

Elle acquiesça.

— En effet.

Il lui répondit par un haussement d'épaules.

— Écoute, tant qu'on n'aura pas vidé le magasin, je ne peux même pas penser aux heures d'ouverture et à tout le reste.

— Je sais. Le problème, c'est que je commence à manquer d'endroits pour entreposer les articles. (Elle hésita avant de poursuivre.) Je pense qu'il est peut-être temps que tu déplaces le tracteur pour libérer de l'espace dans l'arrière-boutique.

Josh avait le teint presque blême sous la lumière.

— Oui, tu as raison. Je le déplacerai ce soir, après la fermeture.

***

Une fois la boutique fermée ce jour-là, Amber entreprit d'essuyer la poussière sur la cheminée qu'ils avaient découverte.

Mais Josh lui demanda rapidement d'abandonner cette tâche.

— Inutile de nettoyer quoi que ce soit ici tant que ce vieux tracteur puant n'est pas passé. Il y a de fortes chances pour qu'il laisse des traînées d'huile de toute façon.

Elle grimaça.

— Espérons que non. Comment vas-tu lui faire descendre les marches de la véranda ? ajouta-t-elle après un coup d'œil à la porte d'entrée.

— J'ai installé une rampe avec quelques planches de contreplaqué. J'espère qu'elles supporteront son poids.

— Tu « espères » ?

Il haussa les épaules.

— Croisons les doigts, répondit-il, visiblement peu rassuré.

Amber repoussa autant de cartons qu'elle le put sur le côté pendant que Josh allait dans l'arrière-boutique pour faire bouger son tracteur.

— Ne reste pas sur le chemin. Ça pourrait se compliquer.

— Comment ça ? s'étonna-t-elle.

Mais il ne l'entendit pas, parce qu'il venait de tourner la clé dans le contact. Après quelques crachotements, le moteur se mit à gronder. Josh leva les yeux vers elle, surpris, comme s'il ne s'attendait pas à ce que la machine continue à tourner. Malheureusement, la boutique fut immédiatement envahie par la fumée grise et le vacarme assourdissant d'un vieux moteur n'ayant pas démarré depuis très longtemps.

Amber était horrifiée. Était-ce sans danger ?

— OK, entendit-elle Josh crier au-dessus du bruit. Je vais essayer de le piloter là-dedans.

Amber croisa les doigts et pria pour qu'il épargne la double porte de l'entrée, qu'elle avait déjà ouverte en grand. Et même l'un des murs.

Le bruit du moteur s'amplifia et devint encore plus fort quand Josh enclencha la vitesse du tracteur. Sur une énorme secousse, le véhicule effectua un bond d'une trentaine de centimètres vers l'avant. Amber vit son conducteur, choqué, jurer dans sa barbe.

Elle se plaqua contre la cheminée, autant qu'elle le pouvait, désormais sérieusement inquiète pour sa sécurité personnelle. Non seulement le bruit était épouvantable, mais les planches tremblaient sous ses pieds. Elle porta la main à son nez afin d'éviter de respirer les échappements du moteur.

Après une autre secousse, plus faible, Josh braqua le volant d'un côté, ce qui obligea les roues à se redresser et s'orienter vers le centre de la boutique.

Mauvaise idée, se dit Amber avec la sensation de se trouver au milieu d'un tremblement de terre. Tout le magasin risquait de s'écrouler sur eux.

Le problème, c'était qu'il était sans doute trop tard pour le faire remarquer à Josh, qui s'accrochait désespérément au volant pendant que le véhicule entamait son voyage dans la boutique, qu'il emplissait de trépidations rugissantes.

Comme si le bruit et les secousses n'avaient pas suffi, l'odeur était épouvantable. Des effluves de fumée et de gasoil flottaient dans l'air. Amber n'était même pas sûre qu'une bonne séance d'aération suffirait à assainir la boutique lorsque le tracteur serait dehors.

Si l'endroit ne s'écroule pas avant, pensa-t-elle en se cramponnant à la cheminée tandis que le tracteur se frayait lentement un chemin à travers l'espace.

Très mauvaise idée, se dit-elle encore, désormais réduite à espérer que l'opération ne se terminerait pas en désastre.

***

Josh utilisait toutes ses forces pour maintenir le volant droit. Le tracteur entier se battait contre lui, pour chaque centimètre franchi, comme s'il rechignait à quitter l'arrière-boutique. Il en venait à penser lui aussi qu'en effet, le tracteur aurait été mieux là-dedans.

Le bruit était épouvantable, tout comme l'odeur de rouille brûlée, qui provenait soit du pot d'échappement, soit du moteur, soit des deux en même temps. Il était sacrément dans la panade.

Il jeta un coup d'œil à Amber, dont le visage horrifié reflétait ses propres inquiétudes alors qu'elle s'accrochait à la cheminée. Mais il ne put la regarder très longtemps, car sa vue ne cessait de vaciller sous les soubresauts du sol qui les portait.

Il baissa les yeux sur les roues. Aurait-il dû vérifier que le plancher était assez solide pour le supporter ? Bon, il était trop tard… Il s'accrocha à sa sombre détermination d'en finir.

En plus de l'inquiétude et du stress, il se sentait émotionnellement vidé. Le tracteur appartenait à l'intérieur. Il ne voulait pas le déplacer, mais il savait que la vie devait avancer. Il fallait aller de l'avant, même si le démarrage du tracteur – certes par à-coups et avec des soubresauts – ne lui procurait finalement aucune joie.

Quelque part, son père le regardait, soit en riant de façon hystérique, soit en se prenant la tête entre les mains, désespéré.

Il venait d'atteindre le niveau d'Amber près de la cheminée, lorsqu'il y eut un énorme bruit à l'avant du véhicule, qui s'arrêta en sifflant, moteur coupé.

Malgré le silence, ses oreilles continuaient de bourdonner tandis que des nuages de fumée s'échappaient du moteur devant lui.

Amber se redressa.

— Qu'est-ce qui s'est passé ? demanda-t-elle en agitant la main devant son visage.

Un mélange de vapeur et de fumée s'échappait du capot avant.

— Je ne sais pas, répondit Josh en tournant à nouveau la clé.

Mais le moteur fit entendre un bruit sourd et refusa de se rallumer. Josh essaya plusieurs fois d'actionner la clé, dans l'espoir désespéré de le faire redémarrer, en vain. En fait, à chaque nouvel essai, le moteur faisait entendre un son plus alarmant. Des morceaux de métal s'entrechoquaient, entre cliquetis et grondements de ferraille.

Il descendit du siège pour aller ouvrir le capot. Mais même cette partie-là de l'engin refusa de fonctionner pour qu'il puisse tenter de voir ce qui s'était passé.

Un véritable désastre. Au lieu d'être coincé dans la réserve du magasin, le tracteur l'était maintenant en plein milieu de la boutique !

Josh se sentit envahi d'une rage incandescente, tant il était frustré.

— Je n'y crois pas ! s'écria-t-il en donnant un coup de pied rageur au garde-boue.

Pour ajouter l'insulte à la blessure, la pièce de métal tomba par terre avec fracas. Il la regarda, choqué. Comment sa vie avait-elle pu tourner si mal, si terriblement mal ?

Il contempla Amber, qui était venue se planter à côté de lui. Espérant ne pas l'avoir effrayée par sa colère, il se tourna vers elle pour l'apaiser. Mais, à sa grande surprise, elle avait l'air d'étouffer un sourire.

— Ce n'est pas drôle, protesta-t-il d'une voix rendue plus forte que la normale par le désespoir.

— Je sais bien, répliqua-t-elle, tout en pinçant les lèvres pour empêcher que son sourire ne s'étale sur son visage.

— C'est terrible, insista-t-il.

Sa colère s'estompait aussi vite qu'elle était apparue.

— Oui, convint-elle, étouffant un gloussement.

— On a une saleté de tracteur coincé en plein milieu du magasin ! dit-il en soulignant l'évidence.

Il n'en fallut pas davantage pour que tous deux éclatent de rire en même temps. Ils rirent tant que Amber s'agrippa à son ventre.

— C'est de la folie, commenta-t-elle, entre deux ultimes éclats de rire.

— Bon sang, qu'est-ce que j'ai fait ? marmonna-t-il, toujours accablé par l'horreur de la situation.

Ce qui ne les empêcha pas de rire encore du ridicule de la scène. Finalement, Amber réussit à se ressaisir.

— Qu'est-ce qu'on va faire ?

Elle fixait à présent le tracteur de ses yeux écarquillés.

Josh la regarda longtemps, mais il était à court de solution.

— Prends ton manteau, se surprit-il à dire enfin. Allons nous soûler au pub.

Il s'attendait presque à ce qu'elle refuse, au lieu de quoi, à sa grande surprise, elle hocha la tête.

— Oui. Bonne idée.

Ils éteignirent donc les lumières, verrouillèrent la porte et se dirigèrent vers le pub, laissant le tracteur en panne au milieu de la boutique.

18

Amber frissonna lorsqu'ils passèrent de l'air froid et sombre d'une nuit d'octobre à la chaleur du *Cygne noir* et à l'atmosphère accueillante qui lui était propre.

Comme elle n'avait pas pensé à se changer après que le tracteur avait rendu l'âme, elle se sentait sale, et en avait probablement l'apparence aussi. Elle observa Josh et vit plusieurs taches de cambouis sur son visage et ses vêtements. Elle ne devait pas avoir meilleure allure.

Derrière le bar, les yeux ébahis de Belle confirmèrent les soupçons d'Amber.

— Qu'est-ce qui vous est arrivé ? s'enquit la serveuse. Je vous ai vus il y a quelques heures à peine et vous aviez l'air… comment dit-on ? Ah oui, propres !

— Laisse tomber, lui dit Josh en secouant la tête. Et pour l'amour de Dieu, n'en parle pas à ma grand-mère. Du vin, s'il te plaît. Une bouteille, tu veux bien ?

Visiblement sidérée, Belle continua à examiner leurs dégaines enfumées et échevelées.

— Blanc ou rouge ?

Josh interrogea Amber du regard.

— Blanc, s'il te plaît, répondit-elle.

— Va t'installer dans un fauteuil près du feu et je t'apporte ça, indiqua-t-il.

Les fauteuils en cuir élimé étaient étonnamment confortables. Ou peut-être Amber était-elle si fatiguée et si bouleversée qu'elle ne se souciait plus de rien.

Alors que Josh revenait du bar, elle remarqua que son jean était couvert d'huile et de diverses salissures. S'il s'en fichait, elle devrait se moquer tout autant de sa propre apparence. Mais c'était toujours une rude bataille que de lutter contre l'être critique qui vivait en elle.

— Pas de bière ce soir ? demanda-t-elle en le voyant se débarrasser de sa veste avant de s'asseoir sur le fauteuil abîmé de l'autre côté de la table.

— J'avais envie d'un verre de vin et si tu goûtes le vin de la maison proposé au bar, tu comprendras qu'il est plus prudent d'opter pour une bouteille non encore ouverte, lui dit-il en posant le vin et les verres sur la petite table en bois bancale qui se trouvait entre eux. D'ailleurs, j'ai besoin d'un grand verre après ce petit incident.

Malgré l'éclairage tamisé et l'atmosphère silencieuse du pub, il était agréable de s'asseoir à côté du feu, dont les bûches crépitaient.

Tout en remplissant leurs verres, Josh poursuivit :

— J'ai aussi commandé des frites et une pizza à partager. Si elles ne sont pas assez cuites, on pourra toujours les réchauffer sur les flammes.

— Merci, dit-elle. Je suis affamée.

Il lui tendit un grand verre de vin.

— Oui, ça donne soif de mettre un magasin à sac. Santé ! lança-t-il en levant son propre verre.

Elle sourit.

— Santé, répondit-elle avant de prendre une gorgée du vin blanc bien frais. Mmh, j'en avais grand besoin.

— Moi aussi, renchérit-il en s'appuyant aux coussins de son fauteuil.

— Je ne pense pas que tu aies entièrement mis le magasin à sac, nuança-t-elle, sans parvenir à refouler un gloussement. Désolée, balbutia-t-elle en rougissant lorsqu'il la regarda d'un air sévère.

Au bout de quelques secondes, ses yeux bleus s'adoucirent sans se détacher d'elle.

— Ne t'inquiète pas. Je rirais probablement moi aussi si je ne pleurais pas de désespoir à l'intérieur.

— C'est peut-être moins grave que tu le penses…

— La banque menace de saisir la boutique si on continue à perdre de l'argent, lui confia-t-il tout à trac. Nous n'avons pas beaucoup de clients et le petit nombre qui nous reste encore ne peut même plus entrer parce qu'il y a un fichu tracteur en plein milieu.

— Je n'ai jamais dit que la situation était idyllique, murmura-t-elle en lui adressant un sourire gêné.

Elle fut heureuse de le voir sourire à sa plaisanterie.

— Oui, convint-il sur un soupir.

— La situation est vraiment aussi mauvaise que ça avec la banque ? (Il hocha la tête.) Ta mère est au courant ?

Josh leva les yeux vers elle.

— Non. En tout cas, elle ne connaît pas toute l'étendue des dégâts.

— Tu l'as protégée pendant tout ce temps parce qu'elle était malade, constata Amber qui réfléchissait à voix haute.

Josh répondit d'un haussement d'épaules.

— Je comprends, continua-t-elle. Nous protégeons toujours nos parents des malheurs afin qu'ils ne s'inquiètent pas pour nous.

Il haussa un sourcil intrigué.

— Tu as eu des problèmes à New York ?

Elle hésita. Ses problèmes avaient commencé bien avant New York, en fait.

— C'est bon, s'empressa-t-il d'ajouter. Tu n'es pas obligée de me le dire si tu n'en as pas envie.

Mais il s'était montré si honnête… Après tout, il lui avait confié ses problèmes. Elle avala une autre grande gorgée de vin avant de se lancer.

— Ma patronne à New York était assez horrible.

— Une perverse ?

Elle faillit recracher sa gorgée de vin, en éclatant de rire sous le choc.

— Non, rien de cet ordre-là ! (Elle tamponna un peu de vin sur son menton.) Non, simplement, elle n'était pas très douée pour le job et préférait s'attribuer le mérite du travail des autres. Y compris le mien.

Il l'étudia un instant.

— Et elle a gardé son emploi alors que tu as perdu le tien dans la vague de licenciements.

— J'étais l'outsider, lui dit-elle.

Comme d'habitude, ajouta-t-elle pour elle-même.

— Tu n'avais pas de collègues de travail susceptibles d'intervenir en ta faveur ?

Elle secoua la tête.

— J'étais assez isolée là-bas. Première arrivée, dernière partie, ce genre de choses.

— D'une certaine manière, ton licenciement a été une bénédiction, alors.

Elle rit sans joie.

— Oui, je n'ai pas de travail et pas de maison non plus, parce que mes parents ont émigré pendant que j'étais à l'étranger et qu'ils sont partis dans un endroit où je ne peux pas poursuivre ma carrière.

— Je reconnais que dit comme ça, ce n'est pas génial. Écoute, tu as un travail tant que tu en veux, ici. Tu le sais. C'est juste qu'il n'est pas très bien payé.

— Parce que c'est payé ? demanda-t-elle sur le ton de la plaisanterie.

— Pas vraiment.

Elle s'esclaffa à nouveau.

— Et moi qui pensais que tu avais hâte de te débarrasser de moi.

Il la fixa un instant.

— Je n'ai jamais dit ça. Quoi qu'il en soit, j'aime beaucoup tes vitrines.

Elle rougit et regarda ses pieds.

— C'est facile quand on sait comment faire.

— N'importe quoi, grommela-t-il en fronçant les sourcils. À mon avis, soit on a un talent artistique, soit, comme moi, on n'en a pas le moindre. Aie davantage confiance en toi.

Elle reprit son verre de vin.

— C'est plus facile à dire qu'à faire, crois-moi.

Lorsque leur pizza et leurs frites arrivèrent, ils furent tous deux ravis de constater que, pour une fois, les aliments étaient cuits correctement. Probablement parce que Belle s'était occupée de leur repas, devina Amber.

Ils mangèrent dans un silence confortable, pendant que Josh remplissait de nouveau leurs verres.

— Je suis sincère, lui dit-il une fois qu'ils eurent fini de manger. Tu peux rester ici aussi longtemps que tu le souhaites. Cela ferait vraiment plaisir à maman. (Il marqua une pause.) Et j'ai aussi besoin d'aide.

— Merci.

Elle était touchée. Était-il en train de lui tendre la main ?

— C'est pour ça que tu continues à dessiner ? reprit-il soudain.

Elle ne comprenait pas très bien.

— Qu'est-ce que tu veux dire ?

— Tu as dit l'autre jour que le dessin et le design constituaient ton filet de sécurité. J'ai cru comprendre que tu avais passé une période difficile à New York. Mais pourquoi en ressentais-tu le besoin quand tu étais petite ? demanda-t-il, avant de secouer la tête. Désolé, ce ne sont pas mes affaires.

Amber prit une grande gorgée de vin. Puis une autre avant de répondre.

— Ce n'est pas toujours facile d'être un enfant. On a beaucoup déménagé, si bien que j'ai eu du mal à me faire des amis. Et certaines filles, certains gamins, peuvent être méchants.

Comme le silence se prolongeait, Josh l'examina pensivement.

— Je vois. Ça n'a pas dû être évident.

— Ça s'est révélé perturbant pour ma confiance en moi…

— Alors pourquoi tu dessinais hier soir ? demanda-t-il. Tu sais, quand je t'ai trouvée dans le magasin.

Amber déglutit, les joues soudain brûlantes au souvenir de la scène : elle, là, en serviette de bain. Elle prit une autre grande gorgée de vin, mais réussit à s'en renverser la plus grande partie sur le menton.

— Je t'ai prise pour une cambrioleuse, lui dit-il en souriant. Quoiqu'habillée un peu légèrement.

— Qu'est-ce que j'aurais pu voler ? murmura-t-elle en rougissant encore.

— Bonne question.

Heureusement, ses questions furent interrompues par l'artiste que Mike avait embauché pour la soirée. Amber et Josh abandonnèrent tout espoir de conversation pendant l'heure qui suivit, car ils avaient du mal à s'entendre penser sur les notes de plus en plus fausses d'un imitateur du chanteur de Coldplay. Ils préférèrent donc finir la bouteille de vin.

Pendant une pause trop brève entre deux chansons, Josh alla acheter une autre bouteille.

— Ce n'est pas comme si on devait se lever de bonne heure demain matin, lâcha-t-il en remplissant son verre à ras bord. Le magasin est vide.

— Si l'on excepte le tracteur, lui rappela-t-elle, avant de boire une grande gorgée de vin.

Sa tête commençait à s'embrouiller, mais elle s'en fichait. L'alcool rendait supportable la douleur occasionnée par la voix du chanteur.

— Je l'avais presque oublié ! Qu'est-ce qu'on va faire ? maugréa Josh en se passant une main dans les cheveux.

— Je pense qu'on devrait le laisser là, dit-elle en riant.

— On va peut-être y être obligés, si je ne parviens pas à redémarrer cette saleté de moteur.

Sur quoi, il se mit lui aussi à rire.

Amber but une nouvelle gorgée.

— Si seulement il était plus beau, lâcha-t-elle, réfléchissant à voix haute.

— Excuse-moi, mais c'est… c'était le tracteur adoré de mon père, répliqua-t-il d'un ton faussement hautain. Je te signale que c'est un truc de collection.

— Un tas de ferraille rouillée de collection, oui, répondit-elle, bien plus courageuse, maintenant qu'elle avait avalé quelques verres de vin.

— Eh ! protesta-t-il. Ce tracteur représentait tout pour mon père.

— Je sais. Je plaisantais. Peut-être que si on le repeignait, il serait plus beau.

Josh regardait fixement les flammes.

— Mon père adorait bricoler ce machin. Dès qu'il en avait l'occasion. « On va le faire fonctionner », il disait. À chaque fois. Il avait toujours l'espoir que le tracteur nous servirait à quelque chose. Mais cet entêté a toujours refusé de marcher.

— Peut-être que ce n'est pas nécessaire…

Amber fixait les flammes, elle aussi, tout en essayant de trouver une solution.

— Tu ne suggères pas sérieusement de laisser le tracteur là où il est, fit-il, incrédule. Tu vas te sentir bien bête demain matin, quand tu auras dessoûlé.

— Il suffit d'être un peu visionnaire.

— Tout ce dont j'ai besoin, c'est de bouchons d'oreilles, si le chanteur recommence à s'égosiller.

Josh avait l'air un peu ivre, constata-t-elle en jetant un coup d'œil sur lui. Comme il avait fermé les paupières d'épuisement, elle en profita pour savourer la beauté de son visage.

Mais il rouvrit brusquement les yeux pour les planter droit dans les siens, l'obligeant à détourner rapidement la tête et à espérer qu'il ne l'avait pas surprise en train de le dévisager.

— On ferait mieux de rentrer, lâcha-t-il. Avant que je m'endorme dans ce fauteuil et qu'ils recommencent à jouer.

— Ces fauteuils sont confortables, hein ? dit-elle.

— Ça doit être le vin qui parle, avoua-t-il en souriant. Allez, viens.

Ils souhaitèrent bonne nuit à Belle et traversèrent le pub en titubant un peu pour gagner la porte d'entrée.

Une fois dehors, dans l'air froid de la nuit, Amber se rendit compte qu'elle était vraiment pompette.

— Désolée, lâcha-t-elle lorsque, ayant buté contre un pavé mal fixé, elle se cogna contre Josh.

— Je crois qu'on ferait mieux d'avancer en se tenant le bras. Sinon, je risque de piquer une nouvelle tête dans la rivière.

Et il joignit le geste à la parole au moment où ils s'engageaient sur l'étroit pont piétonnier.

— C'était un accident, s'esclaffa-t-elle. Maintenant que je te connais un peu mieux, je ferai exprès de te pousser dedans, la prochaine fois.

— Ha ! répliqua-t-il lorsqu'ils atteignirent l'autre rive. La prochaine fois, je ferai en sorte que tu plonges en premier.

Il ouvrit la boutique, qui semblait plus douillette sous l'agréable éclairage des guirlandes lumineuses de la vitrine.

Josh passa le premier et se heurta aussitôt au tracteur, dont il avait oublié la présence.

— Aïe ! s'écria-t-il en sautillant, le genou dans une main.

— Ça va ?

Amber se précipita vers lui. Lorsqu'il se redressa, elle réalisa qu'il était tout près d'elle et elle eut une furieuse envie de l'embrasser. *Sans doute un effet du vin*, se dit-elle.

— Eh bien…

Elle n'acheva pas sa phrase, troublée par le silence gênant qui accompagnait le long regard qu'ils échangeaient. La complicité qu'ils avaient partagée au pub semblait soudain bien loin.

— Monte. Je vais vérifier que les portes sont bien verrouillées, dit-il en la fixant dans les yeux.

Elle acquiesça.

— Oui. Il ne faudrait surtout pas qu'on se fasse voler le tracteur.

Il sourit.

— Exactement. Bonne nuit.

— Bonne nuit, répondit-elle, en pivotant vers l'escalier.

Elle devait s'éloigner de Josh avant de faire quelque chose de vraiment fou qu'elle pourrait regretter le lendemain matin.

19

Amber se réveilla le lendemain matin avec une sacrée gueule de bois. Combien de verres avait-elle bus la nuit précédente ?

Elle bougea la tête et gémit tant celle-ci la lançait. Elle tenta désespérément de se rappeler ce qui s'était passé. Puis son cerveau vaseux commença enfin à récupérer les souvenirs de la soirée. Elle était allée au pub avec Josh après que le tracteur était tombé en panne. Ils avaient beaucoup bu, si elle ne se trompait pas. Plus qu'un peu de vin, réalisa-t-elle sous les coups redoublés dans sa boîte crânienne. Et ensuite ? Elle se prit la tête à deux mains et força son esprit à se remémorer.

Finalement, ses neurones se mirent lentement en marche. Il ne s'était rien passé. Elle se laissa retomber sur son oreiller, soulagée.

Pourtant, il y avait eu quelque chose. Un moment. Quand Josh l'avait regardée et qu'elle avait eu envie de voir ce que cela faisait d'être embrassée par lui. Mais c'était ridicule, complètement fou. Et puis, c'était juste le vin qui parlait. Elle ne ressentait pas du tout ce genre de chose pour lui.

La douche et l'habillage furent des processus douloureux, accompagnés de beaucoup de jurons et de gémissements, surtout lorsqu'elle se cogna la tête au plafond bas, mais elle se sentait enfin capable de se rendre dans la cuisine. L'appartement était silencieux. Vu que la porte de la chambre de Josh était ouverte, elle en déduisit qu'il était déjà levé et descendu ouvrir le magasin.

Le thé et les toasts l'aidèrent à se remettre les idées en place, puis elle amorça une descente aussi lente que prudente de l'escalier.

Lorsqu'elle passa de l'arrière-boutique à la boutique principale, la lumière rasante du soleil traversait les fenêtres. La luminosité était telle qu'elle en eut le souffle coupé et se couvrit les yeux.

— Oh mon Dieu ! s'écria-t-elle. Que quelqu'un éteigne les lumières.

— J'ai essayé, crois-moi, gémit Josh, quelque part dans les parages.

Elle jeta un coup d'œil de derrière ses doigts et vit qu'il était en fait assis sur le siège du tracteur rouillé, toujours au centre de la boutique. Bien qu'elle se sente encore mal, elle ne put s'empêcher de rire devant le comique de ce spectacle.

— Je ne suis pas sûre que tu devrais conduire dans ton état, dit-elle en s'approchant du tracteur.

Il la observa d'un air sombre.

— Tu te sens aussi mal que j'ai mauvaise mine ?

— Oh que oui.

— Bien.

— Eh ben, merci…

Il sourit, même si l'opération semblait un peu douloureuse.

— La misère aime la compagnie, pontifia-t-il.

Elle désigna le tracteur.

— Bon, nous en sommes donc là…

Il tendit la main vers le volant.

— J'essaie de trouver un moyen de le remorquer hors d'ici. Et je n'ai absolument aucune idée de la manière d'y parvenir.

Il eut l'air triste pendant un moment et Amber se souvint de leur conversation au pub : retaper le tracteur avait été l'un des rêves de son défunt père.

— Peut-être qu'il n'a pas besoin de partir, se surprit-elle à dire.

Il la dévisagea.

— Qu'est-ce que tu racontes ?

— Quand j'étais ici l'autre soir en train de dessiner, tu sais, avec ma, euh, serviette, commença-t-elle en rougissant furieusement.

Josh sourit.

— Je m'en souviens, dit-il, les yeux brillants.

Elle déglutit et se força à continuer.

— Oui, eh bien, ce que je faisais, c'était concevoir l'aménagement du magasin. Mais il manquait quelque chose.

— Tu es en train de me dire que ce qui manquait à ton merveilleux projet, c'était un tracteur déglingué et crasseux ? Tu es encore ivre ? s'esclaffa-t-il.

— Non, je suis sérieuse, répliqua-t-elle. Écoute, si tu es sûr que le moteur ne peut pas être réparé, pourquoi ne pas plutôt retaper la carrosserie ? Peindre les côtés, polir le reste. (Elle entreprit d'en faire lentement le tour, tout en réfléchissant à voix haute.) Ça pourrait marcher. Je pense que ça pourrait vraiment marcher.

— Amber…, voulut-il intervenir.

Mais elle leva la main.

— Je sais ce que tu vas dire ! Écoute, je vais te montrer mon croquis pour que tu puisses juger par toi-même.

Elle le regarda et ne put s'empêcher de sourire d'excitation à cette idée.

Mais Josh ne lui rendit pas ce sourire.

— Écoute, je n'y connais rien, à ce genre de choses, marmonna-t-il.

— Mais moi, si, insista-t-elle, pour une fois pleine de confiance. Regarde. Ce tracteur rend la boutique différente. Unique.

— On peut certainement lui appliquer un qualificatif, concéda-t-il en levant les yeux au ciel.

Malgré sa gueule de bois, Amber était persuadée d'être sur la bonne voie.

— Le tracteur pourrait constituer un présentoir très chouette. (Repensant aux vieilles photos de grand-mère Tilly, elle se sentit soudain pleine d'idées.) On pourrait prendre quelques-uns des cageots, à l'arrière, et les placer autour du tracteur. Pour que ce soit vraiment aussi joli qu'à la ferme. Quelque chose de champêtre.

Elle était de plus en plus excitée.

Mais Josh ne partageait toujours pas son enthousiasme.

— Quoi ? demanda-t-elle. Qu'est-ce qui nous en empêche ?

— Ça ne changera rien, marmonna-t-il en descendant du siège en cuir élimé du tracteur. On devrait peut-être arrêter pendant qu'il est encore temps. Ou plutôt, avant que la banque ne nous oblige à mettre la clé sous la porte.

— Tu ne crois pas que ta mère sera contrariée ?

À sa grande surprise, il secoua la tête.

— Ce magasin n'était pas son rêve. Il ne l'a jamais été. Seulement un acte égoïste de plus de la part de mon père, qui nous a tous entraînés dans ce bourbier. On n'a fait que le suivre.

— Il avait peut-être raison, objecta-t-elle.

— Ou tort, comme d'habitude, et de toute façon, il n'est plus là, maintenant, tandis que moi, si. Coincé ici tous les jours, à regarder tous ses rêves s'éteindre. (Il s'interrompit.) Exactement comme lui.

Amber resta silencieuse. Il était manifestement bouleversé et, curieusement, tout ce qu'elle voulait, c'était le serrer dans ses bras.

— J'avais des rêves moi aussi, l'entendit-elle continuer.

— Comme quoi ? demanda-t-elle doucement.

Il haussa les épaules.

— Je voulais diriger ma propre entreprise. Faire quelque chose de spécial. Changer la vie des gens et essayer de les éduquer à un mode de vie durable.

— Tu le peux encore.

Mais Josh haussa des épaules.

— Pas ici. C'est trop tard.

— Non, tu te trompes. (Elle s'avança pour lui prendre le bras.) Ce n'est peut-être pas ce que tu avais en tête, mais je pense que nous pourrions vraiment faire quelque chose d'unique ici. Un magasin de campagne. *Cranbridge Stores* pourrait être quelque chose de vraiment exceptionnel. (Elle le vit hésiter et ouvrir la bouche pour répliquer.) Laisse-moi te montrer à quoi cela pourrait ressembler, s'empressa-t-elle d'ajouter, avant qu'il puisse objecter encore.

Il leva les paumes, désabusé.

— Pourquoi pas ? La situation ne peut pas être pire de toute façon.

— Eh bien, merci pour tes encouragements.

Mais tandis qu'elle se précipitait à l'étage pour récupérer son carnet de croquis, elle se rendit compte qu'elle était animée d'une réelle détermination à lui prouver qu'il avait tort. Elle allait lui montrer que *Cranbridge Stores* pouvait devenir un lieu très spécial.

Dans sa chambre, elle s'empara de son carnet de croquis et entreprit aussitôt de remplir le milieu vide de son dessin original. Elle dessina au crayon les contours du tracteur avant d'ajouter quelques boîtes pour représenter les cageots. Puis elle prit ses crayons de couleur afin d'illustrer les différents produits qui pourraient être proposés sur l'engin.

Pour finir, elle hésita, mais se saisit finalement du crayon rouge vif et coloria le tracteur.

Ce fut avec un mélange d'excitation et d'inquiétude qu'elle redescendit montrer le résultat à Josh.

Elle se balançait nerveusement d'un pied à l'autre pendant qu'il examinait le papier, puis considérait le magasin qui l'entourait. Après quoi, il baissa de nouveau les yeux sur la feuille, avant de les relever encore une fois.

Finalement, il se tourna vers elle, les yeux brillants.

— La boutique ne sera jamais aussi belle, lâcha-t-il en lui tendant le bloc-notes pour qu'elle le récupère.

— Non seulement elle peut l'être, mais elle le sera, répliqua-t-elle, plus audacieuse qu'elle ne l'avait jamais été. Donne-moi une semaine ou deux pour changer les choses ici. Pour que tout soit différent. Si tu détestes, la boutique pourra revenir à son état initial. Je trouverai même un moyen de déplacer le tracteur. Mais accorde-moi un peu de temps et je te montrerai le potentiel de cet endroit.

Ils restèrent silencieux pendant de longues secondes avant qu'il n'acquiesce.

— D'accord, lâcha-t-il. Mais je ne promets rien.

— Moi non plus. Laisse-moi juste voir ce que je peux faire.

— Il nous faudra une semaine pour finir de trier tous ces trucs, ajouta-t-il en montrant tous les cartons de marchandises éparpillés.

— Contente-toi de me faire confiance, se surprit-elle à dire.

Contre toute attente, il lui sourit.

— C'est drôle, je ne t'avais jamais vue comme une personne sûre d'elle jusqu'à présent.

Elle lui rendit son sourire.

— Je ne le suis pas. Je ne sais pas d'où ça me vient. Peut-être un effet des gaz d'échappement du tracteur.

— Eh bien, fais-toi plaisir, dit-il en embrassant la boutique d'un grand geste du bras. Dieu sait que la situation ne peut pas être pire.

— C'est ce que tu crois, ironisa-t-elle avec un clin d'œil.

Au moins lui répondit-il d'un sourire avant de s'éloigner vers l'arrière du magasin.

Restée seule au centre de la boutique, Amber effectua une lente rotation de trois cent soixante degrés. Prenant une grande inspiration, elle tenta d'étouffer ses craintes et ses doutes quant à sa capacité à rendre l'endroit attrayant.

Pouvait-elle vraiment y parvenir ? Elle l'avait assuré à Josh, alors elle ferait mieux de s'y atteler. Simplement, elle n'était pas sûre, au fond d'elle, d'en être capable, malgré la confiance qu'elle avait en ses propres compétences.

Sauf qu'elle ne voulait pas décevoir Cathy. Ni grand-mère Tilly. Ni même la mémoire de Todd. Et surtout, elle ne voulait pas décevoir Josh, car il commençait à lui tenir à cœur.

Et cela l'inquiétait encore plus que le réaménagement complet du magasin.

20

Josh se tenait près de la porte d'entrée, à regarder dehors pour constater que le soleil avait fait place à de nouvelles averses.

Les feuilles jaunes déjà tombées au pied des arbres étaient aussi détrempées que les berges boueuses de la rivière, dont le niveau était par ailleurs assez élevé. D'autres pluies et de nouveaux orages étaient annoncés pour les semaines à venir.

Bien sûr, ce n'était rien comparé à la tempête qui s'était abattue sur *Cranbridge Stores* depuis le départ de sa mère, pensa-t-il en se retournant lentement.

Il poussa un long soupir. La boutique était dans une pagaille totale. Même s'il savait que les piles de boîtes dans chaque coin étaient plus ou moins bien rangées, la suppression des grands rayonnages du centre avait renforcé le désordre au niveau du plancher.

Mais à dire vrai, le pire était toujours l'immondice que constituait le vieux tracteur, trônant maintenant au centre du magasin.

Malgré tous ses efforts, il n'arrivait pas à comprendre pourquoi Amber tenait tant à le laisser là où il était tombé en panne.

Une tache d'huile s'était formée sur le sol. Et une odeur de fumée et de métal continuait à flotter dans l'air. Il s'empressa d'ouvrir la porte d'entrée, histoire d'aérer, et tomba nez à nez avec Stanley.

— Bonjour, dit-il en hochant la tête.

— B'jour, répondit Josh, curieux de savoir ce qui pouvait bien être « bon » dans ce jour.

Il vit le sourire s'effacer lentement du visage du vieil homme pour laisser place à une expression médusée.

— Bon sang ! s'exclama Stanley, en regardant le tracteur avec des yeux écarquillés. Tu es devenu garagiste du jour au lendemain ?

Josh secoua la tête.

— Un problème temporaire, dit-il. Les journaux viennent d'être livrés à l'arrière. Je vais chercher les tiens. Tu viens un peu plus tôt que d'habitude, ce matin.

— J'ai rendez-vous chez le médecin dans la matinée, répondit Stanley en entrant prudemment dans la boutique. Les plaisirs de la vieillesse, j'en ai bien peur. La compagnie que je désire n'est pas exactement de celle que l'on trouve dans notre maison de santé.

Josh enjamba plusieurs cartons et contourna le tracteur avant de se diriger vers l'arrière-boutique.

À son retour, il trouva Stanley en train d'étudier l'engin.

— Je dois dire que ça me ramène des années en arrière, déclara Stanley, qui avait jeté un coup d'œil au tableau de bord. Mon père en avait un lorsque nous possédions notre petite ferme à la périphérie du village. Un bon tracteur, bien résistant, un David Brown 25.

— « Résistant », c'est le mot, vu qu'il est coincé au milieu d'un magasin, railla Josh.

Même Amber, avec son évident talent de designer, ne pourrait rien faire pour rendre ce tracteur présentable. Mais pour l'instant, faute de plan B, il devait lui faire confiance.

Stanley lui tendit la monnaie pour son journal.

— Bon, on est obligé de reconnaître que c'est unique, dit-il en souriant. Je vais suivre avec intérêt ce qui semble être une sorte de lifting.

Josh sourit malgré ses réticences. Un lifting ? Le magasin avait besoin d'une transformation complète, avec chirurgie cardiaque majeure.

Une fois Stanley parti, Josh mit son argent dans la caisse, qu'il réussit à repérer derrière une nouvelle pile de boîtes. Il s'assit lourdement sur le tabouret derrière le comptoir. Ces derniers jours avaient été épuisants et il se sentait à court d'énergie. Il s'était soûlé dans les grandes largeurs avec Amber, ce qui n'avait pas arrangé les choses puisque la soirée s'était prolongée plus tard que d'habitude. Il la revit, debout dans l'obscurité, qui levait les yeux vers lui. Il avait presque été assez ivre pour l'embrasser. Presque.

De toute façon, il savait qu'elle s'enfuirait à toutes jambes s'il tentait quoi que ce soit. Ce qu'il ne ferait certainement pas. Même si une petite partie de lui était sérieusement tentée.

Il secoua légèrement la tête. Il n'avait pas besoin de tentation pour l'instant. Il avait besoin que la boutique ressemble de nouveau à une boutique. Avec un gémissement, il s'affaissa sur le comptoir et enfouit sa tête entre ses mains.

— Je ne suis pas surprise que tu sois dans cet état, vu tout ce que vous avez descendu hier soir.

Il leva les yeux. Belle se tenait dans l'embrasure de la porte, regardant le désordre du magasin avec des yeux comme des soucoupes, avant que ceux-ci ne viennent se poser sur le gros éléphant au centre de la pièce. Le tracteur, en l'occurrence.

— B'jour, lâcha-t-il avec un petit signe de tête.

— Bonjour, lança Amber qui entrait dans la boutique, l'air bien plus joyeux que Josh.

— Qu'est-ce qui s'est passé ici la nuit dernière ? demanda Belle, en faisant lentement le tour du tracteur.

— Nous avons eu une réunion de conception, répondit Amber, tout sourire.

— J'ai perdu, ajouta Josh.

— Ouais, eh bien, je dois dire que ça me laisse presque sans voix, avoua Belle qui continuait à observer autour d'elle, à l'évidence stupéfaite.

— Il faut une première fois à tout, dit Josh.

— Que penses-tu du tracteur ? s'enquit Amber d'un ton plein d'espoir.

— Est-ce qu'il faut mettre dix pence dedans pour qu'il fonctionne ? fit leur amie, en lorgnant le siège du conducteur.

— Qu'est-ce que tu racontes ? s'étonna Josh.

— Ce n'est pas une espèce de manège pour enfants ? Tu sais, comme une voiture « Oui-Oui » ou quelque chose comme ça ?

Josh secoua la tête.

— Non, c'est un vrai tracteur.

Belle dévisagea Amber, puis Josh.

— Vous n'êtes pas sous l'emprise de la fumette ?

— Si seulement, gémit Josh.

La jeune serveuse prit sa brique de lait et posa l'argent sur le comptoir.

— Il faut bien l'admettre, ça va faire jaser dans les chaumières ! À plus.

Après son départ, Josh se retourna pour adresser un regard intrigué à Amber.

— C'est la réaction que tu attendais ?

À sa grande surprise, celle-ci haussa les épaules.

— Tu n'as pas saisi le plus important ? répliqua-t-elle. On va parler de nous dans le village. Les gens vont donc venir voir le tracteur, figure-toi.

— Et puis ils vont faire demi-tour et s'enfuir horrifiés.

Elle fronça les sourcils.

— Alors laisse-moi essayer de te convaincre à nouveau.

Amber déplia un morceau de papier de la poche de son jean et l'étala entre eux, sur le comptoir de la caisse. Elle retourna la feuille de façon à ce que le dessin soit à l'endroit pour lui.

— Quel est le problème ? demanda-t-elle en venant se placer à côté de lui.

— Ça, répondit Josh en montrant le tracteur qu'elle avait dessiné au milieu de la boutique.

— Je vois, dit-elle en pivotant pour s'appuyer contre le comptoir, de façon à ce qu'ils se retrouvent face à face. Laisse-moi te dire ce que je sais. Un magasin a besoin d'une mise en scène. De ce point de vue, c'est comme une vitrine. Mais en plus grand.

Il fronça les sourcils.

— Une mise en scène ?

— Tu cherches à attirer les gens à l'intérieur, expliqua-t-elle. C'est à cela que servent les belles vitrines. Dans les grands magasins en tout cas. Je ne vois pas pourquoi il devrait en aller autrement ici. Ça ne sert à rien d'avoir une jolie vitrine capable d'attirer les gens si l'endroit a l'air, eh bien, de ça à l'intérieur.

Elle agita le bras vers le désordre environnant.

— Tu te rappelles que ce n'était pas comme ça il y a quelques jours, lui dit-il. C'était juste en désordre. Maintenant, c'est un garage doublé d'une décharge.

— Il faut toujours que les choses empirent avant de s'améliorer.

— Elles ne sont pas censées empirer autant, nuança-t-il. Avec un tracteur dedans.

Elle haussa les épaules, comme si la présence d'un vieux véhicule agricole crasseux au milieu de la boutique n'était qu'un inconvénient négligeable, et leva la main pour l'empêcher de l'interrompre.

— Oui, c'est un tracteur. Mais il est petit, pas comme ses congénères. Il nous arrive à la taille, on peut encore voir de l'autre côté. L'espace fonctionne encore. Je pense que cela fera un bel objet. (Elle désigna à nouveau le dessin sur le papier.) Regarde. Il a l'air éclatant. Moderne. Amusant. Intéressant. Séduisant.

Il observa son dessin et s'interrogea sur la meilleure façon de faire valoir son point de vue sans la contrarier. Pour une fois, elle semblait déterminée et pleine d'assurance. Il ne voulait vraiment pas briser le peu de confiance qu'elle avait en ses capacités, mais ses idées allaient trop loin.

— Écoute, ce sont de bonnes idées, concéda-t-il. À part le tracteur, évidemment. Parce que, oui, j'aime beaucoup tes vitrines. Elles sont superbes. Mais ça... ?

— Les jolies vitrines sont conçues pour attirer les clients, ce qui aura un effet sur les ventes. C'était le but recherché. (Elle leva les yeux vers lui.) Je sais que tu es inquiet, mais j'ai déjà fait ça. J'ai aménagé des grands magasins. Des magasins à succès. Ici, ce sera sur une échelle beaucoup plus restreinte, mais ça ne veut pas dire qu'on soit obligés de voir petit.

Josh demeura silencieux, regardant la feuille une fois de plus. Le dessin d'Amber était magnifique, mais il ne voyait pas comment cela allait y changer quoi que ce soit.

— Mettons la boutique en scène pendant que nous la nettoyons, poursuivit Amber. Il faut un meilleur éclairage. Les néons sont bien trop durs et donnent une lumière affreuse. Et il faut absolument repeindre et éclaircir cet endroit. Il est beaucoup trop terne. Et nous aurons besoin de décorations assorties à la thématique automnale de la vitrine.

Josh soupira.

— Tout ça ? On n'a que jusqu'à la fin de l'année, sinon on perd la boutique, de toute façon.

— Alors on ferait mieux de se dépêcher, tu ne crois pas ? (Elle assortit sa question d'un sourire qui éclaira tout son visage.) Je pense vraiment qu'on peut faire quelque chose de joli.

Josh se passa une main dans les cheveux.

— Je ne suis pas doué pour la joliesse.

Elle rit.

— D'accord, dans ce cas, laisse-moi faire. Tu t'y connais en bricolage, non ?

— J'ai fait quelques travaux de construction pour joindre les deux bouts, ces dernières années. Donc je sais peindre et remettre un endroit en état.

— Bien, dit Amber. Alors commençons.

Elle semblait sur le point de démarrer, mais Josh lui prit le bras.

— Pas si vite. Parce qu'on peut toujours faire un joli magasin, le problème c'est : qu'est-ce qu'on va vendre ?

— Le stock qu'on a déjà, répondit-elle.

— Du ruban adhésif et des rouleaux de tissu ? Tu as bien vu tout ça, hier. C'est très hétéroclite.

— Oui, mais les gens ne pouvaient pas trouver quoi que ce soit ou voir ce qu'ils avaient l'intention d'acheter parce que tout était en désordre, répliqua-t-elle en se tapotant le menton pendant qu'elle réfléchissait. Ça ne devrait pas être seulement un magasin de proximité, mais aussi de décoration.

Il leva les yeux au ciel.

— Tu ne pourrais pas faire encore plus new-yorkais ?

Elle sourit à nouveau. Ce qu'elle était belle, quand elle était aussi près de lui !

— Allons voir ce qu'il y a comme peinture à l'arrière, dit-elle. Autant utiliser ce qu'on a sous la main.

Josh soupira.

— Est-ce que je vais avoir mon mot à dire ?

— Non, répondit-elle. Et je peux toujours appeler ta mère si tu as l'intention de poser problème. Elle sera tout à fait de mon côté.

Il secoua la tête.

— Je n'arrive pas à croire que tu joues la carte de ma mère pour arriver à tes fins.

Elle souriait toujours quand elle s'éloigna, accompagnée du balancement de sa queue-de-cheval.

Josh resta assis et regarda encore une fois le dessin d'Amber avant d'examiner la boutique sous tous les angles. Il ne voyait pas comment les choses pourraient s'améliorer. Mais qu'avaient-ils à perdre ?

Au fond de lui, il ne se sentait pas aussi bouleversé qu'il aurait dû par la possible fermeture du magasin. Ce qui le tracassait davantage, c'était sa réticence à contrarier Amber.

21

Amber embrassa la boutique du regard, puis les différents pots de peinture que Josh avait sortis, essayant de déterminer la meilleure façon de la décorer. Elle n'en revenait toujours pas que Josh ait suivi son idée pour réaménager l'endroit. Elle espérait simplement qu'il n'avait pas surestimé ses capacités limitées.

— Ce sont différentes nuances de blanc, constata Josh en l'interrogeant des yeux.

Amber opina.

— Le blanc fera l'affaire. Surtout si on peut peindre aussi certaines étagères.

— Celles en aluminium ? demanda-t-il.

Amber secoua la tête.

— Elles font un peu années 1970, tu ne trouves pas ?

— Elles sont probablement plus anciennes que ça.

— Il y a tout un tas de bois dans l'allée de derrière, reprit Amber en jetant un coup d'œil à l'arrière-boutique. On ne pourrait pas ajouter des étagères en bois à celles qui existent déjà ? Si on les ponçait. Elles seront jolies et rustiques. Et par-dessus le marché, assorties aux poutres.

Josh leva les yeux.

— Je m'étais dit qu'on pourrait peut-être les peindre en blanc, elles aussi.

— Non ! s'écria Amber horrifiée. Le bois, c'est chaud et ça donne du caractère à cet endroit.

— OK, c'est toi la patronne, fit Josh avec un long soupir.

Elle rougit.

— Eh bien, en fait, non. C'est toi. (Elle se mordilla la lèvre.) Est-ce que j'en fais trop?

— Oui, répondit-il, avant de sourire. Mais j'aime bien.

Elle baissa les yeux, sans voix pour la première fois depuis quelques jours avec Josh.

— On doit donc se concentrer d'abord sur les murs et le plafond, poursuivit-il. Et la cheminée ? On la cache à nouveau ? On pourrait l'utiliser comme espace de stockage.

Mais Amber rejeta la proposition.

— En fait, j'envisageais d'en faire une attraction.

— Le contraire m'aurait étonné, lâcha-t-il.

— Si tu veux, on pourra toujours placer quelque chose devant plus tard, dit-elle, désireuse d'apaiser ses inquiétudes. Mais en attendant, pour être honnête, il fait plutôt froid ici, alors un peu de chauffage supplémentaire ne ferait pas de mal.

Il s'approcha pour jeter un coup d'œil au grand poêle à bois qui avait été installé dans la cheminée.

— Je me souviens que papa l'avait allumé lorsqu'on est arrivés ici. Je vais voir si je peux faire venir un ramoneur pour vérifier le conduit. Je ne veux pas que tout s'embrase ou mourir d'une intoxication au monoxyde de carbone pendant mon sommeil. À moins que ce soit pour ramasser l'argent de l'assurance, bien sûr, nuança-t-il en éclatant de rire, avant de préciser, devant la mine horrifiée d'Amber : Je plaisante…

— Préviens-moi avant de l'allumer. Je ne veux pas partir en fumée, moi non plus.

Elle regarda le mur qui faisait face à la cheminée. D'un seul tenant, il était en fait bien plus long qu'elle ne l'avait imaginé et pourrait probablement contenir en tout près de six blocs d'étagères.

Mais Josh tenait absolument à peindre le mur avant qu'ils y adossent à nouveau les rayonnages en chêne. Pendant qu'Amber les ponçait, Josh entreprit de préparer le plafond et les murs.

Avec le tracteur, cela signifiait que la boutique était encore plus encombrée que d'habitude lorsqu'un rare client entrait.

— Ma cataracte s'est aggravée ? lança grand-mère Tilly, plantée devant la porte du magasin, lorsqu'elle eut regardé autour d'elle, les yeux agrandis par la perplexité.

Elle n'était pas venue au magasin depuis quelques jours et ne l'avait pas vu depuis que l'arrivée du nouvel îlot central.

Du haut de son escabeau, Josh l'interrogea en fronçant les sourcils :

— Tout va bien ? J'ai dit que je passerais te voir plus tard.

Sa grand-mère sourit.

— J'avais juste besoin de sortir prendre l'air… Alors, est-ce que j'ai le droit de demander ce qui se passe ?

— Nous faisons un mini relooking, lui expliqua Amber.

Tilly sourit.

— Il me semble que c'est un peu plus que « mini », je dirais.

— Je suis d'accord, approuva Josh, au moment où Amber renversait une pile de boîtes de conserve, en équilibre précaire quelques instants plus tôt.

— Bon sang, je l'avais oubliée ! s'exclama Tilly en se frayant un chemin jusqu'à la cheminée.

— C'est joli, non ? s'enquit Amber.

— C'est mon mari qui l'a installée, il y a de nombreuses années, confia Tilly avec un petit sourire.

— Je ne me souvenais pas que grand-père ait été aussi habile de ses mains, s'étonna Josh.

— Oh que si, répliqua-t-elle, avant de se tourner vers le tracteur. Note bien que c'est ton père qui aimait ce vieux machin. Je ne me rappelle pas qu'il ait tenu une telle place dans la boutique auparavant. Mais il n'est pas exclu que je perde la boule.

— Non, ça, c'est notre faute, répondit Josh en lançant un regard appuyé à Amber.

Celle-ci balaya ses inquiétudes d'un revers de main.

— La situation va empirer avant de s'améliorer, expliqua-t-elle à grand-mère Tilly.

— Alors il se peut que vous ayez touché le fond, ma chérie, répliqua cette dernière avec un clin d'œil. Mais je suis sûre que vous, les jeunes, vous savez ce que vous faites.

— N'empêche, ne dis rien à maman pour l'instant, suggéra Josh.

— Ça vaut mieux en effet, acquiesça Tilly avant de regarder le désordre autour d'elle. Je peux vous aider ?

— Il ne faudrait pas que tu te fasses mal, lui dit Josh. C'est tellement en pagaille ici…

Grand-mère Tilly fit grise mine.

— Bon, si tu es sûr, je ferais mieux de rentrer voir ce qu'il y a à la télé, à cette heure de la journée.

Amber comprit que la vieille dame avait besoin de se sentir utile, même si le magasin était vraiment trop en désordre en ce moment pour qu'elle y soit en sécurité.

— Comment se présente ma couverture ? demanda-t-elle.

— Elle est presque terminée, répondit Tilly, que la question avait un peu ragaillardie. Il faudra que je m'attaque à celle de ta mère, ensuite.

— Super !

— Je passerai plus tard, lui lança Josh quand elle sortit.

Son téléphone émit un bip dans sa poche. Il descendit de l'escabeau pour consulter ses messages.

— Des nouvelles du ramoneur, indiqua-t-il à Amber. Mais ça va coûter au moins cent livres sterling pour qu'il vienne entretenir le truc. On pourrait peut-être juste laisser le poêle à bois pour le spectacle ou quelque chose comme ça ?

— Écoute, commença Amber, toi, tu n'as peut-être pas froid dans ta belle veste en cuir, mais il fait toujours frisquet ici. Or le but, c'est que les gens s'attardent et fassent des achats. Non ? Tu veux faire de l'argent ? Il faut encourager les clients potentiels à franchir ta porte, ce que je peux réussir à faire avec des vitrines différentes et plus attrayantes, mais ensuite, ils doivent rester ici un moment, et ça, c'est un problème qu'il faut résoudre. S'ils s'attardent, au chaud, peut-être qu'ils achèteront d'autres articles.

— OK. Tu m'as épuisé.

— Le blanc rend bien, constata-t-elle en regardant le plafond. Bien mieux que le crème. Surtout par une journée morose comme celle d'aujourd'hui.

Il jeta un coup d'œil dehors. Il n'avait pas cessé de pleuvoir depuis quelques jours et, d'après les prévisions, ça allait continuer. Mais, d'une certaine manière, c'était parfait que cette journée d'automne soit sombre et lugubre. La boutique devait leur apparaître sous son plus mauvais jour pour être redécorée.

— J'appellerai le ramoneur en allant chez le grossiste, déclara Josh, qui sortait déjà les clés de sa camionnette.

— Oh ! J'aurais besoin de deux ou trois choses…

— Pas de souci. On n'a qu'à fermer le magasin.

Amber parut inquiète.

— Tu crois ?

Josh leva les yeux au ciel, tout en faisant sauter les clés dans sa main.

— Ouais, Harrods est vraiment inquiet de la concurrence en ce moment.

Amber apprécia le voyage dans la camionnette de Josh. Le fait d'être un peu surélevée par rapport à la route lui permettait de voir par-dessus les haies et de profiter de la campagne, même si tout était boueux et humide.

Pour commencer, ils se rendirent chez le marchand de matériaux de construction et achetèrent un supplément de peinture blanche. Amber insista pour qu'ils ne choisissent pas la peinture la moins chère, car elle serait trop fine.

— Moins on a de couches à appliquer, plus le séchage est rapide et plus vite on pourra commencer à remettre du stock en rayon, expliqua-t-elle.

Elle avait un peu l'impression de se heurter à un mur de briques, face à Josh. Sachant qu'ils n'avaient pas beaucoup d'argent, elle ne recherchait pas délibérément des dépenses extravagantes, mais elle savait aussi que les choses devaient être faites correctement s'ils voulaient tirer tout le parti de cet endroit.

Alors qu'ils se rendaient chez le grossiste, Josh demanda :

— Comment se fait-il que tu aies moins confiance en toi que dans le magasin ?

— Parce que ce n'est pas un domaine personnel, répondit-elle après une pause. Concevoir des vitrines est toujours plus facile.

Elle le suivit dans les allées du magasin de gros et fut stupéfaite de la quantité de marchandises disponibles.

— Tout est de bonne qualité, lui dit-il en prenant quelques lots de papier hygiénique et d'essuie-tout. Ça devrait nous permettre de tenir jusqu'à Noël.

Elle hésita avant d'acquiescer.

— Quoi ? demanda-t-il en se tournant vers elle. Pourquoi est-ce que j'ai l'impression que tu désapprouves ?

Elle secoua la tête.

— Non, non. Je comprends pourquoi tu fais tes courses ici.

— Mais… ?

— Je ne sais pas, fit-elle, mal à l'aise. C'est juste que ce n'est pas très… rustique…

Il la regarda.

— Qu'est-ce que tu voudrais ? De la paille sur le sol et des bottes de foin en guise de sièges ?

— Ce n'est pas ça. C'est juste que tous ces articles sont bon marché, et c'est génial. Mais cela me semble un peu anonyme. Pas très original, je veux dire.

— On ne peut pas se permettre d'être original, objecta-t-il. Ces produits, c'est juste histoire de garder la tête hors de l'eau.

Il s'empara de quelques briques de lait et les ajouta à leur grand chariot.

Elle hésita avant de reprendre la parole.

— Et ton crédo écologique, alors ?

— Qu'est-ce que tu veux dire ? fit-il en la dévisageant.

— Quelle est la part du recyclable ? Du durable dans ces produits ?

Il fronça les sourcils.

— On n'a malheureusement pas les profits qui nous permettent le luxe d'être durables.

La bonne humeur de Josh semblait s'être complètement évaporée, si bien qu'Amber resta silencieuse pendant le reste de leur expédition.

Josh tenait la boutique depuis très longtemps, il savait donc ce qu'il faisait en matière de rentabilité. Mais elle n'était pas certaine que sa vision à elle de la décoration du magasin s'accorderait avec les produits banals qu'il achetait.

Bon, quelle importance au bout du compte ? Elle se sermonna vigoureusement tout en l'aidant à charger la camionnette. Elle aidait à la décoration, rien de plus. Les marchandises qu'ils proposaient à la vente ne la concernaient pas. De toute façon, d'ici un mois, elle serait repartie.

Pourtant, au fond d'elle-même, elle se surprit à espérer rester quelques semaines supplémentaires pour voir si la boutique avait du succès, une fois les travaux de rénovation terminés.

22

Plongé dans ses pensées, Josh se recroquevilla sur sa pinte de bière.

— Tu n'es pas très bavard ce soir, constata Mike, en frottant sans relâche un verre à l'aide d'un torchon sale.

— J'ai un peu de mal à m'entendre penser, alors parler plus fort qu'eux…, marmonna Josh en désignant d'un signe de tête le groupe qui jouait à proximité. Ils ne semblent pas s'améliorer avec le temps.

Dieu merci, ils venaient de s'arrêter de jouer pour fumer une cigarette. Même si, de l'avis de Josh, « jouer », les concernant, n'était qu'une façon de parler.

— J'ai dit que je les prenais à l'essai pour un mois, expliqua Mike avec une grimace. J'ai pensé que ça m'éviterait d'avoir à parler à Angie pendant un certain temps.

— À l'heure qu'il est, je préférerais le calme et la tranquillité, dit Josh en buvant une nouvelle gorgée de bière.

— Aucune chance que j'obtienne ça de ma femme, marmonna Mike.

Josh reposa sa pinte et regarda ses mains, encore constellées de peinture. Il en avait probablement aussi dans les cheveux, mais il était si fatigué qu'il s'en moquait.

En toute honnêteté, il n'était pas d'humeur à discuter de toute façon. Il avait reçu un appel téléphonique de sa mère, qui semblait quelque peu alarmée.

— Grand-mère Tilly dit que le tracteur est en plein milieu de la boutique ?

— C'est temporaire, avait-il répondu. Comment va Pete ? Tu t'amuses bien ?

Mais elle ne s'était pas laissé prendre à sa tentative de changer de sujet et il avait passé les dix minutes suivantes à tenter de l'apaiser.

— Je sais, j'ai dit que je te donnais carte blanche. Mais ça m'a l'air d'être une sacrée pagaille.

— Amber semble savoir ce qu'elle fait, avait-il répliqué, dégainant son atout maître.

— Amber est d'accord avec le tracteur ?

Sa mère avait eu l'air surprise.

— C'était son idée.

Il avait fallu cette dernière phrase pour que sa mère commence à être un peu rassurée.

— Je suis sûre qu'elle sait ce qu'elle fait, avait-elle alors lâché.

Il l'espérait sincèrement. Il avait essayé de se laisser gagner par l'enthousiasme d'Amber, mais, en son for intérieur, il avait de sérieux doutes quant à la rénovation de la boutique.

— Tu ne peux pas les payer pour qu'ils se taisent ? lança Del le chelou, qui venait d'arriver et de s'asseoir au bar, à côté de Josh. J'ai eu une sacrée journée et je ne suis pas d'humeur à écouter une mauvaise reprise de Coldplay ce soir.

— Vous savez quoi ? Je vais leur dire de prendre leur argent et d'aller se faire voir, déclara Mike en grimaçant. Moi aussi, j'ai un mal de tête épouvantable.

— Ça ne m'étonne pas, fit Josh en se tournant vers Del. Qu'est-ce qui te turlupine ?

— Ce temps, répondit l'intéressé en désignant, par-delà la fenêtre trouble, le ciel qui s'assombrissait à l'extérieur. Cette pluie a intérêt à se calmer, sinon les routes vont commencer à être inondées. J'ai déjà eu ma dose de retraités pour aujourd'hui : ils n'arrêtent pas de se plaindre de leurs jardins et de leurs parcs détrempés. Et ça n'aide pas que les salons de thé soient tous complets à cause du mauvais temps. Mais j'y suis pour rien.

— Heureux d'apprendre qu'il y en a qui ne manquent pas de clients, murmura Josh. Peut-être que je vais ouvrir un jardin à la place.

Il y eut une petite pause pendant que le groupe commençait à remballer son matériel de manière un peu bruyante.

— Comment ça se passe, le relooking ? demanda Del. J'arrive toujours pas à croire que le tracteur va rester coincé au milieu de la boutique.

— Moi non plus, admit Josh. C'est beaucoup trop lent à mon goût. Et coûteux par-dessus le marché.

— Elle vient de New York, non ? répliqua Del, entre deux gorgées de bière. Elle a l'habitude de mener la grande vie dans son loft chic de Manhattan. Oui, j'ai vu *Sex and the City*. Mais y avait pas assez de sexe selon moi. Que des femmes qui bavardent tout le temps, et moi, j'ai ça tous les soirs, avec ma sœur et ma mère. Pourquoi j'ai besoin de m'échapper ici, à ton avis ?

— Amber n'est pas comme ça, dit Josh en secouant la tête. De toute façon, elle vient d'Angleterre.

— Comment je pourrais savoir ? Vu qu'elle m'a pas encore dit un mot.

— Preuve qu'elle a de la jugeote.

— À ce propos, elle est célibataire ?

Josh se tourna vers son ami.

— Pas touche, l'avertit-il. Elle est trop douce et trop innocente pour quelqu'un comme toi.

— Ha, ha ! s'esclaffa Del, le nez dans sa pinte. Donc tu la gardes pour toi.

— Je ne la garde pour personne. Elle n'est là que pour quelques semaines encore. Et c'est à ma mère et à ma grand-mère que tu auras affaire si tu embêtes Amber.

Del mima un faux frisson.

— J'en suis terrorisé !

— Tu devrais, répliqua Josh en vidant sa pinte. J'ai vu grand-mère Tilly menacer la dinde avec son couteau à découper, le jour de Noël, et elle est plutôt douée.

— OK, dit Del. J'imagine que tu en as déjà plus qu'assez des femmes dans ton magasin. Y a des limites au bavardage féminin, non ?

Josh acquiesça, mais au fond de lui, était-il vraiment d'accord ? En fait, il appréciait la compagnie d'Amber. Elle était réservée, oui, mais pas tant que cela avec lui. S'ils s'étaient soûlés ensemble l'autre soir, c'était avant tout parce qu'ils avaient besoin de se défouler.

Il avait l'impression que la vie lui était tombée dessus. Il s'était efforcé de prendre soin de sa mère et de la protéger de la vérité concernant la situation dans laquelle se trouvait le magasin. D'une certaine manière, c'était agréable d'avoir de la compagnie et un esprit positif dans la boutique. En revanche, il ne savait pas trop si une nouvelle décoration y changerait grand-chose. Mais quel mal cela pourrait-il faire ? Bien entendu, s'ils perdaient encore des clients, leur clientèle se réduirait à zéro.

— Alors, tu as fait les plafonds, non ? demanda Del, interrompant sa rêverie.

— Ça ne se voit pas ? Reste plus que les murs, les étagères et le sol…

Josh se passa une main dans les cheveux et sentit les gouttes de peinture encore accrochées à ses mèches.

Il n'avait toujours aucune idée de ce qu'Amber avait prévu pour le tracteur. Mais au moins, elle avait passé la journée à le débarrasser de sa graisse et de sa boue avant de le recouvrir d'une grande bâche de plastique.

— Je peux toujours te donner un coup de main, si tu veux, proposa Del.

Josh savait que son ami ne faisait jamais rien gratuitement.

— Qu'est-ce que tu y gagnerais ? demanda-t-il.

— J'agis seulement par bonté d'âme, répliqua Del avec son sourire malicieux.

— Quoi d'autre ?

— Un rencard avec Amber ? fit Del, plein d'espoir.

— Pas question, déclara Josh avec fermeté.

— OK. Alors une des caisses de bière que j'ai vues traîner un peu partout dans la boutique ?

— Ça marche. Tu pourras même en prendre deux si tu te révèles doué au pinceau.

— Ça, c'est pas trop mon rayon, mec, le prévint Del en secouant la tête. Mais je pourrais t'installer ces nouvelles bandes lumineuses LED, dont tu m'as parlé l'autre jour.

***

Au moins, l'éclairage serait à jour, se dit Josh le lendemain en regardant Del arracher les vieux luminaires et commencer à accrocher les nouveaux au plafond.

Il fallait espérer qu'un peu de peinture et le rebouchage des nombreux trous permettraient de donner meilleure allure au plafond. Amber avait l'air horrifiée.

— Il sait ce qu'il fait ? murmura-t-elle.

— Bien sûr, mentit Josh. En tout cas, il fait plus chaud ici. Tu ne vas pas t'en plaindre ?

Il agita la tête vers le poêle à bois où un feu crépitait enfin. Il avait dû payer le ramoneur, mais il devait bien admettre que le jeu en valait la chandelle.

— Attention au tracteur ! cria-t-il alors qu'une pluie de poussière s'abattait du plafond que Del venait de percer.

Heureusement, l'engin était encore recouvert de sa bâche de plastique.

— Oui, faudrait pas qu'une pièce de musée pareille soit salie, s'esclaffa Del, comme pour lui-même.

Josh avait discrètement demandé à un mécanicien qui fréquentait le pub de venir jeter un œil au tracteur pour voir ce qui serait envisageable pour le déplacer. Mais il lui avait suffi d'un regard au moteur pour déclarer à Josh qu'il était complètement grippé, et idem pour l'essieu. Le remorquage n'étant pas concevable dans ces conditions, il était plus que probable qu'une grue soit nécessaire.

Quand Josh en informa Amber, il fut surpris de la voir sourire.

— Il devra donc rester au bout du compte, conclut-elle, l'air satisfait.

— Ce n'est pas ce que j'ai dit, protesta Josh.

Mais il devait admettre à contrecœur que le tracteur était coincé au milieu de la boutique, dans l'immédiat, du moins. D'une certaine manière, il était heureux que l'engin ne parte pas tout de suite pour la grande casse céleste. D'un autre côté, il ne savait toujours pas comment les gens, et surtout sa mère, allaient appréhender la chose, lorsqu'ils auraient fini de redécorer l'endroit. Il espérait simplement que les affaires seraient reparties d'ici son retour de vacances. Heureusement, elle semblait l'avoir légèrement reculé par rapport à la date prévue au départ.

— C'est juste une histoire de quelques semaines supplémentaires, avait-elle expliqué à Josh la veille. Je passe un très agréable séjour à Singapour. Ça retarde d'autant mon départ pour la Nouvelle-Zélande, c'est tout.

Il semblait donc qu'Amber resterait au moins jusqu'à la fin du mois de novembre, ce qui le réjouissait secrètement.

Ce qu'elle avait dit la veille, sur le côté écologique de leur magasin, l'avait toutefois amené à s'interroger. Il leur restait encore tout le stock, non périmé et non cassé, à écouler. Sa suggestion de faire de *Cranbridge Stores* une boutique de style de vie où tout serait exposé signifierait qu'ils pourraient fourguer un objet par-ci par-là. Mais c'était le manque d'articles durables qui le poussait à réfléchir. Existait-il un moyen de faire tourner le magasin tout en vendant des produits respectueux de l'environnement ?

Au moins ses nouvelles ampoules étaient-elles à faible consommation d'énergie et le chauffage provenait-il d'un poêle à bois, dont le combustible abondait dans les parages. Mais le reste ? Il n'en avait pas la moindre idée.

Pourtant, en vérité, ce n'était pas cela qui l'empêchait de dormir. C'était l'idée qu'Amber le laisse décider de tout cela par lui-même. Il aimait bien pouvoir compter sur ses conseils et sa compagnie. À son grand étonnement, ils formaient une bonne équipe et il commençait à s'amuser.

Del essayait en vain de flirter avec elle lorsqu'il travaillait sur les nouveaux éclairages. Elle souriait à ses plaisanteries, mais il n'y avait manifestement aucune attirance de son côté à elle. C'était en tout cas ce qu'espérait Josh. Car il sentait lui-même une attirance grandissante à son égard, qu'il lui était de plus en plus difficile de nier. Le problème, c'était qu'il ignorait si elle ressentait la même chose.

23

Amber trouvait le réaménagement de la boutique beaucoup plus amusant qu'elle ne l'aurait imaginé. Au début, elle avait craint de s'être montrée trop ambitieuse, mais c'était en fait assez intéressant de déterminer l'emplacement de chaque élément et l'agencement de l'ensemble du magasin.

L'espace paraissait bien plus grand maintenant qu'il commençait à se dégager. Une fois qu'elle s'était mise à concevoir l'endroit comme une immense vitrine, son cerveau avait eu comme un déclic : oui, elle était à la hauteur de la tâche.

Heureusement, Josh avait fini par se rallier à ses suggestions, même s'il n'était toujours pas convaincu par l'idée de laisser le tracteur au milieu de la boutique.

— Au moins, tu l'as couvert, avait-il lâché quand il avait vu qu'Amber avait placé un tissu dessus.

Par chance, il n'avait pas songé à jeter un coup d'œil en dessous, car Amber en était venue à considérer le tracteur comme son projet secret. Le soir, lorsque Josh se rendait au pub pour boire une pinte de bière, elle en profitait pour continuer à transformer l'engin. Elle avait poli les phares argentés et utilisé de la cire pour cuir afin de nettoyer l'habitacle. Elle avait également commencé à préparer le corps principal du véhicule pour sa dernière couche de peinture. Pourvu que Josh aime le résultat final lorsqu'elle le lui dévoilerait enfin.

En attendant, ils s'occupaient tous les deux de la rénovation. La nouvelle peinture blanche des plafonds et des murs avait indéniablement donné un coup de frais à la boutique. Et malgré ses doutes quant aux compétences de Del le chelou en matière d'électricité, les nouvelles lumières étaient également plus lumineuses. Le magasin dans son entier paraissait moins boursouflé, moins jaunâtre, et beaucoup plus moderne.

Ils avaient achevé le nettoyage des étagères en chêne et les avaient replacées contre le mur. Amber était ravie de voir qu'elles étaient plus en accord avec la nouvelle ambiance du magasin. Il serait beaucoup plus facile d'exposer toutes les marchandises maintenant que les clients étaient en mesure de voir vraiment ce qu'ils achetaient.

Leur idée de proposer les articles en fonction de leur usage était assurément judicieuse. Ainsi, une partie du mur près de la cheminée contenait tout ce qui relevait de l'alimentaire et les grands réfrigérateurs, qui avaient été nettoyés et désinfectés avec soin pour briller à nouveau de propreté. De l'autre côté se trouvait la section des articles ménagers, depuis les rouleaux de papier toilette jusqu'aux produits d'entretien. Au fond du magasin, ils avaient entreposé les articles de bricolage, tels que la ficelle, les tournevis, les clous de différentes tailles et les fixations. Enfin, aux abords de la caisse, ils avaient installé les innombrables articles ne relevant d'aucune section, comme les cartes de vœux et les rouleaux de tissu.

Alors que les étagères se garnissaient, Amber se rendit compte que la boutique commençait à être un peu plus animée : la nouvelle de son réaménagement faisait tache d'huile.

Belle était passée pour acheter du pain, mais en voyant les cartes de vœux et la ficelle, elle avait fini par en acheter aussi.

— J'étais juste venue jeter un coup d'œil, admit-elle en hochant la tête. C'est beaucoup mieux. Je vais peut-être conseiller à mon oncle et à ma tante de faire un tour par ici, histoire de voir quelles idées on pourrait vous piquer pour redécorer le pub. (Sur quoi, elle éclata de rire.) Bon, je sais. Aucune chance, j'imagine.

Stanley déclara qu'il cherchait son tournevis depuis longtemps et que celui qu'ils proposaient ferait très bien l'affaire.

Une autre cliente avait payé son pain avant d'apercevoir les tissus et de s'empresser d'acheter tout le rouleau de coton fleuri pour en faire des housses de coussin.

— Ça pourrait peut-être fonctionner, constata Josh en hochant pensivement la tête. Les gens ont accès à une plus grande partie du stock, maintenant.

— Bien sûr que ça va marcher, décréta grand-mère Tilly, qui venait désormais tous les jours au magasin.

Soi-disant pour vérifier l'avancement des travaux, mais Amber pensait qu'elle aimait bien s'asseoir sur la chaise derrière la caisse et discuter avec les clients.

Pour tout dire, Amber prenait elle aussi plaisir à converser avec tous ceux qui entraient dans la boutique. Elle n'en était qu'à ses débuts et n'avait pas l'habitude de parler à des inconnus, mais elle commençait à prendre un peu d'assurance. D'une certaine manière, ses sens s'éveillaient maintenant qu'elle communiquait à nouveau avec ses semblables.

Elle se rendit compte qu'elle avait presque oublié comment parler aux gens à New York. En fait, elle avait même oublié comment se comporter avec autrui. Elle sentait qu'elle reprenait lentement goût à la vie, qu'elle était plus connectée qu'elle ne l'avait été depuis des années.

Un après-midi, Amber se promena tranquillement dans le magasin en se demandant ce qui manquait. Le problème, c'était que même si les marchandises avaient été réorganisées, l'atmosphère de la boutique paraissait toujours un peu aseptisée.

Elle regarda le feu qui brûlait dans le poêle de la cheminée. Par cette nouvelle journée sombre et humide, il contribuait à rendre l'endroit beaucoup plus chaleureux. Mais il fallait quelque chose d'autre.

— Salut, lança Josh, en entrant par l'arrière-boutique.

Il était allé chez le grossiste, laissant Amber tenir le magasin. De toute manière, elle n'aurait eu aucune envie d'y retourner. Cela avait été une expérience sans âme. Et une âme, c'était ce qui manquait encore à *Cranbridge Stores*. Une âme et un cœur, en fait.

Et des citrouilles, apparemment. Elle regarda Josh poser trois citrouilles sur le comptoir.

— C'est déjà Halloween ? s'étonna-t-elle en souriant.

— Pas tout à fait, mais elles étaient en promotion et je me suis dit que ce n'était pas grave. Ça pourrait tenter quelqu'un. J'en ai encore un petit cageot rempli dans l'arrière-boutique.

Elle passa la main sur le côté lisse d'une des citrouilles, l'esprit en pleine effervescence.

— Je me demande si je ne devrais pas changer les vitrines, au bout d'un moment, pour donner dans le thème d'Halloween, lâcha-t-elle en hochant la tête.

— Si tu as le temps, pourquoi pas, mais il y a encore beaucoup de réapprovisionnement à faire, lui précisa-t-il en montrant les espaces toujours vides sur plusieurs étagères.

— N'empêche, la boutique a besoin de quelque chose d'autre, ajouta-t-elle.

— En plus du tracteur ? s'esclaffa Josh.

Elle regarda le haut des étagères et se rendit compte qu'il y avait pas mal d'espace au-dessus de chaque meuble. Et puis demeurait le manteau de la cheminée. Une idée commença alors à germer dans son esprit.

— Je me demandais juste ce que tu penserais de quelques guirlandes lumineuses et de quelques touches automnales à l'intérieur du magasin, poursuivit-elle, se sentant pleine de courage. Tu sais, pour être en harmonie avec la vitrine.

— Ça me semble charmant, approuva grand-mère Tilly.

Au grand soulagement d'Amber, Josh haussa les épaules.

— Fais-toi plaisir, lui dit-il. Tant que tu n'as pas l'intention de me redécorer aussi, vas-y. Je te fais confiance.

Ces paroles donnèrent un puissant coup de pouce à l'ego d'Amber. Et à la tombée du soir, elle commença à confectionner des entrelacs de feuilles d'automne séchées et de guirlandes lumineuses, comme elle l'avait fait pour les vitrines. Elle les disposa ensuite le long des étagères et de la cheminée, au milieu d'un éventail de glands et de pommes de pin qu'elle vaporisa d'un spray argenté. En outre, elle prit quelques-unes des bougies blanches qu'ils avaient trouvées dans un carton et les plaça en bouquet aux deux extrémités de la cheminée.

Une fois qu'elle eut terminé, elle hocha la tête pour elle-même.

Et elle ne fut pas la seule à apprécier cette installation automnale.

— C'est magnifique ! s'exclama Belle, venue acheter des tomates en conserve. Ravissant.

Amber remarqua qu'elle se réchauffait les mains devant le feu et vit que Josh l'avait remarqué, lui aussi. Leurs regards se croisèrent avant qu'il ne lui fasse un signe de tête, comme pour lui dire : « Oui, tu avais raison à propos du feu. »

— Ne va pas prendre la grosse tête, murmura-t-il en passant devant elle.

Mais elle entrevit son clin d'œil avant qu'il ne disparaisse dans l'arrière-boutique.

La sonnette retentit à nouveau et la pasteure entra.

— Bonjour, dit Glenda, visiblement stupéfaite devant les changements survenus à l'intérieur de la boutique. Mon Dieu, j'ai du mal à reconnaître les lieux.

— C'est très joli, non ? dit Belle.

— Absolument, répondit Glenda en regardant autour d'elle avec un grand sourire. Bon, qu'est-ce que j'étais venue chercher ?

Amber aperçut Noah, le labrador, attaché à l'extérieur. Ne devrait-elle pas placer un bol d'eau dehors, pour les chiens ? Après tout, elle en avait vu passer pas mal à l'occasion de leurs promenades quotidiennes. Peut-être que si les chiens s'arrêtaient pour boire, leurs maîtres seraient tentés de pousser la porte du magasin.

Alors que la pasteure et Belle discutaient, Amber fut d'un coup frappée par l'importance du commerce pour les personnes qui vivaient seules.

Œuvrer à la survie du magasin ne lui apparaissait plus soudain comme une simple question de profits et de pertes. Il s'agissait aussi des habitants du village. D'un endroit où ils pouvaient parler et se rencontrer.

Ce fut dans cet état d'esprit qu'elle alla trouver Josh après le départ des deux clientes.

— Tu sais, ces vieux bancs dans l'allée ? Je me demandais si tu serais d'accord pour qu'on les installe dans la véranda. Un de chaque côté.

Il eut l'air surpris.

— Pourquoi ?

— Juste une idée que j'ai eue. J'ai pensé que cela encadrerait mieux les vitrines. Et le nouveau présentoir que j'ai pour le perron.

— Le perron a un présentoir maintenant ? s'étonna-t-il en fronçant les sourcils. On ne va pas finir par ressembler à Disneyland ?

Elle secoua la tête.

— On habille la boutique, tu te rappelles ? Je pense que ça pourrait marcher.

Il leva les yeux au ciel.

— D'accord, concéda-t-il, au grand soulagement d'Amber. Ce n'est pas comme s'ils servaient à quelque chose, coincés là. Mais laisse-moi d'abord vérifier qu'ils ne risquent pas de s'effondrer au cas où quelqu'un déciderait de s'asseoir dessus. On n'a pas l'argent nécessaire pour un procès si quelqu'un se casse la figure.

— Et la véranda aurait bien besoin d'un coup de peinture aussi, ajouta Amber en s'esquivant avant qu'il puisse protester.

En fait, Josh dut réparer le trou dans le toit de la véranda avant de l'enduire d'un produit de protection pour bois.

La véranda avait bien meilleure allure, surtout lorsque les bancs furent teintés de la même nuance chêne. Lorsque Josh les avait déclarés secs et sans danger, Amber et lui les avaient transportés jusque devant la boutique et en avaient placé un sous chaque fenêtre.

Une fois que Josh eut disparu à l'intérieur, Amber se planta sur les marches. Oui, ils auraient meilleure allure avec quelques coussins confortables. Peut-être même un tapis.

Ou une couverture. Elle prit note de demander à grand-mère Tilly de tricoter quelques couvertures aux couleurs de l'automne.

Cela dit, avec toute la pluie qui tombait jour après jour, des gilets de sauvetage seraient peut-être plus appropriés. Puis elle se rendit compte qu'il fallait aussi un porte-chapeau et un porte-parapluie quelque part. Et songea qu'elle en avait vu à l'arrière.

En fait, l'arrière-boutique était une mine d'or de bibelots qu'elle pouvait réutiliser. Il y avait deux lampes-tempête en mauvais état, mais parfaitement fonctionnelles, qui avaient juste besoin d'être nettoyées avant qu'elle puisse les placer de part et d'autre de la porte d'entrée avec des guirlandes lumineuses à l'intérieur. Elle emprunta ensuite l'une des citrouilles de Josh et la plaça à côté de l'une des lampes. Un vieux panier en osier fut vite rempli de bûches qu'elle pourrait facilement atteindre pour entretenir le feu.

Enfin, elle confectionna une couronne automnale pour la porte d'entrée, avec les baies et les feuilles qu'on trouvait près de la rivière.

Nerveuse, elle montra le résultat de ses efforts à Josh.

— Ça rend bien, constata-t-il en hochant lentement la tête. Vraiment bien, en fait.

Pleine d'enthousiasme, Amber lui fit part d'autres idées qu'elle avait eues.

— J'ai pensé que pour Halloween, je pourrais découper des chats noirs dans du carton. Et aussi éclairer des citrouilles sculptées, bien sûr.

— Bien sûr, répétait-il en souriant de son excitation.

— Ensuite, en décembre, on pourrait avoir un sapin de Noël aux deux extrémités de la véranda, poursuivit-elle. Et un autre à l'intérieur.

— Seulement si tu reviens les décorer, s'esclaffa-t-il.

Elle était déconcertée.

— Si je reviens d'où ? demanda-t-elle.

— De Nouvelle-Zélande. Tu te rappelles ?

Amber en resta à court de mots. Elle avait complètement oublié qu'elle n'était plus ici pour très longtemps.

— Oh, je suis sûre que même toi tu serais capable de décorer un sapin de Noël, répliqua-t-elle en affichant un sourire pour cacher le trouble de ses sentiments.

— Tu plaisantes, protesta Josh en grimaçant. Tu as vu mes compétences artistiques ?

Tandis qu'il s'éloignait, elle se rendit compte qu'au fond, ce n'était pas seulement le magasin qu'elle serait triste de laisser derrière elle.

24

Le lendemain matin, lorsqu'Amber sortit dans la véranda, l'air était de nouveau frais et humide. Le village entier était enveloppé de nuages bas et arrosé par la bruine.

C'était presque la fin du mois d'octobre et on avait l'impression que l'automne était enfin arrivé.

Elle frissonna et posa les longs coussins sur les bancs. Elle les avait découverts dans un coin de l'arrière-boutique et s'était dit que personne ne verrait d'inconvénient à ce qu'elle les recouvre de son tissu de prédilection, à savoir un vichy rouge et blanc. Elle recula et examina les deux bancs d'un œil critique. Ils donnaient indéniablement un aspect plus accueillant à l'endroit, tout comme les lampes-tempête nouvellement installées et les diverses décorations.

Grand-mère Tilly travaillait d'arrache-pied pour tricoter quelques couvertures. Amber avait même déterré un vieux bol en porcelaine et placé une petite pancarte à côté pour inciter les maîtres qui passaient par là avec leur chien à s'asseoir pendant que leur animal s'abreuvait.

Son regard se porta sur l'intérieur, où les décorations étaient presque terminées. La boutique n'offrait plus du tout le même aspect que la semaine précédente, maintenant qu'elle était décorée et rangée. Il ne lui restait que la dernière touche, pour laquelle elle espérait l'approbation de Josh. Mais en attendant, le tracteur demeurait caché sous sa bâche. Elle était en train d'envisager d'autres décorations lorsque l'autocar délabré de Del s'arrêta dans la rue devant le magasin.

Elle s'attendait à ce qu'il soit vide, puisqu'il était à peine plus de 11 heures du matin. Mais en entendant une clameur à l'intérieur, elle regarda mieux le véhicule et vit un groupe de personnes en descendre les marches, toutes chargées de sacs et de cartons.

— Bonjour, lança une jolie femme aux cheveux blonds. Nous sommes le *Cranbridge Times* ! Nous emménageons à côté !

Amber sourit.

— Oui ! On avait entendu dire que vous veniez. Bonjour ! Je suis Amber.

— Molly, répondit la femme en tendant une main pour la saluer, tandis que, de l'autre, elle serrait un carton qui semblait rempli de dossiers. Bon sang ! Quel bel endroit ! J'espère qu'on ne sera pas trop bruyants pour vous.

Elle avait une vingtaine d'années, paraissait douce et amicale.

— N'importe quoi, intervint un homme qui vint se planter à côté d'elle, chargé de deux ordinateurs portables et d'un clavier, qu'il avait glissés sous ses bras. On va apporter un peu de vie à cet endroit. (Il jeta un coup d'œil au *Cygne noir*.) Heureux de voir qu'il y a un pub dans les parages.

Molly leva les yeux au ciel.

— L'idée était de travailler davantage en venant nous installer dans cette campagne paisible, pas de boire plus d'alcool.

— Un homme ne peut pas vivre que de café, répliqua-t-il, avant d'adresser un signe de tête à Amber. Tom Addison, rédacteur en chef et patron de cette populace.

Il avait une trentaine d'années et un visage séduisant, mais usé par les soucis, avec de grandes poches sous les yeux.

— Amber, indiqua-t-elle. Et Josh, le propriétaire, est quelque part à l'intérieur.

— C'est vraiment un endroit charmant, s'extasia encore Molly en jetant un coup d'œil à la véranda. Vous venez d'emménager vous aussi ?

— Non, répondit Amber, mais nous sommes en pleine rénovation.

— Excellent, dit Tom, en reluquant lui aussi l'intérieur de la boutique. J'espère que vous avez une machine à café là-dedans. Notre bouilloire est cassée. Vous pourriez vous faire une fortune avec nous.

— On ne l'a pas encore déballée, fit Amber dont le cerveau tournait à plein régime. Je pense qu'elle est quelque part à l'arrière.

— Dans ce cas, j'en ferais ma priorité du jour, si j'étais vous, affirma Tom en levant les yeux vers Del qui aidait un autre homme à faire descendre un bureau par le marchepied de l'autocar. On va avoir besoin de caféine, et beaucoup. Bon, entrons. Qui a les clés de la porte d'entrée ?

— Toi, répondit Molly.

— Ah bon ?

Tom se dirigea vers la boutique voisine en tapotant les poches de son jean. Enfin, sur un tour de clé et un vigoureux coup d'épaule à la porte d'entrée, il pénétra à l'intérieur.

Elle l'entendit crier :

— Où sont les foutues lumières ?

Molly sourit à Amber.

— Il peut être un peu sarcastique parfois, mais toujours pour plaisanter. C'est vraiment le plus chouette des patrons. Il est toujours très gentil et a une plume remarquable, murmura-t-elle.

— Vous êtes journaliste, vous aussi ? s'enquit Amber.

Molly secoua la tête.

— Oh non ! Je ne suis pas assez douée pour ça. Je suis la réceptionniste, l'opératrice téléphonique, un peu de tout en fait. La vraie journaliste, c'est Kate. Toujours en vadrouille. Et il y a aussi quelques employés à temps partiel. Quoi qu'il en soit, vous allez… tu vas… – on peut se tutoyer non ? – me voir souvent, pour me ravitailler en café.

— En parlant de cela, je ferais mieux d'aller voir où se trouve la machine, indiqua Amber. À bientôt.

— Absolument. On va avoir besoin de déjeuner à un moment ou à un autre, conclut Molly avant de sortir sous la pluie. Bon sang ! Est-ce qu'il va s'arrêter de pleuvoir un jour ?

Amber était d'accord avec Molly. Le temps continuait d'être froid et pénible. La rivière avait l'air assurément plus haute que le jour de son arrivée. Elle atteignait presque la berge et coulait plus vite qu'elle ne l'avait jamais vue.

Amber retourna dans la boutique, où Josh sortait justement de l'arrière-salle.

— Qu'est-ce qui se passe là-bas ? demanda-t-il.

— Le journal local emménage à côté. Ils viennent d'arriver dans le car de Del.

Josh acquiesça pensivement.

— J'avais entendu dire au pub qu'ils allaient bientôt emménager. J'espère que cela signifiera un peu plus de clients, hein ?

Elle hésita.

— À ce propos, ils ont réclamé une machine à café.

Il éclata de rire.

— Oui, on aimerait tous en avoir une.

— Donc j'ai menti en disant qu'on en avait une. Mais je me suis dit que ce n'était peut-être pas une mauvaise idée, s'empressa-t-elle d'ajouter en voyant son visage se décomposer. De nos jours, tout le monde aime les cafés à emporter.

Il haussa les sourcils.

— Tu parles sérieusement ?

— Je me suis dit qu'on pourrait peut-être se diversifier un peu.

— On a un tracteur dans le magasin. Comment veux-tu que ce soit plus diversifié ? (Mais son sourire adoucissait ses paroles et il lâcha un soupir tout en réfléchissant.) Je suis censé acheter encore du stock.

— On a tout le stock dont on a besoin. On peut à peine se déplacer. Mais peut-être qu'en les attirant à l'intérieur avec la promesse d'un café, on pourrait les inciter à jeter un œil à toutes les marchandises qui sont déjà ici. Il y a un grand espace sur la table derrière le comptoir, où la machine pourrait être installée.

Il opina d'un air pensif.

— Je vais y réfléchir, lui dit-il.

— D'accord, mais s'ils viennent demander un café plus tard dans la journée… ?

— Dis-leur que la machine est en révision et qu'ils doivent revenir demain, répondit-il en levant les yeux au ciel. J'ai dit que j'y réfléchirais, d'accord ?

— Eh bien, peut-être pas trop longtemps, l'exhorta-t-elle. Sinon, ils pourraient s'en acheter une.

— J'en doute. D'après ce que j'ai entendu, le journal a autant de problèmes que notre magasin.

En retournant vers la caisse, Amber se sourit à elle-même. Josh avait employé le possessif « notre ». Peut-être avait-il en tête le fait que ce magasin était à sa mère et à lui. N'empêche, pour une fois, c'était agréable de faire partie d'une équipe. Elle n'avait jamais fait cette expérience dans ses emplois précédents. Elle s'était toujours sentie isolée, toujours coincée dans la vitrine arrière ou avant d'un magasin. Ici, elle parlait aux clients, était en contact avec les gens. Elle pensait détester. Mais elle s'apercevait qu'elle aimait bien.

— Au fait, qu'est-ce qui se passe là-dessous ?

Elle se retourna et découvrit Josh à côté du tracteur, toujours recouvert d'un épais tissu.

— C'est une surprise, répondit-elle, tout en continuant à le regarder, de l'espoir au fond des yeux.

Il soupira devant sa question silencieuse.

— Très bien, finit-il par lâcher. Fais ce que tu veux. Au moins, je n'ai pas à le voir.

Amber poussa un petit cri de joie. Elle voulait absolument exposer le tracteur et il l'autorisait enfin à le faire. Or, elle savait exactement de quelle couleur il allait être peint.

— Rouge ! s'écria Josh plus tard dans la journée, lorsqu'elle ouvrit le pot de peinture et le lui montra. Je n'aurais jamais cru que tu étais sérieuse quand tu l'as colorié en rouge vif sur ton dessin.

— Ce n'est pas merveilleux ? Comme un vrai rouge de boîte aux lettres, insista-t-elle, rayonnante.

Mais Josh avait l'air encore plus inquiet qu'avant.

— Je pensais que l'idée était de tenter de le camoufler, pas de le mettre en évidence.

— Pourquoi tu voudrais le cacher ? demanda-t-elle. C'est un présentoir.

Josh frémit et s'éloigna rapidement.

— Je ne reste pas sur la scène du crime. Je file au pub.

D'une certaine manière, Amber était contente qu'il ressorte, car elle voulait le surprendre avec la transformation, malgré le peu d'enthousiasme de sa réponse. Maintenant que tout le métal et le cuir étaient déjà polis et lustrés, il ne lui restait plus qu'à peindre la carrosserie.

Après deux heures de travail acharné, elle recula et acquiesça. Elle savait qu'elle avait eu raison de se fier à son instinct. Le résultat était extraordinaire. On aurait presque dit un gros jouet. Elle avait encore en tête la photo de grand-mère Tilly. Elle l'imaginait entouré de caisses en bois remplies de fruits et de légumes aux couleurs vives. Peut-être même des tableaux noirs où les prix seraient inscrits.

Battant des mains tant elle était heureuse, elle se dirigea vers l'arrière-boutique et venait juste de finir de se nettoyer les mains lorsque Josh franchit la porte.

— Est-ce qu'on peut entrer en toute sécurité ? demanda-t-il en jetant un coup d'œil par l'entrebâillement de ses doigts.

— Je vais te faire la visite guidée, dit-elle en l'entraînant dans la boutique principale.

Josh avait l'air tout à fait détendu jusqu'à ce qu'il aperçoive le tracteur rouge vif et s'arrête net.

— Alors ? dit-elle en guettant sa réaction. Qu'est-ce que tu en penses ?

Mais Josh semblait à court de mots. Il commença par s'approcher du tracteur, les yeux écarquillés devant le métal poli et la carrosserie rouge vif. Il tendit la main pour caresser le tracteur, mais s'empressa de la retirer quand elle l'avertit :

— Ne touche pas à la peinture. Elle n'est pas encore sèche.

Il en fit lentement le tour, comme hébété, jusqu'à ce qu'il se retrouve à côté d'Amber.

— Alors ? répéta-t-elle, vraiment inquiète à présent.

Elle s'attendait à de la colère, voire à des moqueries, mais ce qu'elle n'avait pas envisagé, c'étaient les larmes qu'elle vit apparaître dans ses yeux. De toute évidence, il détestait.

— Josh ! murmura-t-elle. Je suis tellement désolée.

— Pourquoi ? dit-il d'une voix rauque.

— Tu détestes, c'est ça ?

Elle était horrifiée. Elle n'avait jamais voulu le contrarier. C'était bien la dernière chose qu'elle recherchait.

Mais il sourit à travers ses larmes et secoua la tête.

— Non, je crois que j'adore, en fait.

— Vraiment ?

Elle n'en revenait pas.

— Je suis stupéfait. Sans voix. (Il la regarda, les yeux étincelants.) Maman va adorer, elle aussi.

— Tu penses vraiment ?

Il acquiesça.

— Je le sais. (Il marqua une pause.) Et mon père aurait beaucoup aimé aussi. Je pense que c'est pile comme ça qu'il l'avait imaginé. Sauf qu'il fonctionnait et qu'il circulait dehors, bien sûr, nuança-t-il en s'esclaffant.

Ils contemplèrent le tracteur en silence pendant un moment. Amber hésitait, mais voyant que Josh était toujours bouleversé, elle se sentit poussée à glisser sa main dans la sienne et à la serrer légèrement.

— Je pense que c'est une bonne chose d'avoir un rappel spécial de ton père à l'intérieur du magasin, murmura-t-elle avec douceur. Comme un porte-bonheur ou quelque chose du genre.

Il lui serra la main en retour.

— Moi aussi, fit-il en acquiesçant. Merci.

— De rien.

Mais lorsqu'elle lui lâcha la main, Amber eut une envie soudaine de l'attirer contre elle et de le serrer dans ses bras. Elle se retint cependant. Il était juste ému par le souvenir de son père, rien de plus. Cela n'avait absolument rien à voir avec quelque chose entre eux. Parce qu'il n'y avait rien entre eux.

Du moins, de son côté à lui.

Le sien était plus confus. Car, là, en cet instant, elle voulait désespérément l'embrasser et le serrer dans ses bras. Elle voulait que son chagrin disparaisse à jamais.

Mais elle repoussa cette idée : ce n'était rien de plus qu'un effet de l'intensité émotionnelle du moment.

Non ?

25

Amber s'était dit que Josh avait rejeté l'idée de la machine à café évoquée la veille, puisqu'il ne l'avait toujours pas rapportée. Mais, à sa grande surprise, Belle entra le lendemain matin dans la boutique, tenant un énorme carton dont le poids la faisait chanceler.

— Je te le mets où ? demanda-t-elle, tout en le tendant à Josh avant de frotter ses bras endoloris.

— Qu'est-ce que c'est que ça ? s'étonna Amber en débarrassant le comptoir pour faire de la place.

— Tu voulais une machine à café et tes désirs sont des ordres, répondit Josh en la posant sur le comptoir avec un grognement.

— Vraiment ? Elle est énorme, dit-elle en jetant un coup d'œil dans le carton ouvert.

La machine argentée et noire semblait avoir plusieurs boutons sur le devant et un petit écran. Sur le dessus de la machine se trouvaient plusieurs bacs en plastique, décolorés et poussiéreux.

— Elle est très sale, constata-t-il avec une grimace, avant de lever les yeux vers Belle.

Celle-ci leva les mains.

— La conversation sur la nécessité d'avoir une machine à café, tu l'as eue avec mon oncle. Je ne suis que la livreuse. Personne n'a parlé de nettoyer cette bête.

— Il y a un mode d'emploi quelque part ? s'enquit Amber.

— Dans le carton, indiqua Belle. Elle était assez simple d'utilisation, d'après mes souvenirs. C'est juste qu'elle n'a presque pas été utilisée, pour être honnête. Personne ne vient jamais au pub pour un café.

Josh sortit son portefeuille et lui tendit cinquante livres en billets.

— Voici la somme convenue.

— Est-ce qu'elle fonctionne ? demanda Amber, en regardant le percolateur une fois de plus.

— Si ce n'est pas le cas, je récupérerai mes cinquante livres, déclara Josh avec un coup d'œil à Belle, avant de revenir à Amber. Quoi qu'il en soit, elle est tout à toi. Je m'attends à ce que la boutique soit pleine de clients une fois que l'arôme du café fraîchement passé aura commencé à envahir la rue.

Et sur une esquisse de clin d'œil, il se dirigea vers la sortie.

Amber s'esclaffa avant de se rendre compte que Belle était toujours là, à la regarder.

— Vous formez un joli couple, dit-elle.

— Oh non, répliqua Amber en secouant énergiquement la tête. Je ne suis qu'une vieille amie de la famille.

— Donc, pas des cousins ou quoi que ce soit d'autre ?

— Non…

Amber replaça une mèche derrière son oreille.

— Parfait. Tout est donc légal. Qu'est-ce que tu attends ? lança Belle en accompagnant sa remarque d'un clin d'œil. Au fait, le tracteur a bien meilleure allure.

Sur quoi, elle sortit. Rougissant encore, Amber décida de se concentrer sur la lecture du mode d'emploi de la machine à café. Il lui fallut presque tout le reste de la matinée pour nettoyer l'ensemble de l'appareil, en particulier les bacs vides, qui étaient terriblement ternis. Mais après qu'elle l'eut vigoureusement frottée, la machine était étincelante. Elle remplit l'un des bacs avec du café à filtre provenant d'un paquet du magasin, brancha le percolateur à une prise murale et, après une brève prière pendant qu'elle plaçait une tasse en dessous, l'alluma.

Elle alla se placer de l'autre côté du comptoir pendant que l'appareil émettait divers bruits douteux, mais bientôt, à sa grande surprise, il y eut des glouglous et l'arôme du café tout juste coulé flotta dans l'air.

La sonnette au-dessus de la porte retentit, annonçant l'arrivée de Frank.

— Bonjour, lança-t-il en s'arrêtant brièvement après avoir refermé la porte derrière lui. Mon Dieu !

Il regarda avec stupéfaction le tracteur d'un rouge éclatant au milieu du magasin.

— Qu'en pensez-vous ? demanda Amber.

— Quelle couleur étonnante ! déclara Frank, avant de renifler. Quelle est cette bonne odeur ?

— Du café, j'espère, plutôt que de la peinture et des gaz d'échappement. Nous avons une nouvelle machine à café, ajouta-t-elle en désignant le gros appareil argenté derrière la caisse. Elle vient juste d'être installée et est prête à être testée.

— Ça fait plaisir à voir. Combien coûte une tasse ? questionna-t-il.

— Une livre, lui dit-elle, au débotté.

Après tout, ce n'était que du café et de l'eau.

— Génial ! s'enthousiasma-t-il. Il faudra que j'apporte mon thermos. Un bon café, ça me manque maintenant que je suis à la retraite.

— Ça ne veut pas dire que vous en aurez ici, nuança Josh en entrant.

— C'est absurde, dit Frank. Il va y avoir la queue dans la rue, j'en suis sûr. Surtout quand j'en parlerai à mes journalistes de la maison voisine.

La prédiction de Frank quant à la popularité de la machine à café se révéla presque vraie, car les employés du journal ne tardèrent pas à venir se ravitailler en café.

— Remplis-la-moi, demanda Tom, le rédacteur en chef, en lui tendant une grande tasse. J'ai besoin de quelque chose pour annuler les effets du vin maison dégoûtant qu'ils m'ont servi, au Canard crasseux, hier soir.

Visiblement, le mauvais vin portait Tom au tutoiement.

— Au Canard crasseux ? répéta Amber, perplexe.

— Regardons les choses en face : *Le Cygne noir*, c'est un nom bien trop élégant pour cet endroit.

— Tu as bu la cuvée de la maison ? demanda Josh, les yeux au ciel.

Tom grimaça.

— Plus jamais. Merci, ajouta-t-il tandis qu'Amber lui tendait le café. Il a fallu que je sois sacrément pompette pour ne pas me souvenir du gros tracteur rouge en plein milieu de cet endroit hier.

Sur quoi, il prit une gorgée bienvenue de sa tasse.

— Il est resté caché jusqu'à la nuit dernière, le rassura Amber. Comment tu le trouves ?

— C'est, euh, différent, indiqua-t-il en souriant.

Josh regarda Amber, mais sans piper mot.

Ce fut Molly qui déboula alors dans la boutique.

— Oooh ! J'ai entendu dire qu'il y avait du café ici ! s'écria-t-elle avant de s'arrêter net. Joli tracteur ! Quelle belle couleur !

— Vas-y, proposa Tom, avec un soupir théâtral. C'est ma tournée.

— Merci, patron, dit Molly en tendant sa tasse, tout sourire.

Amber la remplit et la lui rendit.

— Où sont les beignets ? demanda Tom en regardant autour de lui. Des brioches ? Quelque chose à base de pain ? J'ai besoin de glucides pour éponger mon mal de tête.

Amber secoua la tête.

— Désolée. Pas de produits de boulangerie à part le pain. Nous avons des biscuits en promotion, cela dit.

Elle désigna l'endroit où ils avaient exposé quelques boîtes, sur l'une des étagères.

Tom s'approcha et en prit une.

— Ça fera l'affaire…

— Mmh, des Jammie Dodgers, constata Molly en regardant la liste des biscuits sur la boîte.

— Eh ! Achète-toi ta propre boîte, grogna Tom en déposant quelques pièces sur le comptoir.

Mais Amber le vit donner un coup de coude amical à Molly avant de quitter la boutique.

En sortant, Tom croisa Belle dans la véranda.

— La machine à café fonctionne ? demanda-t-elle en refermant la porte. Je me suis dit qu'il valait mieux vérifier qu'elle n'avait pas explosé ou quoi que ce soit d'autre.

— Elle est géniale, répondit Amber.

— Super, se réjouit Belle, avant d'aviser Molly. Ma tante et mon oncle, qui tiennent le pub, voudraient organiser une fête vendredi soir pour tous les employés du journal, afin de vous souhaiter la bienvenue dans le village.

— Vraiment ? fit Molly, l'air ravi. Comme c'est charmant !

— Ne te fais pas trop d'illusions, la prévint Belle avec une grimace. Et je te conseillerais de manger avant.

Elles observèrent Josh entrer dans le magasin, titubant sous le poids d'une nouvelle pile de citrouilles, qu'il plaça à côté de la caisse.

— On pourrait en faire une fête d'Halloween, suggéra Molly en tapant des mains avec enthousiasme.

Belle haussa les sourcils.

— Pour être honnête, cela correspondrait certainement à l'ambiance du pub, alors pourquoi pas ?

— Il faut qu'on réfléchisse à ce qu'on va porter. J'ai des tenues superbes, indiqua Molly avant de regarder Amber. Et toi ?

Amber secoua la tête.

— Je ne suis pas sûre d'avoir quelque chose d'adapté, murmura-t-elle en rougissant.

Les fêtes la mettaient toujours un peu mal à l'aise à cause de la foule qu'on y côtoyait, sans parler du fait qu'elle devrait revêtir pour l'occasion une tenue étrange.

— Tu peux m'emprunter quelque chose, proposa Molly.

Elle était à la fois jeune et généreuse, constata Amber en la remerciant. Mais elle était bien plus sûre d'elle qu'Amber ne pourrait jamais espérer l'être.

— Merci pour le café, lança Molly. À plus tard.

Elle agita la main et sortit de la boutique en compagnie de Belle, avec qui elle échangeait des propos enthousiastes.

Entendant un bruit, Amber leva les yeux : Josh était en train de l'observer.

Elle haussa les sourcils, histoire de lui demander à quoi il songeait.

— Oui, oui, convint-il. Tu avais raison à propos de la machine à café. Au fait, tu as du talent. Pour la vente, je veux dire.

— Je ne sais pas, fit-elle en rougissant.

— Moi si. Tu as déjà augmenté nos recettes du jour grâce aux cafés et à une grande boîte de biscuits.

— Je ne suis pas sûre que cela fasse vraiment une différence, objecta-t-elle.

— Peut-être pas. Mais c'est bien d'avoir un peu de positivité par ici.

Elle acquiesça, tout en continuant à se demander si elle pourrait se défiler à la dernière minute.

— Tu iras à la fête ? C'est costumé apparemment, précisa-t-elle.

— J'irai si tu y vas.

— Et tu vas te déguiser ? demanda-t-elle, surprise.

— Absolument, assura-t-il. Je vais me déguiser en commerçant pauvre.

— Mouais… Molly suggérait qu'on se déguise vraiment.

— Oui, ça va te plaire. Moi, je serai occupé à boire une pinte au bar, ajouta-t-il avant de désigner les citrouilles d'un signe de tête. Tu ferais mieux de te mettre à les sculpter.

— Tu ne vas pas m'aider ?

— C'est toi, l'artiste, rétorqua-t-il.

Amber regarda tout autour d'elle.

— Je pense qu'on devrait décorer tout le magasin pour Halloween, puisque le 31 tombe samedi, dit-elle en se tapotant le menton, pendant qu'elle réfléchissait à ce qu'elle pourrait faire.

— Ça, c'est ton rayon.

Amber décida de mettre de côté le problème de la tenue à porter pour la soirée costumée pendant qu'elle s'occupait de la décoration du magasin. Sculpter les citrouilles se révéla assez facile, grâce à un tutoriel sur YouTube. Elle plaça trois citrouilles de part et d'autre de la porte et sur le côté des marches, ainsi que quelques petites courges qu'elle sculpta et disposa dans la vitrine.

— J'espère que tu vas payer tout le stock que tu utilises, déclara Josh.

— Prélève-le sur mon budget marketing, répliqua-t-elle, ce qui le fit rire.

***

— Voici les couvertures, annonça grand-mère Tilly, un peu plus tard dans la journée.

Elle apportait deux plaids magnifiques, tricotés dans des tons d'orange et de rouge.

Elle avait à peine terminé les couvertures de Noël pour Amber, la semaine précédente, qu'elle avait dû se lancer dans la réalisation des nouvelles.

— Elles sont adorables, s'enthousiasma Amber, en tendant la main pour caresser l'un des petits pompons que la vieille dame avait ajoutés. Merci beaucoup.

— C'est agréable de se sentir utile, reconnut Tilly. Même brièvement.

— Pourquoi tu ne resterais pas pour un café ? proposa Amber. Ou je peux te faire un chocolat chaud ?

Grand-mère Tilly eut l'air ravie.

— Un chocolat chaud serait le bienvenu, répondit-elle en allant jeter un coup d'œil à la machine à café.

Alors que l'appareil se mettait en route, Amber eut une idée.

— Que dirais-tu de nous tricoter quelques citrouilles ?

Grand-mère Tilly parut stupéfaite.

— Des citrouilles ?

— Peut-être pas seulement des citrouilles. Quelques courges aussi.

— Je suis un peu perdue, avoua grand-mère Tilly, l'air confus.

— Pardon, j'aurais dû m'expliquer. Je me demandais ce que tu penserais de me tricoter, enfin, de nous tricoter, quelques citrouilles et courges à disposer ici et là dans le magasin.

— Tu carbures encore au punch ? taquina Josh, qui s'approcha, sourcil haussé.

Amber rougit.

— Je voudrais vraiment que tu vendes toutes les vraies citrouilles, mais elles sont très jolies dans le magasin. Je me suis dit que si grand-mère Tilly pouvait nous en tricoter quelques-unes, elles dureraient plus longtemps, jusqu'à ce qu'on habille la boutique pour Noël.

— Oh ! Je vois ! s'écria grand-mère Tilly.

Elle alla aussitôt jeter un coup d'œil dans la boîte contenant les pelotes de laine.

— En tout cas, on a les bonnes couleurs. Voilà de quoi m'occuper pendant quelques jours, conclut-elle avec un sourire victorieux.

— Tu veux que j'apporte le carton chez toi ? demanda Amber.

Mais grand-mère Tilly secoua la tête et brandit son sac à provisions.

— Remplis-moi ça, ma chérie.

Quand la vieille dame eut dégusté son chocolat chaud, elle regarda un tutoriel sur YouTube, en compagnie d'Amber, pour apprendre comment réaliser une citrouille au tricot.

— Ça ne me semble pas très compliqué, déclara grand-mère Tilly.

Amber se demanda si la vieille dame n'avait pas davantage d'entrain dans sa démarche lorsqu'elle partit.

Plus tard, Amber découpa des silhouettes de chauve-souris dans un carton noir qu'elle avait trouvé dans l'un des cartons et les accrocha ensuite sur une ficelle noire qu'elle suspendit en haut des vitrines.

— Joli, commenta Josh en approuvant d'un signe de tête.

— Je ne voulais pas devenir trop folle, parce que certaines personnes âgées n'apprécient pas trop Halloween, dit-elle.

— Tu t'es très bien débrouillée.

— Même pour le tracteur ?

— N'exagérons rien, répliqua-t-il en souriant.

Amber souriait toujours en allant ravitailler le percolateur en eau, encore un peu étonnée que son idée ait non seulement été prise en compte, mais qu'elle semble fonctionner. Le café avait à n'en pas douter attiré les employés du journal.

Peut-être, oui, peut-être, le réaménagement de leur boutique allait-il aider à sa survie.

Leur boutique. Elle se murmura les deux mots, comme s'il s'agissait d'un secret connu d'elle seule. Mais tous les jours, elle avait bel et bien l'impression d'en devenir copropriétaire avec Josh. Petit à petit, leurs vies s'entremêlaient dans le magasin et elle se rendit compte qu'elle aimait se rapprocher un peu plus de lui à chaque jour qui passait.

26

La veille d'Halloween, Amber se retrouva à ne plus savoir où donner de la tête, avec tous les clients qui vinrent acheter des citrouilles ou des bonbons. Heureusement, ils eurent assez des unes comme des autres pour que tout le monde puisse se préparer à la fête du lendemain soir.

Même Mike, le propriétaire du pub, vint chercher des petits pains.

— Je fais un barbecue, expliqua-t-il à Amber. J'ai de la viande au frigo à utiliser, car elle a été décongelée.

Elle réussit *in extremis* à dissimuler son frisson.

— À ce soir ! lança Mike en saluant Josh alors qu'il s'en allait. N'oublie pas : les hamburgers ne seront qu'à deux livres !

— De quoi il parle ?

— D'une possible intoxication alimentaire, lui expliqua Amber. Il a un stock de viande qu'il veut utiliser pour un barbecue.

Josh fit la grimace.

— Cela ressemble en effet à un film d'horreur que nous allons essayer d'éviter.

Amber trouva agréable de faire partie d'un « nous ». Même si Josh ne faisait que parler de façon générale, ce

« nous » lui donnait le sentiment douillet de faire partie de quelque chose.

— En parlant de barbecue, tu as vu la photo de nos mères ? demanda Josh.

Amber sourit et acquiesça. Sa mère leur avait envoyé une photo de Cathy et elle souriant jusqu'aux oreilles et visiblement ravies d'être enfin réunies.

— Elles ont l'air très heureuses, déclara-t-elle.

— Je ne sais pas combien de temps il faudra à maman pour qu'elle se décide à rentrer, annonça Josh en l'observant. Ça ne te dérange pas ?

— Pas de problème, répondit-elle, ce qui le soulagea manifestement.

C'est même mieux que ça, se dit-elle en son for intérieur. Elle n'était pas du tout prête à quitter Cranbridge pour le moment.

Plus tard, une fois la boutique enfin fermée, elle se précipita à l'étage pour essayer la robe noire que Molly lui avait prêtée. Amber n'avait apporté que des vêtements décontractés : ses robes les plus élégantes étaient toujours en route pour la Nouvelle-Zélande. Elle avait donc dû emprunter une tenue à Molly, qui se rendait à la fête déguisée en élève de Poudlard, car son petit frère avait apparemment beaucoup d'écharpes de Gryffondor et ainsi de suite. Elle avait également prêté à Amber son chapeau de sorcière de rechange. Le problème, c'était que Molly était beaucoup plus petite qu'Amber et que, par conséquent, sa robe lui arrivait à peine au milieu des cuisses. Et par-dessus le marché, elle était très moulante.

Amber scruta son reflet dans le minuscule miroir de la coiffeuse, en se balançant d'un pied sur l'autre.

— Au moins, pas de marque de culotte visible, murmura-t-elle.

Et des collants noirs couvraient la surface de peau nue que la robe révélait. Elle repositionna le chapeau de sorcière sur ses longs cheveux, qu'elle avait détachés.

— Bon, lança-t-elle à son reflet. Au moins, il fait nuit dehors. Il faudra que ça fasse l'affaire.

Elle hésita un instant. Et si les gens se moquaient d'elle ? S'ils se comportaient méchamment et riaient dans son dos ? Le vieux sentiment d'être une étrangère refit brutalement surface.

Elle s'efforça de respirer profondément, se rappelant que Belle et Molly n'étaient pas comme ça. N'empêche, elle se sentait toujours aussi nerveuse en sortant de sa chambre et en descendant l'escalier.

***

Josh attendait Amber dans la boutique pour qu'ils puissent se rendre ensemble au pub.

En l'entendant descendre l'escalier avec ce qui semblait être des escarpins plutôt que des baskets, il entreprit d'éteindre les lumières.

Il tourna le panonceau « Ouvert » du côté « Fermé » et pivota juste au moment où il entendit Amber entrer dans la boutique.

Il s'apprêtait à dire quelque chose, mais les mots et toute pensée cohérente s'envolèrent aussitôt.

Avec la lumière de la réserve derrière elle, Amber se découpait en silhouette sur fond d'obscurité. Il ne put que la fixer, incapable de détourner les yeux. Il eut un flash-back du jour où il l'avait trouvée au milieu du magasin, enveloppée d'une simple serviette. Maintenant qu'elle était entièrement habillée, il était encore plus fasciné par ses longues jambes, par ses courbes, beaucoup plus dessinées que dans son souvenir, ainsi que le lui révélait cette robe qui en épousait parfaitement chaque centimètre.

Le moindre pas qu'elle faisait sur ses talons hauts mettait en valeur sa tenue.

— Alors, est-ce que j'ai l'air assez effrayante ? demanda-t-elle en tripotant nerveusement son chapeau de sorcière.

Son sourire s'effaça devant l'expression qu'il devait afficher.

— Bien sûr, s'empressa-t-il de répondre. Tu es superbe.

— Je ne sais pas, dit-elle, la voix pleine d'incertitude. Je devrais peut-être me changer.

— Tu es très bien, insista-t-il, d'une voix soudain rauque. Allons-y.

Il se sentait étourdi lorsqu'ils sortirent. Pourvu que l'air frais de la nuit le ramène à la raison. Mais alors qu'ils traversaient le pont, elle vacilla sur ses talons hauts et il dut lui passer un bras autour de la taille pour éviter qu'elle tombe dans la rivière.

— Tant que je ne t'entraîne pas à ma suite, émit-elle avec un petit gloussement nerveux.

Il essaya de se joindre à son rire, mais le sien resta bloqué dans sa gorge. Il ne pensait qu'à la sensation de sa peau chaude sous la robe de coton et à la courbe de sa taille enlacée par son bras.

Enfin, après ce qui lui sembla durer des heures, il la relâcha pour ouvrir la porte du pub.

Une série de sifflements retentit, et Amber se mordit la lèvre. Ne se rendait-elle pas compte qu'elle en devenait encore plus sexy ?

— Vous êtes superbes, déclara Molly en s'approchant d'eux avec un grand sourire.

Elle portait une longue cape de Poudlard, une paire de fausses lunettes, et elle s'était dessiné un éclair à l'eye-liner sur le front.

— La robe est un peu courte, murmura Amber en tirant sur l'ourlet.

— Qui ça dérange ? Tu as les jambes qu'il faut pour ça. Bref, prends un peu du punch spécial de Mike, ça te calmera les nerfs.

— Du punch spécial ?

Josh sentit que tout le monde avait les yeux rivés sur eux ou, plus précisément, sur Amber.

— Je ne sais pas ce qu'il y a dedans, avoua Molly en faisant la grimace. C'est assez dégoûtant, mais après quelques verres, on ne sent plus sa langue, donc on s'en fiche !

Elle gloussa et entraîna Amber vers une table voisine, où Belle remplissait des verres qu'elle plongeait dans le bol de punch. La jeune femme était également vêtue d'une robe noire et d'un chapeau de sorcière, mais, curieusement, elle ne produisait pas le même effet sur lui que la tenue d'Amber.

Josh les observa quelques instants avant de se diriger vers le bar.

— Une pinte, croassa-t-il.

— Un choix judicieux, le félicita Tom, assis près du pilier. Ce punch pourrait décaper les murs. Même si le papier peint semble s'en charger tout seul par ici.

Josh acquiesça et prit sur-le-champ une gorgée de la bière que Mike venait de lui tendre. Il se retourna pour s'adosser contre le bar et regarder Amber. Il n'était pas le seul, se rendit-il compte. Presque tous les hommes au sang chaud de la salle les reluquaient, Molly, Belle et elle.

Josh jeta un coup d'œil à Tom qui, les yeux également tournés vers l'endroit où se tenaient les femmes, hochait pensivement la tête.

— Tu sais ce qu'on dit : ce sont toujours les plus silencieuses…, lâcha Tom, avant de vider la moitié de son verre d'un trait.

— Qu'est-ce que tu insinues ? insista Josh.

— La douce et paisible Amber s'est transformée en top model dans cette robe et elle en jette.

Josh grogna. Elle était vraiment magnifique et il ne comprenait pas pourquoi cela le dérangeait autant.

— Il y a fort à parier qu'elle ne restera pas longtemps célibataire dans cette tenue, poursuivit Tom. J'aurais peut-être dû l'inviter à sortir avec moi après tout.

Josh fut horrifié.

— Non ! s'exclama-t-il.

Tom le regarda, stupéfait.

Josh soupira et se racla la gorge.

— S'il te plaît, non, se surprit-il à l'implorer. Ne fais pas ça.

Pourquoi était-il si primordial à ses yeux que Tom ne sorte pas avec Amber ? Mystère, en tout cas, il ne supportait pas l'idée.

Tom haussa les sourcils, perplexe, avant de comprendre.

— Ah, pigé, acquiesça-t-il. Pas de soucis. De toute façon, je suis bien trop cynique et pénible pour quelqu'un d'aussi gentil que ta charmante Amber. Mon cœur abrite beaucoup trop de colère et de haine à l'égard de mon ex-femme pour s'adapter à une colombe dans le genre de ta collègue. (Il prit une autre gorgée.) Heureusement, la décision n'est pas de mon ressort, car elle est bien plus intéressée par toi.

Josh sursauta.

— Comment tu le sais ?

— Je connais les gens, répondit Tom en haussant les épaules. C'est mon métier. Et crois-moi quand je te dis que cette fille t'apprécie.

Josh se tournait vers Amber lorsque Tom reprit la parole :

— Un petit conseil, mon pote. Les blondes sont toujours les pires briseuses de cœur. Crois-moi.

En se retournant à nouveau, Josh vit Tom faire tourner l'alliance à son annulaire.

— Pourquoi tu la portes si ton ex-femme t'a fait autant souffrir ?

— Pour me souvenir de ne plus jamais être stupide au point de tomber amoureux de quelqu'un, répondit Tom en lâchant son doigt pour reprendre son verre et le vider.

Il était évident qu'il était en train de s'enivrer à un rythme soutenu. D'après ce que Josh avait entendu, ce genre de dérapage lui arrivait quotidiennement.

Il avala une gorgée de bière tout en assimilant ce que Tom venait de lui dire. Cela faisait un moment qu'il s'échinait à nier une attirance entre Amber et lui. Cela étant, il serait trop difficile de travailler à ses côtés s'ils laissaient l'alchimie qui existait entre eux prendre de l'ampleur. Il valait sans doute mieux qu'il enfouisse ses sentiments. En espérant qu'elle ne ressentait pas la même chose pour lui.

Pourtant il fut incapable de s'empêcher de vérifier où se trouvait Amber, dès qu'il en eut l'occasion.

27

Quelques heures plus tard, Amber se rendit compte qu'elle s'amusait beaucoup à la fête. Un moment très joyeux et merveilleux avec ses nouveaux amis !

Enfin, si elle avait pu se tenir debout correctement.

Ce devait être ses escarpins. Avait-elle tellement oublié New York qu'elle ne pouvait plus marcher avec des talons ?

Cela n'avait pas d'importance. Elle s'en débarrassa et s'aperçut qu'elle dansait beaucoup plus facilement dans ses pieds nus en chaussette.

Tout était charmant. Cranbridge était charmant. Le magasin était charmant. Même le pub était charmant ce soir-là.

Molly gloussa quand elles se heurtèrent l'une à l'autre pendant qu'elles dansaient.

— Ce punch est délicieux, s'esclaffa Molly par-dessus la musique disco que Mike, sur leur insistance, diffusait à plein volume.

— Je trouve aussi, répondit Amber, la langue légèrement engourdie et les mots un peu pâteux.

— Je te l'avais dit, poursuivit Molly en tournant sur elle-même. Après les deux premiers verres, on ne se rend même plus compte que c'est dégoûtant.

Amber gloussa. Ses cheveux flottaient autour de son visage pendant qu'elle continuait à bouger. Oui, décidément, elle était vraiment très ivre, mais c'était une fête, non ? Tout le monde était ivre.

Tom l'était certainement puisqu'il les avait rejoints quelques minutes plus tôt au milieu de la piste. Cela étant, lorsque Molly avait essayé de lui apprendre la chorégraphie de *Single Ladies* de Beyoncé, il avait perdu l'équilibre et failli les faire tomber tous les trois. Amber avait néanmoins réussi à atterrir en douceur quelque part.

Ce fut seulement en regardant autour d'elle qu'elle comprit : le choc avait été amorti par les genoux de Josh.

— Salut, dit-elle en souriant.

Elle ne s'était même pas rendu compte qu'il était assis près d'eux. Il était vraiment très beau, vu de près.

— Salut à toi, répondit-il en souriant.

— Tu as de très beaux yeux…

Là-dessus, elle noua les mains derrière la nuque de Josh pour s'empêcher de tituber.

Et c'était vrai. Il avait des yeux bleus à l'iris moucheté de jaune, si l'on y regardait de très près… parce qu'elle était si près qu'elle sentait le souffle de Josh sur sa joue.

Elle se pencha en arrière et lui sourit à nouveau.

— Tu as bu combien de verres de punch ? s'informa-t-il, hilare.

— Je ne sais pas trop, admit-elle avant de tirer la langue pour la pincer entre ses doigts. En tout cas, je ne sens plus ma langue.

— Il serait peut-être temps de rentrer, alors ? suggéra-t-il.

— Pour se coucher ? bredouilla-t-elle en fronçant les sourcils.

Il lui donna une légère poussée et elle se retrouva soudain debout. Bien qu'elle soit consciente d'être soutenue par lui.

— Pourquoi la pièce oscille ? demanda-t-elle. Il y a un tremblement de terre ? Un autre tracteur ?

— Trop de punch, indiqua-t-il en se penchant pour ramasser quelque chose.

Ses chaussures se matérialisèrent devant son visage. Elle les considéra, puis leva à nouveau les yeux vers lui.

— Tu ne crois pas que tu devrais les enfiler ?

Amber mit du temps à se chausser, car la pièce tournoyait chaque fois qu'elle se baissait. Finalement, ce fut Josh qui, s'accroupissant, lui enfila ses escarpins.

— Cendrillon, lâcha-t-elle en gloussant.

— Tant que je ne suis pas la vilaine sœur, répliqua-t-il en se redressant pour passer un bras autour de ses épaules. Bonne fin de soirée à tous ! lança-t-il alors qu'ils se dirigeaient vers la porte.

Elle entendit qu'on leur renvoyait leurs salutations, puis la porte du pub se referma derrière eux.

— Non, tu n'es vraiment pas laid, déclara-t-elle, convaincue qu'il devait à tout prix le savoir.

Il s'arrêta et lui sourit.

— Merci. Viens, il fait froid.

Une idée lui traversa soudain l'esprit.

— Tu n'as pas dansé avec moi.

— Je me suis dit que Tom apprécierait davantage l'expérience.

Elle fronça les sourcils.

— Il ne me plaît pas autant que toi.

Il l'incita à se mettre en route, mais elle constata qu'elle avait du mal à marcher.

— Mes pieds ne veulent pas avancer correctement.

— Je ne suis pas surpris, soupira-t-il.

À sa grande surprise, elle se retrouva tout à coup en train de traverser le pont dans ses bras et plongea les yeux vers la rivière.

— Ne me laisse pas tomber dans l'eau, quémanda-t-elle en resserrant les mains autour de son cou.

Elle crut l'entendre dire :

— Cela pourrait peut-être te dégriser.

Elle bâilla tandis qu'il la reposait à côté de lui dans la véranda, le temps de tourner la clé dans la serrure pour les faire entrer dans la boutique.

— Nous y voilà, lâcha-t-il en poussant la porte.

— Mes pieds ne veulent toujours pas marcher, lui dit-elle.

— C'est bien ce que je craignais.

Et il la prit à nouveau dans ses bras pour lui faire franchir le seuil.

— Comme une nouvelle mariée, lança-t-elle. M. et Mme Kennedy !

Il haussa un sourcil en refermant la porte derrière eux.

— Je croyais que c'étaient mes parents.

— Si tu te maries, tu seras aussi M. et Mme Kennedy.

— Il faut croire que oui, répondit-il. Il faudrait d'abord que je trouve quelqu'un qui veuille bien m'épouser, naturellement.

Ils gravirent lentement l'escalier, pas à pas, Amber toujours dans ses bras.

— Moi, je veux bien t'épouser, lâcha-t-elle, lorsqu'il la déposa devant ce qui semblait être sa chambre.

Il s'appuya contre le cadre de la porte et repoussa quelque chose de son visage. Sans doute une mèche de cheveux.

— Tu ferais ça ? demanda-t-il doucement.

— Oh oui, affirma-t-elle en tendant la main pour lui caresser le visage.

Il avait le menton rugueux, car il ne s'était pas rasé depuis le matin, mais la sensation n'était pas désagréable sous ses doigts.

— Tu es vraiment chouette.

Les yeux de Josh brillèrent.

— Waouh ! Merci. Je suis juste chouette, c'est ça ?

— Non ! Tu es plus que ça ! Tu es sexy ! s'esclaffa-t-elle avant de se sentir soudain parfaitement chagrine. Mais bon, toi, tu ne penses pas ça du tout de moi.

— Tu ne t'es visiblement pas regardée dans la glace avant de sortir.

— Mais si ! répondit-elle. J'ai vérifié qu'on ne voyait pas ma culotte sous ma robe.

Il secoua la tête.

— Ce n'est pas ce que je voulais dire.

— Eh ben, tu devrais dire ce que tu voulais dire, lui proposa-t-elle avec la sensation de loucher. Sinon, c'est très confus.

— Et toi, tu devrais aller te coucher. Tu vas te sentir très mal demain matin.

— Mais je me sens très, très bien maintenant. Est-ce que j'aurai droit à un baiser avant d'aller me coucher ? quémanda-t-t-elle, pleine d'espoir.

Après tout, il faisait nuit et ils étaient seuls.

Elle se sentait courageuse et débordante d'assurance quand elle leva des yeux pleins d'expectatives vers lui.

Il la dévisagea très longtemps, comme s'il luttait intérieurement pour prendre une décision monumentale. Puis il se pencha en avant.

Amber retint son souffle et entrouvrit les lèvres.

Mais à la dernière seconde, il tourna le visage et lui donna un baiser très doux sur la joue.

Même ivre comme elle l'était, elle sentit la déception l'envahir.

Il recula, le visage presque dissimulé dans l'ombre de la porte.

— Bonne nuit, Amber, dit-il.

— Bonne nuit, répondit-elle, espérant que ses mots n'étaient pas aussi bredouillés aux oreilles de Josh qu'ils l'étaient aux siennes.

Puis elle alla dans sa chambre, s'allongea sur le lit entièrement vêtue et sombra, toujours coiffée de son chapeau de sorcière.

28

Josh ne fut pas surpris de se retrouver seul pendant une heure ou deux dans le magasin, le lendemain matin de la fête d'Halloween. Pourtant, il se sentait joyeux en repensant à la soirée de la veille. Quel que soit le sérum de vérité que Mike avait versé dans son punch, il avait certainement fait ressortir un aspect complètement différent de la personnalité d'Amber. Il sourit en songeant à la jeune femme, qui titubait sur la piste de danse, puis qui lui demandait un baiser lorsqu'ils avaient regagné l'appartement.

Au moins, il savait maintenant qu'il lui plaisait. Quant à savoir si elle allait regretter cette soirée, cela restait à voir.

Il eut la réponse une demi-heure plus tard, lorsqu'Amber apparut au pied de l'escalier à l'arrière du magasin. Elle marchait très lentement, redoutant visiblement de se casser la figure.

— Bonjour, lança-t-il, d'une voix délibérément sonore.

Elle chancela aussitôt et s'agrippa la tête.

— Pas si fort, se plaignit-elle en s'accrochant au cadre de la porte pour garder l'équilibre.

Elle releva doucement la tête et regarda Josh. Elle avait les yeux injectés de sang et le visage blême.

— Un café ? Du paracétamol ? proposa-t-il. Ou tu préfères une mort sans douleur ?

— La mort, sans hésiter, gémit-elle en s'approchant avec lenteur du comptoir.

Elle tâtonna autour d'elle, jusqu'à s'asseoir sur la chaise dans son dos.

Il lui prépara un café à la machine, non sans lui jeter un coup d'œil de temps en temps. Elle était vraiment très pâle.

— Bonjour !

Amber sursauta au salut joyeux de Tom, depuis l'embrasure de la porte. Elle poussa un petit cri de douleur.

— Ah, je vois que le punch maison de Mike a causé des dégâts, constata-t-il en souriant. Au moins, toi, tu es venue travailler. Molly s'est fait porter pâle, elle !

— Il faut dire qu'on est samedi, geignit Amber. La veinarde !

Josh lui tendit une tasse de café qu'elle serra entre ses mains.

— Je recommande une assiette de sandwichs au bacon et beaucoup d'eau, déclara Tom.

Amber secoua la tête.

— Je ne crois pas être en mesure d'avaler quoi que ce soit, marmonna-t-elle.

La sonnette retentit et Belle entra très lentement dans la boutique, avant de s'arrêter pour s'appuyer au rutilant tracteur rouge.

— Au secours, murmura-t-elle.

Amber la regarda.

— Toi aussi ? se lamenta-t-elle.

Belle acquiesça avant de grimacer.

— Écoute, lui dit Josh. Pourquoi vous ne prendriez pas un café en plein air, toutes les deux ? Cela pourrait vous aider à vous réveiller.

— Et la boutique ? objecta Amber en le fixant avec ses yeux rougis.

— C'est vrai que tu as vraiment l'air prête pour le travail ce matin, ironisa-t-il.

Elle frémit.

— Tu as peut-être raison. Tu es sûr que tu t'en sortiras tout seul ?

— Sûr et certain.

Elle lui adressa un petit sourire, puis se leva très doucement de sa chaise et retourna près du comptoir, serrant toujours son café.

Amber parvint jusqu'au tracteur avant de s'accrocher à Belle. Après quoi, agrippées l'une à l'autre, elles se dirigèrent avec nonchalance dehors.

Une fois qu'elles furent sorties, Tom se retourna vers lui en souriant.

— Je dois dire que ça change de voir quelqu'un d'autre que moi souffrir d'une gueule de bois par ici. Tout va bien pour toi, je suppose ?

— Je m'en suis tenu à la bière, confirma Josh.

— Sage décision. (Tom jeta un coup d'œil à la véranda dont Amber et Belle occupaient à présent l'un des bancs.) Ça pourrait marcher, tu sais, ajouta-t-il doucement. Vous deux travaillant et vivant ensemble.

— C'est déjà ce qu'on fait, je te signale.

— Tu sais ce que je voulais dire, répliqua Tom d'une voix pleine de sous-entendus. Elle est charmante, célibataire et c'est une excellente partenaire pour faire tourner le magasin.

Mais Josh se surprit à secouer la tête.

— Elle ne fait que passer. Dès que ma mère sera rentrée, Amber ira rejoindre ses parents en Nouvelle-Zélande.

Tom fronça les sourcils.

— Elle a déjà réservé son billet d'avion ?

— Non, je ne crois pas.

— À mon avis, si elle voulait vraiment partir, elle l'aurait déjà fait, répliqua Tom. Tu sais, si elle n'appréciait pas son séjour ici. Elle avait plutôt l'air heureuse hier soir, tu ne trouves pas ?

Josh se remémora brièvement l'instant où elle lui avait demandé de l'embrasser dans l'obscurité de l'appartement. Il lui avait fallu puiser dans toute sa maîtrise de soi pour ne pas la prendre dans ses bras. Le problème, c'était qu'elle était ivre à ce moment-là. Et lui, trop gentleman pour profiter d'elle de cette façon.

— Réfléchis-y, insista Tom, devant son silence. Ne deviens pas un type plein d'amertume et de regrets comme moi. Il n'y a pas de place pour deux cœurs brisés en même temps, dans ce village.

Sur cette déclaration, le journaliste récupéra son café et sortit de la boutique, laissant Josh planté derrière le comptoir. Tom avait-il raison ? Amber retardait-elle vraiment la réservation de son billet parce qu'elle voulait rester ? Amber, ivre, avait-elle révélé ses sentiments les plus intimes en lui demandant de l'embrasser ? Ou était-ce simplement le punch maison qui avait placé ces mots dans sa bouche ?

Josh espérait le découvrir tôt ou tard. Pourvu qu'il ne s'agisse pas seulement d'un effet de l'alcool. Il avait Amber dans la peau. Et il se rendait compte qu'il aimait bien ça.

29

— Qui a eu l'idée stupide d'aller dehors ? dit Belle, fermant les yeux sous la vive lumière du jour.

Elles s'affalèrent avec un bel unisson sur le banc, et beaucoup de gémissements.

— Pas moi, murmura Amber, en tirant la couverture de grand-mère Tilly autour de ses épaules pour se protéger de l'air froid de la matinée. Mais qu'est-ce qu'il y avait dans ce punch, bon sang ?

— Ce n'est pas ma faute, se lamenta Belle. Les responsables de cette monstruosité, c'est exclusivement mon oncle et ma tante. Je ne sais pas ce qu'ils ont mis là-dedans.

Amber s'adossa au siège et soupira. Elle n'allait pas l'admettre, mais elle se sentait un peu mieux, maintenant qu'elle se trouvait dehors. Elle entendait le chant des oiseaux et sentait la brise légère sur son visage. La campagne lui plaisait de plus en plus.

— Salut… (Elles levèrent les yeux et virent Molly gravir les marches en se cramponnant à la rampe.) Aidez-moi.

— On dirait que tu es dans le même état que moi, commenta Belle, qui sourit malgré sa gueule de bois.

Molly grimaça.

— Je me sens vraiment hyper mal, avoua-t-elle en parvenant dans la véranda où elle s'adossa à la balustrade devant elles.

— Tom a dit que tu t'étais fait porter pâle, lâcha Amber.

— Il a quand même fallu que je vienne, répliqua Molly en levant les yeux au ciel. Kate avait besoin de faire des photocopies et c'était urgent…

— Quelle pimbêche ! murmura Belle.

Amber se retourna vers elle, surprise.

— Qui est Kate ?

— Notre journaliste senior, répondit Molly.

— Je ne pense pas qu'elle soit déjà venue à la boutique, dit Amber.

— Ne t'attends pas à des sourires et à des compliments. Elle m'a dit que notre pub, c'était une blague, marmonna Belle. Bon, d'accord, elle a raison, mais personne n'a jamais eu l'impolitesse de le dire à voix haute.

— Elle n'est pas si affreuse que ça, nuança Molly, qui ne semblait pourtant guère convaincue. Et Tom affirme que c'est une excellente journaliste.

— Eh bien, tu aurais dû lui dire de se les faire toutc seule, ses saletés de photocopies, maugréa Belle.

— De toute façon, peu importe, répliqua Molly en s'asseyant lentement sur les marches de la véranda. Ma colocataire a fait venir son petit ami pour une matinée pimentée. Alors elle m'a priée de ficher le camp.

— Comme c'est charmant ! s'emporta Belle. Tu aurais dû lui dire d'aller se faire voir. C'est aussi ton appartement.

Molly secoua la tête.

— Oh non ! Impossible. C'est ma meilleure amie depuis l'école.

— Mais ta meilleure amie devrait comprendre que tu as la gueule de bois, non ? suggéra Amber.

Molly fronça les sourcils.

— Il est plus important qu'elle passe du temps avec Taylor. C'est son petit ami et ils n'ont pas beaucoup de temps ensemble parce que sa femme est souvent dans les parages.

— Une fille adorable, y a pas à dire, murmura Belle, en jetant un regard appuyé à Amber.

— Ma tête, gémit Molly en se tenant le front. Je crois que c'est fichu, plus jamais je ne me sentirai bien. Et vous, comment ça va ?

— Même chose, répondit Amber. J'ai réussi à descendre et Josh m'a envoyée dehors, tellement j'avais l'air mal en point.

— Un vrai mec viril, non ? fit Molly d'une voix rêveuse.

Amber fronça les sourcils.

— Qu'est-ce que tu veux dire ?

— Je crois que la dernière fois que je t'ai vue, il te portait dans ses bras pour traverser le pont. On se serait cru dans un film.

Amber se redressa brusquement.

— J'avais complètement oublié cet épisode ! s'exclama-t-elle, horrifiée.

— J'aimerais bien connaître quelqu'un qui me porte comme ça, fit Belle en soupirant.

— Oh mon Dieu ! gémit Amber en fixant ses deux amies avec horreur. Je ne me souvenais pas vraiment d'avoir quitté le pub. Comment je vais pouvoir le regarder dans les yeux maintenant ?

— Ça n'a pas d'importance, répliqua Belle en haussant les épaules. On s'est tous ridiculisés. J'ai même envisagé d'embrasser Del le chelou avant que ma dernière once de raison me rappelle que c'était la pire des idées, Dieu merci.

Molly s'esclaffa.

— Et moi, j'ai dansé tout le long de la rue avant que quelqu'un réussisse à me faire monter à l'arrière du taxi pour me ramener chez moi.

Mais Amber se sentait mal à l'aise.

— N'empêche, il va avoir une mauvaise opinion de moi, maintenant. Il va me trouver idiote. Ce que je suis, évidemment.

— Qu'est-ce que tu racontes ? répliqua Belle en secouant la tête. Tu étais un peu pompette et il a dû te porter jusqu'à la maison. La plupart des hommes avec qui je suis sortie m'auraient laissée tomber dans la rivière et se seraient bien fichus de moi.

Mais ce n'était pas à la traversée du pont qu'Amber pensait. Elle se rappelait maintenant lui avoir demandé de l'embrasser. Elle gémit et s'effondra à nouveau sur le banc.

— Ne t'inquiète pas, insista Molly.

Malheureusement, Amber était incapable de refouler son anxiété et son émoi au souvenir de la façon dont elle s'était comportée. Pour couronner le tout, le rejet de Josh lui donnait le sentiment de s'être ridiculisée dans les grandes largeurs.

***

Malgré sa gueule de bois, Amber s'activa toute la journée, réussissant à dissimuler le trouble de ses sentiments.

À compter de ce jour, elle allait éviter l'alcool. Car, bien sûr, c'était la faute de la boisson. S'était-elle déjà laissée aller de la sorte ? S'était-elle déjà ridiculisée comme ça ? Pas depuis très longtemps, elle le savait.

Elle aurait aimé pouvoir en parler à Josh, mais c'était impossible. Il était son ami, du moins l'espérait-elle, vu tout le temps qu'ils avaient passé ensemble.

Cependant, elle avait dépassé les bornes en lui demandant de l'embrasser. Elle ignorait ce que l'avenir lui réservait, mais elle était presque sûre que cela n'impliquait pas qu'ils travaillent côte à côte à la boutique.

Elle s'en voulait d'avoir gâché ce qui avait été une amitié tout à fait agréable. Et pourquoi ?

Parce que tu voulais l'embrasser, lui susurrèrent ses pensées les plus intimes. *Et tu as envie qu'il t'embrasse depuis longtemps.*

Elle ravala ses sentiments pour tenter de les faire disparaître. Mais l'effort se révéla improductif. Il faudrait bien qu'elle l'affronte à un moment ou à un autre.

Heureusement, c'était Halloween, et de nombreux villageois vinrent s'approvisionner en bonbons et citrouilles à la boutique. Amber constata qu'elle trouvait une occupation bienvenue à les servir et à préparer une barquette remplie d'araignées en sucre gélifié et de grenouilles en chocolat pour les distribuer aux enfants qui viendraient quêter des bonbons, plus tard dans la soirée.

En fait, elle réussit à éviter de parler à Josh d'autre chose que du travail pendant toute la journée, notamment en sortant d'une pièce à chaque fois qu'il y entrait. Une ou deux fois, elle l'avait surpris en train de l'observer. Il avait même entamé la conversation, mais elle avait rapidement prétexté la nécessité de réapprovisionner des étagères.

Ce fut seulement lorsqu'ils sortirent dans la véranda, pour dire au revoir aux derniers enfants, qu'ils se retrouvèrent enfin seuls.

Il y eut un silence d'une seconde avant qu'Amber ne se retourne.

— C'était amusant, lâcha-t-elle à toute allure, tant elle était nerveuse. Je crois que je vais aller me coucher tôt.

Mais il fut plus rapide qu'elle et lui bloqua l'entrée de la boutique.

— On n'a pratiquement pas parlé de la journée…

— Je me sens très vaseuse, c'est tout.

Elle sentait le poids de ses yeux fixés sur le sommet de son crâne. Elle, pour sa part, regardait partout sauf dans sa direction.

— Amber…

Elle frémit lorsqu'il prit son menton dans ses doigts et le souleva lentement pour approcher son visage du sien.

— Je suis désolée, dit-elle enfin, lorsqu'elle fut incapable de supporter plus longtemps le silence.

— De quoi ? demanda-t-il en souriant.

— D'hier soir. De tout, précisa-t-elle en fermant les paupières, mortifiée.

— Bah, tout le monde était soûl, murmura-t-il.

Elle rouvrit alors les yeux. Elle n'était peut-être pas la seule à s'être ridiculisée.

— Bon, certes, personne d'autre ne m'a demandé de l'embrasser avant d'aller se coucher, ajouta-t-il.

Elle gémit, le rouge aux joues.

— Oh mon Dieu, c'est la faute du punch. Ce truc était mortel.

Il la dévisagea longuement.

— Je suis désolé de l'apprendre, dit-il enfin.

— Pourquoi ? chuchota-t-elle.

Il sourit.

— Parce que j'espérais que ta requête n'était pas seulement due à l'alcool, murmura-t-il en lui effleurant la lèvre inférieure du bout du pouce.

Sur quoi, il la relâcha et l'abandonna, plus confuse que jamais.

30

Le lendemain matin, à 9 h 30 comme de coutume, Stanley arriva avec sa tasse de voyage.

— Noir, sans lait, s'il vous plaît.

Amber était enchantée qu'il ait pris l'habitude de commander un café en même temps que son journal quotidien. Il paraissait avoir meilleur moral et une excuse pour s'attarder un peu dans la boutique.

Après qu'Amber lui eut versé son breuvage, Stanley en prit une gorgée.

— Hmm, délicieux, commenta-t-il. C'est toujours un luxe d'avoir un bon café. J'avais pris l'habitude de m'en offrir une tasse lorsque j'étais à l'hôpital avec ma défunte épouse. J'ai l'impression d'être dans un film américain.

— Avec toute cette pluie, on se croirait plutôt dans un film catastrophe, nuança Josh, qui rentrait d'une excursion chez le grossiste. Les routes sont en mauvais état.

Ses cheveux brillaient de gouttelettes de pluie et Amber dut détourner la tête pour ne pas s'attarder sur l'image séduisante qu'il offrait.

— La radio du coin dit que la route d'Aldwych est à moitié inondée et que la circulation est épouvantable, déclara Stanley.

Josh acquiesça.

— C'est vrai. Ça allait avec la camionnette, mais si la tempête qu'ils annoncent a bien lieu cette semaine, je pense que la route sera impraticable.

Stanley approuva.

— Les champs sont saturés d'eau. Je ne me souviens pas d'avoir vu la rivière aussi haute depuis longtemps. Autrefois, elle était très basse. Je patinais même dessus en hiver, quand j'étais gosse.

— C'est adorable ! s'exclama Amber. Votre propre patinoire.

Elle était allée voir la patinoire du Rockefeller Center lorsqu'elle était à New York, mais elle n'y avait jamais patiné. Fréquenté par des couples et des familles pendant la période de Noël, l'endroit lui avait donné la sensation d'aviver sa solitude et elle était repartie presque aussi vite qu'elle était arrivée.

À Cranbridge, elle se rendit compte qu'elle n'était pas habitée par ce genre de sentiment. Certes, en partageant l'appartement avec Josh, elle ne vivait pas seule, mais ce n'était pas tout. C'étaient les interactions avec les clients qui l'aidaient. Alors que Stanley restait pour profiter de son café, elle se demanda combien d'autres villageois se sentaient seuls, eux aussi.

Elle s'approcha de la baie vitrée pour observer la rivière.

— Est-ce que la rivière a déjà inondé Riverside Lane ? demanda-t-elle.

Ses eaux, presque au même niveau que le bas de la berge, s'écoulaient à vive allure.

— Oui, répondit Stanley. Ça fait plusieurs années. Au moins dix, si ma mémoire ne me joue pas des tours. Mais elle ne fait que mordre sur la rue au bord de la rivière.

J'espère que les travaux qui ont été faits en aval sur les écluses aideront l'eau à s'évacuer.

Amber regarda le cours d'eau une fois de plus avant de se tourner vers la boutique sur laquelle ils avaient travaillé si dur. Puis elle croisa mentalement les doigts pour que la rivière reste dans son lit.

Car que se passerait-il si elle débordait ?

***

— Je n'arrive pas à croire qu'ils aient baptisé « Amber » la première grosse tempête de l'automne, déclara Tom, grand sourire aux lèvres, le lendemain matin.

Josh vit les joues d'Amber, visiblement embarrassée, se colorer de rose.

— Ha, ha, dit-elle en levant les yeux au ciel avant d'encaisser son argent. Très drôle.

Tom continuait de sourire quand il s'empara de son café fumant.

— Non, je suis sérieux. J'aimerais juste connaître ton niveau de dangerosité.

— Très élevé, surtout si tu te trouves sur un pont, répondit Josh en lui jetant un regard complice.

— Taisez-vous, tous les deux, les somma-t-elle, rougissant de plus belle.

Et elle partit s'affairer près du poêle à bois, où elle remit une bûche.

Josh sourit en se remémorant la scène, survenue quelques semaines plus tôt. Seulement ? Il lui semblait parfois qu'Amber était dans sa vie depuis bien plus longtemps.

Alors qu'elle se redressait, il la vit jeter un coup d'œil par la fenêtre et suivit son regard. Les branches des arbres se courbaient et ondulaient sous les brusques rafales, provoquant un déluge de feuilles jaunes et rousses ballottées dans les airs.

Le vent semblait s'être renforcé. Il s'inclina pour examiner les nuages gris. La pluie continuait de tomber, mais elle ne s'apparentait pas à la mousson que les météorologues redoutaient pour la fin de la journée. Ils avaient déjà fait le plein de bougies et d'allumettes pour pallier d'éventuelles coupures de courant.

— Ils se sont peut-être trompés, lâcha Josh. À propos de la tempête, je veux dire. Ça n'a pas l'air si terrible que ça.

— Espérons que si, dit Tom en sortant son téléphone. La misère et le chaos, ça donne des unes réussies.

Amber se retourna et haussa les sourcils, surprise.

— Juste un peu de chaos pour les gros titres, précisa Tom en levant la main. Rien qui mette des vies en danger ou quoi que ce soit de ce genre.

Regardant une fois de plus par la fenêtre, Amber paraissait toujours inquiète.

— Ils disent qu'on devrait être épargné par le pire de la tempête, assura Josh en la rejoignant devant la baie vitrée.

— Pas d'après ma source la plus fiable, lança Tom en jetant un nouveau coup d'œil à son téléphone. Micky Magic, c'est son pseudo sur Twitter. C'est un type qui vit dans un hangar, quelque part aux abords d'Aldwych. Contrairement à ce qu'affirment la météo, le service d'alerte concernant les inondations et tous ces officiels, Micky m'assure que son baromètre ne ment jamais et qu'on va être frappés de plein fouet par le plus gros de la pluie. Donc, ça doit être vrai, conclut-il avec une grimace.

Amber se mordit la lèvre et jeta un nouveau coup d'œil à la rivière. Elle clapotait déjà contre la berge.

— On n'a certainement pas besoin de plus de pluie, déclara Josh.

— Toute la région est inondable, lança Tom en sortant du magasin. J'espère que vous avez des sacs de sable.

Et Tom s'éloigna en sifflotant *Raindrops Keep Falling on My Head* : « Les gouttes de pluie continuent de tomber sur ma tête ».

— On en a ? demanda Amber en se tournant vers Josh. Des sacs de sable, je veux dire ?

Josh secoua la tête.

— On a tout sauf ça, malheureusement. Mais ça va bien se passer. Le magasin est surélevé, ne l'oublie pas. On est à une cinquantaine de centimètres au-dessus de la rue.

— Ça va être grave à quel point ? s'enquit-elle.

Ses yeux marron étaient emplis d'inquiétude et il lui fut reconnaissant de se préoccuper autant de la boutique. Probablement plus que lui. Même si, en vérité, il avait commencé à s'y investir davantage depuis le début des rénovations. Plus que depuis bien longtemps. Depuis la mort de son père, en fait.

Josh regarda à nouveau dehors.

— Si elle atteint la hauteur du pont qui mène au pub, on aura des problèmes.

— Qu'est-ce que tu veux dire ?

— Je veux dire que le pub est au même niveau que le magasin. Si le pont disparaît, il est probable que le magasin sera inondé.

Amber eut l'air horrifiée.

— Mais il faudrait pour cela que la rivière soit extraordinairement haute, poursuivit-il dans l'espoir de la rassurer. Elle devra franchir la berge, puis engloutir les marches et traverser la véranda pour atteindre la porte d'entrée.

— D'accord, opina Amber.

— En revanche, beaucoup de maisons ne sont malheureusement pas aussi surélevées que nous, ajouta-t-il.

La perspective était sinistre.

— Ça va aller pour grand-mère Tilly ? demanda-t-elle.

Il confirma, quelque peu soulagé.

— Les nouveaux pavillons ont été construits sur une légère pente. Elle devrait être épargnée.

— Mais tu ne crois pas qu'elle ferait mieux de s'installer ici pour les prochaines nuits, juste au cas où ? insista Amber.

— Tout à fait, acquiesça-t-il.

— Tout le monde est inquiet. On sentait de la peur chez tous les clients de ce matin.

Ils en avaient eu plus que d'habitude. Des villageois qui n'osaient pas effectuer de longues distances en voiture sur les routes inondées et préféraient venir s'approvisionner chez eux en lait et en pain. Heureusement qu'il avait pris plus de stock que d'habitude, juste au cas où.

Les nouveaux clients avaient eu l'air un peu surpris par le tracteur, mais une fois qu'ils dépassaient la machine agricole, ils prenaient leur temps pour regarder les différentes marchandises proposées. Les piles et les bottes en caoutchouc avaient connu un certain succès.

— Je ne savais pas que c'était aussi joli ici, avait commenté une femme.

— Nous venons de rénover, lui avait expliqué Amber. Je suis ravie que ça vous plaise.

— Je reviendrai quand j'aurai plus de temps, avait répondu la cliente.

Cela fonctionnait. La boutique, plus attrayante, commençait à attirer la clientèle. Il lui manquait encore une véritable identité, quelque chose sur quoi il n'arrivait pas à mettre le doigt. Mais pour l'instant, il était simplement content que de nouveaux habitants du village en franchissent la porte.

Alors qu'une nouvelle rafale secouait la véranda, il lâcha :

— Espérons juste qu'ils se trompent au sujet de la tempête Amber.

— Ce n'est pas ma faute, tu sais, dit-elle avec un doux sourire.

Il lui rendit son sourire, leurs yeux se croisèrent un instant.

— Je sais.

Espérons qu'ils se trompent autant que je me suis trompé à propos de l'autre Amber. Josh la regarda s'éloigner. Il s'était habitué à la voir dans les parages. Au sourire joyeux qu'elle adressait aux clients. À sa compagnie. C'était agréable d'avoir une amie à ses côtés. Il se sentait également très protecteur à son égard. Peut-être parce qu'il savait qu'elle manquait de confiance en elle. Et qu'elle pouvait se montrer extrêmement timide.

Il la revit soudain ivre, qui le regardait dans le noir et lui réclamait un baiser. Heureusement, une nouvelle rafale le ramena à la raison alors qu'il commençait à imaginer ce qui se serait passé s'il avait dit « oui ».

31

Au cours de l'après-midi, la rivière commença à monter et avait presque atteint la moitié des rives herbeuses qui l'encadraient. Pleine de limon et de feuilles emportées vers l'aval, l'eau avait viré au brun trouble.

Et la pluie continuait de tomber.

Amber passait le plus clair de son temps dans la boutique à regarder nerveusement par les vitres. La pluie s'intensifiait d'heure en heure, mais l'œil de la tempête, qui apporterait vents violents et pluies torrentielles, était censé les atteindre vers minuit.

Il faisait terriblement sombre. Elle n'en était que plus ravie des nouveaux plafonniers et de la chaleur joyeuse du poêle à bois.

Josh avait déniché autant de piles, de torches et de bougies que possible et les avait placées sur le comptoir, à côté de la caisse, afin qu'elles soient à portée de main. Il avait également apporté suffisamment de bûches pour alimenter le poêle. L'air extérieur était froid et humide, mais au moins l'intérieur de la boutique restait-il confortable.

Grand-mère Tilly était installée au chaud, près du poêle. Elle allait passer la nuit dans l'appartement, tant que le pire de la tempête ne serait pas derrière eux. Amber avait l'impression que la vieille dame appréciait toute cette agitation et ne semblait pas du tout préoccupée par les inondations ou les vents violents.

— On a survécu à pire, leur répétait-elle.

Tom passa en coup de vent pour demander à Amber de regarnir sa tasse en café.

— Je sors avec Kate pour voir l'état des routes et prendre quelques photos avant que la lumière ne disparaisse, annonça-t-il. Heureusement qu'elle a un véhicule tout-terrain. Apparemment, la situation commence à bien se dégrader.

Dehors, les arbres se balançaient de façon inquiétante sous les violentes rafales et leurs feuilles étaient emportées dans tous les sens.

— Je vais prendre aussi quelques paquets de biscuits, reprit Tom en tendant la main vers des gâteaux au chocolat.

— Ton régime alimentaire est une catastrophe, constata Josh.

— Si tu vendais des fruits frais, je ne les achèterais probablement pas de toute façon, répliqua le journaliste en souriant. Mais comme je n'ai pas le choix, je vais me prendre mes petits gâteaux au chocolat. Dieu merci, l'homme carbure au sucre et pas aux produits sains. Bon, à plus tard.

— Fais attention à toi, lui lança Amber.

— Santé, répondit Tom, qui attrapa son café et se dirigea vers la sortie.

Josh le regarda s'éloigner, visiblement intrigué.

— Qu'est-ce qu'il y a ? s'enquit Amber.

— Il n'a pas tort. On ne vend pas de fruits ou de légumes frais ici, constata-t-il en jetant un coup d'œil autour de lui.

— Il n'y a pas un marché pour ça ? se demanda-t-elle à voix haute.

— Aucune idée.

— J'aimerais bien avoir de belles pommes, intervint grand-mère Tilly.

Josh opina pensivement.

Mais ils ne purent continuer leur conversation, car la cloche tinta une fois de plus et Del le chelou entra dans la boutique.

— C'est de nouveau un vrai bonheur, là dehors, commenta-t-il en se réchauffant les mains devant le feu, à côté de la chaise de grand-mère Tilly.

— Tu peux répéter, dit Josh, qui était en train de réapprovisionner le réfrigérateur en lait. Comment sont les routes ?

— L'A231 vers Aldwych est presque impraticable. J'ai eu du mal à faire passer le car, tellement c'est inondé. Je pense que la route sera fermée d'ici demain matin.

— Comment se rendre à Aldwych si on ne passe pas par les routes principales ? questionna Amber.

Del secoua la tête.

— On n'y va pas, sauf si on tient à emprunter tous les petits chemins de campagne. Mais il y a de fortes chances qu'ils soient aussi sous l'eau, car la plupart passent près de la rivière. (Il avisa les piles et autres objets sur le comptoir.) Je pense que je vais aussi te prendre une de ces torches, Josh. Si on n'a plus d'électricité, je ne pourrai pas retrouver le chemin vers ma pinte, tout à l'heure.

— Le pub va rester ouvert ? s'enquit Amber.

— Tu plaisantes ? s'esclaffa Del. Qu'est-ce qu'on deviendrait, Tom et moi, si l'établissement ferme ses portes ? Non, je pense que ça va aller.

Mais Del fut leur seul client à afficher un semblant de décontraction à propos de l'inondation potentielle. Les clients, un peu plus nombreux qu'à l'ordinaire, qui vinrent au magasin pour remplir leurs paniers, avaient tous l'air préoccupés.

— Les files d'attente en ville sont terribles, déclara une dame, qui avait attrapé une brique de lait, du pain et des haricots. Heureusement que je n'avais pas besoin de grand-chose. Je suis ravie que vous soyez ouverts.

— Nous sommes là pour ça, lui répondit grand-mère Tilly avec un grand sourire.

La cliente acquiesça.

— C'est très vrai. J'avais oublié votre existence jusqu'à ce que je voie votre nouvelle vitrine. Ma petite dernière adore venir regarder les citrouilles. Ces biscuits nous permettront également de tenir le coup. En attendant, croisons les doigts pour qu'il arrête de pleuvoir, cette nuit.

— Bien dit, approuva Josh qui lui sourit tout en lui tenant la porte.

— Bonne chance, lui lança Amber.

Mais après le départ de la cliente, le sourire de Josh disparut presque sur-le-champ.

— La rivière a presque atteint la berge, lâcha-t-il.

Amber se précipita à ses côtés. Il disait vrai. Dehors, la rivière léchait quasiment le haut de la rive.

— Et il ne fait pas encore nuit, ajouta-t-elle en lui décochant un regard inquiet. Qu'est-ce qu'on fait ?

— Je pense qu'on va rester ouverts aussi tard que possible. Garder le feu allumé. Rester au chaud et au sec. La lumière est allumée, donc les gens savent qu'on est là. Au cas où quelqu'un aurait besoin de quelque chose. Même si on n'a pas de canot de sauvetage…

— Je suis d'accord, dit Amber. Espérons que la nuit sera calme.

— Je vais préparer du thé en attendant, annonça grand-mère Tilly.

Les vents continuèrent à se renforcer à mesure que la soirée avançait. La terrase couverte en bois gémissait et grinçait en oscillant d'un côté à l'autre.

Amber rentra les deux lampes-tempête en verre et les autres objets décoratifs qu'elle avait laissés dehors. Ils seraient plus en sécurité à l'intérieur.

Après qu'une rafale particulièrement forte avait décalé l'un des bancs, ils les rentrèrent également tous les deux pour éviter qu'ils passent à travers la vitrine ou ne blessent quelqu'un. Comme ils durent les placer dans le coin arrière de la boutique, les environs du tracteur devinrent quasi impraticables.

— En tout cas, on a un endroit où se reposer, conclut Josh en s'y asseyant avec joie. (Il avait l'air fatigué.) Ces couvertures, c'était une riche idée.

— Et fabriquées avec amour, renchérit grand-mère Tilly avec un clin d'œil.

Amber avait descendu des coussins et des couvertures de l'étage. Puisqu'ils allaient rester ouvert tard, qu'ils soient au moins à leur aise.

Il vint encore quelques clients, mais personne ne fut d'humeur à s'attarder pour bavarder. Dès qu'ils se retrouvaient à l'intérieur, ils se plaignaient du temps qu'il faisait. Mais tous paraissaient effrayés et inquiets à l'idée que la rivière sorte de son lit et inonde leurs maisons.

— Je me sens totalement impuissante, avoua Amber, alors qu'une nouvelle cliente quittait la boutique à toute allure, après s'être pourvue en lait et en pain. Qu'est-ce qu'on peut faire ?

Josh haussa les épaules.

— Exactement ce qu'on est en train de faire. Rester ouvert. Être un havre de sécurité.

Amber opina. Même si elle se sentait faible, elle avait au moins l'impression de connaître un sens de la communauté qu'elle n'avait pas ressenti auparavant à Cranbridge.

Un autre bruit de ferraille provenant du porche lui fit de nouveau lever les yeux. Mais la nuit était tombée maintenant et le seul moyen d'appréhender le niveau de la rivière était de sortir avec une torche toutes les demi-heures.

Et la pluie continuait de tomber.

Le bureau du journal était encore ouvert à côté, même s'il était plus vulnérable que le magasin, car légèrement moins surélevé par rapport à la rue.

— On a des sacs de sable, leur annonça Molly, lorsqu'elle leur rendit visite un peu plus tard. Ne me demandez pas d'où ils sortent.

Elle se planta devant le poêle pour s'y réchauffer les mains. Le feu brûlait, grâce à la vigilance d'Amber qui y glissait une bûche toutes les demi-heures.

Tom arriva bientôt.

— Je suis affamé, lança-t-il. Vous avez quelque chose à manger ?

— Tu ne vas pas au pub ? s'étonna Josh.

— Pas le temps, répondit le journaliste. Le téléphone n'arrête pas de sonner.

— On peut te réchauffer quelque chose au micro-ondes ou dans le four à l'étage, suggéra Amber.

Tom parcourut les rayonnages.

— On n'a pas vraiment l'embarras du choix, hein ?

Il n'avait pas tort. Il y avait bien quelques boîtes de soupe et de haricots, mais rien de vraiment digne d'un repas. Au moins leur restait-il encore quelques boîtes d'œufs et du pain.

— Pourquoi on ne descendrait pas le micro-ondes ? proposa Josh. Comme ça, on pourra réchauffer des haricots ou de la soupe.

— Je préférerais un poulet korma avec toutes sortes de garnitures, mais oui, ce sera mieux que rien, merci, fit Tom avec un soupir.

— J'en fais réchauffer pour tout le monde ? demanda Amber.

Grand-mère Tilly hocha la tête avec enthousiasme.

— Je peux beurrer du pain.

— Ce serait formidable. La plupart des membres du journal sont encore dehors. Kate est apparemment en train d'embêter tout le monde pour essayer d'obtenir des interviews.

— Je ne l'ai toujours pas rencontrée, indiqua Amber.

Tom leva les yeux au ciel

— Elle est toujours par monts et par vaux. Je lui ai dit que ce n'était pas le moment de déranger les gens, mais elle est très ambitieuse.

— Tous ceux qui sont passés étaient très inquiets, confirma Amber.

— On en est réduit à souhaiter que les choses n'empirent pas, fit le rédacteur en chef avec un soupir.

Amber comprit que l'heure était grave, si même Tom renonçait à plaisanter.

Elle lui tendit bientôt des haricots sur des toasts.

— Je n'ai pas fait de nuit blanche depuis des années, déclara-t-il en s'asseyant sur l'un des bancs. Je pense que le moment est venu de retenter l'exploit.

— Nous aussi, répliqua Josh. On s'est dit qu'il valait mieux rester ouvert au cas où quelqu'un aurait besoin de quelque chose.

— Vous n'avez pas de bateaux par-là derrière ? s'enquit Tom en indiquant l'arrière-boutique avec sa fourchette. Parce que vous semblez avoir tout le reste, sinon.

Josh fronça les sourcils.

— Tu sais quoi ? J'ai l'impression d'en avoir vu un quelque part.

— Eh bien, je pense que tu ferais mieux de mettre la main dessus fissa, lui conseilla Tom.

— Je ne pense pas qu'on va en arriver là.

— Moi non plus, mon pote, mais on devrait quand même s'y préparer, répliqua Tom entre deux bouchées.

Après le départ des derniers clients, Amber aida Tilly à monter à l'étage.

— On va rester ouvert aussi tard que possible. Repose-toi un peu.

— C'est ce que je vais faire.

La vieille dame alluma aussitôt la télévision.

— Pour être honnête, ajouta-t-elle, j'ai un sommeil si profond que je vais sans doute manquer la plus grande partie du spectacle, malheureusement.

— Tu as bien de la chance, dit Amber.

Si seulement ils pouvaient échapper complètement au « spectacle » et que la tempête ne touche même pas Cranbridge !

32

Après un peu d'agitation en début de soirée, l'activité du magasin commença à se calmer. Trop, en fait. Sans clients, on n'entendait plus que le bruit de la tempête à l'extérieur. À chaque grosse rafale, Amber sursautait nerveusement.

— Il nous faut une distraction, décida Josh. Parce que rester assis ici à se ronger les sangs, ça n'arrange pas les choses.

— Et si on mettait de la musique ? suggéra Amber. J'ai vu une radio quelque part. Je vais la chercher. Ça m'occupera.

Au bout de quelques minutes, elle revint en tenant ce que Josh reconnut comme la vieille radio de son père. À force de tripoter le cadran, elle finit par tomber sur une station de musique pop qu'elle laissa tourner.

Josh était en état de choc. Depuis combien de temps n'y avait-il pas eu de musique dans le magasin ?

Trop longtemps, c'était un fait.

Son père s'asseyait souvent dans la véranda et jouait de la guitare l'après-midi, surtout par les chaudes journées d'été. Ça l'avait tellement marqué qu'il en avait mal rien qu'en y repensant. Comme maintenant que le magasin était différent par rapport à l'époque de son père, quand il achetait et accumulait à peu près n'importe quoi, mais cela n'avait pas d'importance, au fond. Sa mère souriait et riait. Son père chantait et fredonnait partout où il allait. Il y avait toujours eu de la musique et des rires dans la boutique. Or, aujourd'hui, la musique était revenue et il se sentait assailli par les souvenirs.

— Ça va ?

Amber était venue s'asseoir à côté de lui sans qu'il s'en rende compte, jusqu'à ce qu'elle prenne la parole.

— C'est la musique, réussit-il à marmonner.

Heureusement, elle comprit.

— Ton père, murmura-t-elle en lui posant une main sur le bras.

Il acquiesça.

— Il était plein de vie, reprit-elle. C'est ce que je me rappelle. Il avait l'habitude de me glisser un biscuit en douce, quand je me cachais dans un coin. Il essayait de me faire sortir de ma coquille.

Josh se tourna vers elle.

— Pourquoi tu es aussi timide ? demanda-t-il.

Elle haussa les épaules.

— Je n'en sais rien. On a beaucoup déménagé quand j'étais petite. À cause du travail de mon père. Ce n'est pas facile de se faire des amis dans un nouvel endroit. (Elle hésita, puis ajouta, le regard perdu dans le vague :) Les filles peuvent être de vraies garces, à l'école. Si tu n'es pas assez à la mode et tout ça, on se moque de toi.

Il se rendait compte maintenant à quel point elle avait été malmenée.

— Eh bien, tu leur as montré ce que tu avais dans le ventre. Avec les vitrines magnifiques que tu as conçues à

Londres et à New York. Tu as eu la vie glamour qu'elles rêvaient d'avoir, j'en suis sûr.

Elle lui lâcha le bras pour joindre ses mains et les fixer du regard.

— Ça n'a jamais été comme ça, répliqua-t-elle. Je marchais des heures toute seule durant mon temps libre. J'ai visité tous leurs extraordinaires musées et leurs théâtres géniaux, mais toute seule. Je ne sais pas si tu as vu le film *Lost in Translation :* j'avais l'impression d'être un de ses personnages, terriblement seule dans une grande ville.

L'idée qu'une jeune femme aussi douce et gentille qu'Amber ait été aussi seule le rendait profondément triste et le poussait à vouloir la protéger.

— Tu aurais pu participer à certaines activités, dit Josh avec douceur.

Mais Amber secoua la tête.

— Tu me connais. Je ne peux pas. Je ne suis pas assez courageuse.

— Tu as bien participé, avec nous, lui rappela-t-il avec un petit coup d'épaule.

Elle lui sourit.

— Je n'ai pas le choix. Je suis coincée dans le magasin avec les clients !

— Peut-être que ça t'a fait du bien.

Elle hocha la tête d'un air pensif.

— Peut-être, oui. (Elle se leva brusquement.) Je vais aller mettre un sweat supplémentaire. Il commence à faire froid. Et j'en profiterai pour voir comment se porte grand-mère Tilly.

— Je peux rester tout seul ici, si tu veux te reposer.

Amber fit « non » la tête.

— Je ne dormirai pas avec cette tempête. Et puis, ce n'est pas juste de te laisser tout seul.

Alors qu'elle se dirigeait vers l'étage, Josh reçut un appel de sa mère.

— Tout va bien ? demanda-t-elle, visiblement inquiète. Une grosse tempête va s'abattre sur vous, d'après ce que j'ai compris.

— Tout va bien, déclara Josh, avant de lui assurer que grand-mère Tilly était en sécurité dans leur appartement et que la rivière n'était pas encore trop menaçante.

Il raccrocha en promettant de la tenir au courant.

Le vent s'était mis à siffler et à hurler dehors. Comme il n'y avait plus aucun client en vue, Josh se rendit dans l'arrière-boutique, où il réussit à dénicher le canot pneumatique qu'ils utilisaient sur la rivière lorsqu'ils étaient plus jeunes. Une fois l'embarcation déballée, il la gonfla à l'aide d'une pompe à vélo. Avec un peu de chance, il n'en aurait pas besoin.

Ils s'activèrent tout au long de la soirée. Amber décrocha les décorations d'Halloween et les remplaça par les ornements automnaux qu'elle avait utilisés pour commencer. Josh fit l'inventaire du stock qu'ils avaient disposé dans le magasin.

Vers 23 heures, Josh leur prépara une tasse de thé.

Amber avait placé les deux bancs l'un en face de l'autre, de façon à ce qu'ils puissent se déplacer autour. Puis elle s'assit sur l'un d'eux, les pieds en surélévation, tandis que Josh faisait de même sur l'autre banc, face à elle.

Elle serra la boisson chaude contre sa poitrine.

— C'est affreux, lâcha-t-elle, alors que le vent continuait de souffler en rafales à l'extérieur.

— Je ne pensais pas que mon thé était si mauvais…

— Tu sais très bien de quoi je parle, rigola-t-elle. Cette attente.

— Oui, je plaisantais.

Ils burent en silence, sous le tambour de la pluie battante qui frappait le toit de la véranda et le flanc de la bâtisse.

Puis, Josh se leva pour aller dehors observer la rivière une fois de plus.

Le faisceau lumineux de sa torche lui révéla la gravité de la situation.

— J'ai du mal à tenir debout à cause du vent, avoua-t-il en rentrant.

Amber frissonna. La porte, en s'ouvrant, avait laissé entrer une bouffée d'air froid.

— Alors ? questionna-t-elle.

Il hésitait à le lui dire, mais elle devait connaître la gravité de la situation.

— La rivière a atteint la berge.

Les yeux d'Amber s'écarquillèrent d'inquiétude.

— Donc elle se trouve au niveau des portes d'entrée de la plupart des maisons. (Il acquiesça.) Qu'est-ce qu'on peut faire ?

— Rien, répondit-il. On restera ouvert, lumières allumées, au cas où quelqu'un serait inondé et aurait besoin d'un endroit où se réfugier. Il faudrait encore que l'eau s'élève de soixante centimètres pour atteindre le niveau de la véranda.

Manifestement préoccupée, Amber enfila sa veste et sortit voir ce qu'il en était par elle-même. Josh retourna donc dehors lui aussi, afin de se joindre à elle. Le vent et la pluie tourbillonnèrent aussitôt autour de leurs visages en s'engouffrant sous le toit de la véranda.

— Montre-moi, dit-elle.

Il alluma sa torche et en promena le faisceau alentour. Amber découvrit avec horreur ce qu'il révélait. La rivière, épaisse et marron, avait complètement recouvert le chemin sur l'autre rive. Elle se précipitait, emportant avec elle les poubelles et tout ce qui n'était pas boulonné.

Sur leur rive, la rivière clapotait maintenant sur le macadam et gagnait lentement, centimètre par centimètre, l'autre côté de la rue.

Tout au bout de Riverside Lane, ils voyaient des gens qui attendaient anxieusement devant leur porte, guettant le moindre signe laissant supposer que l'eau allait inonder leur maison.

Josh jeta un coup d'œil au coin de la rue et vit que la porte du bureau de presse était enfin fermée. Quelques sacs de sable y avaient été appuyés pour tenter de protéger les locaux.

— Ils ont dû aller au pub, conclut Amber. Ça ne te tente pas ?

Josh secoua la tête.

— Je pense qu'il vaut mieux rester ici tant qu'on peut. Si l'on en croit la météo, le pic devrait être atteint dans les deux prochaines heures.

La rivière léchait les pieds du pub, qui, heureusement, se trouvait lui aussi surélevé de quelques marches. La porte s'entrouvrit pour permettre à Belle de jeter un coup d'œil à l'extérieur. Elle leur adressa, en signe de solidarité, un petit salut de la main par-delà l'obscurité et ils lui répondirent de même.

Amber enveloppa ses bras autour de sa taille, manifestement stressée.

— C'est affreux, constata-t-elle.

— Nous allons nous en sortir, déclara Josh en passant un bras autour de ses épaules.

— Désolée. Tu dois me trouver ridicule. Ce n'est même pas mon magasin. C'est moi qui devrais te réconforter.

Il la regarda et sourit.

— Eh bien, si l'eau s'engouffre entre ces murs, on grimpera sur le tracteur pour se mettre à l'abri.

Elle sourit à sa tentative d'humour, mais il n'y avait pas de quoi rire, sachant les dégâts que pouvaient causer les inondations. Il l'avait vu très souvent aux informations, sans imaginer que le village serait entouré d'eau de cette manière.

— Viens, rentrons. On ne peut rien faire, pour l'instant.

Amber secoua pourtant la tête.

— Je pense qu'on devrait attendre ici. Sinon, on ne saura pas ce qui se passe.

— On ne peut pas, le vent est trop fort. Viens, je vais nous arranger un poste d'observation.

Il déplaça donc l'un des bancs vers l'une des vitrines, de façon à ce qu'ils puissent toujours voir l'allée. Josh prit ensuite deux couvertures et ils s'assirent, blottis l'un contre l'autre, sur le banc.

Josh essayait de rester calme, mais il observait la rivière avec une panique grandissante, même s'il essayait de ne pas le montrer à Amber. Le débit était bien plus élevé que prévu et il se demandait s'ils seraient vraiment en sécurité, même légèrement surélevés comme ils l'étaient.

Pour la première fois peut-être, il se rendit compte qu'il tenait vraiment à cette boutique et qu'il serait catastrophé si elle se faisait inonder.

Elle était liée à des tas de souvenirs. Des souvenirs heureux, malgré les récents moments de tristesse. Ses parents avaient dansé dans le magasin, un jour de Noël. C'étaient ses grands-parents qui faisaient tourner le commerce quand il était petit. Son frère et lui jouaient alors dehors, dans la véranda.

Si l'endroit se remplissait d'eau, même le tracteur, tout hors service qu'il soit, serait détruit par l'eau boueuse qui noierait son moteur.

Or, c'était son magasin. Sa maison. L'héritage de son père. Et il voulait le protéger. Il le comprenait maintenant. Il était temps d'intervenir et de défendre *Cranbridge Stores.*

Parce que cela représentait tout pour lui.

33

Amber était si fatiguée que ses yeux ne cessaient de se fermer, même si elle entendait le vent et la pluie hurler dans la véranda, de l'autre côté de la vitre.

Elle se força à rouvrir les paupières une fois de plus et regarda Josh qui fixait la rivière. Il était beau, elle devait l'admettre. Un menton fort. De longs cils. Malgré son front plissé par l'inquiétude, il avait tout de même un beau visage.

Elle était plus consciente que jamais de la pression de sa cuisse contre la sienne. Elle eut soudain l'idée insensée qu'il pourrait être follement romantique d'être assise sous une couverture avec lui. Mais c'était du délire. Une tempête s'abattait sur le village alentour. Elle était juste fatiguée et stressée. Elle avait besoin d'un petit somme et tout irait bien. Elle referma donc les yeux et laissa son esprit dériver, cette fois.

À un moment donné, elle se réveilla en sursaut. Les yeux écarquillés, elle découvrit Josh, assis à côté d'elle, qui la regardait fixement.

— Salut, murmura-t-il. Tu es réveillée ?

Les yeux plantés dans les siens, elle eut du mal à parler. Comme elle était à l'aise avec lui depuis quelques semaines, elle ne pouvait hélas pas mettre sa réaction sur le compte de la timidité.

Elle acquiesça donc.

— Quelle heure est-il ?

— 1 heure, répondit-il. Tu as sombré un moment.

Un « moment » ? Elle se sentit gênée de s'être endormie sur son épaule pendant plus d'une heure.

— Ça en est où dehors ? demanda-t-elle en scrutant l'obscurité.

Elle n'entendait que le hurlement du vent et le déferlement de l'eau. Mais elle remarqua aussi qu'il y avait pas mal de lumières allumées dans les cottages de l'autre côté de la rivière. Personne n'avait beaucoup dormi pour l'instant.

Josh promena sa torche deçà delà et elle put voir que l'eau était parvenue au milieu de la rue.

— Ça se rapproche, constata-t-elle.

— Je sais. Mais d'après l'Agence de l'environnement, le pic devrait être atteint, à l'heure qu'il est.

Amber poussa un soupir.

— Espérons qu'ils ont raison.

Le problème, c'était que la pluie continuait de tomber et que l'eau ne semblait pas reculer le moins du monde. Au contraire, elle se rapprochait lentement, mais sûrement.

Le téléphone de Josh sonna soudain, annonçant la réception d'un message. Son écran s'illumina dans l'obscurité pendant qu'il lisait le message.

— C'est Del, précisa-t-il en se levant. Apparemment, Cherry Tree Lane est sous l'eau.

— Oh mon Dieu ! gémit Amber.

— On réunit un groupe pour faire le tour du village et s'assurer que tout le monde va bien.

— « On » ? répéta Amber. C'est-à-dire qui ?

— Del, Mike, moi et quelques autres. Je lui vais lui envoyer un message pour lui dire qu'on établira notre quartier général ici, puisque le magasin semble avoir survécu pour l'instant. Je vais aller chercher mes bottes et un pull. J'en profiterai pour jeter un œil sur grand-mère Tilly pendant que je suis là-haut.

Il monta à l'étage, laissant Amber seule dans la boutique.

Elle frissonna. Elle n'avait aucune envie de rester seule, mais elle savait qu'ils étaient relativement en sécurité par rapport à beaucoup d'autres villageois.

Bientôt, quelques personnes apparurent dans l'obscurité, et elle leur ouvrit la porte.

— Belle nuit ! lança Del.

Mais même son visage semblait plus tendu que d'habitude.

— Ta maison tient ? demanda Amber.

— Pour le moment, oui. En revanche, l'un de mes voisins m'a appelé pour me dire que l'eau entrait par sa porte.

— Oh non ! se lamenta Amber.

Josh les rejoignit au moment où Mike apparaissait.

— Je t'enverrai des nouvelles par texto, promit-il à Amber.

— Moi aussi, répondit-elle. Comment va Tilly ?

— Elle dort à poings fermés, dit-il en souriant.

Ils se regardèrent pendant un instant et elle ne put s'empêcher de s'avancer pour le serrer brièvement dans ses bras.

— Prends soin de toi, chuchota-t-elle.

Sur un petit signe de tête, il descendit les marches et disparut au coin de la rue avec ses compagnons.

Amber fit les cent pas dans la véranda. Que pourrait-elle bien faire pour se rendre utile ? Elle entendit bientôt la sonnerie de son téléphone. C'était Belle.

— Coucou, lança celle-ci. Je te vois tourner en rond depuis le pub. Ça va ?

Amber jeta un coup d'œil de l'autre côté de la rivière obscure, où le pub était encore illuminé. Belle lui adressait un signe de la main depuis l'une des fenêtres de l'étage.

Amber lui répondit en agitant la sienne.

— Ça va. Josh est parti patrouiller avec les autres.

— La situation est assez critique d'après ce que j'ai entendu dire.

— Je ne sais pas quoi faire, gémit Amber.

— Active-toi, l'incita Belle. Si c'est aussi grave qu'on le pense, tout le monde aura besoin d'un endroit chaud où se sécher. J'espère que le magasin est assez en hauteur pour rester hors de portée des eaux.

— Et le pub ?

— Tante Angie pense que la cave va être inondée, donc on enlève tout ce qu'on peut.

— Fais attention à toi, conclut Amber.

— Toi aussi. À plus.

Amber raccrocha et elles s'adressèrent un dernier petit signe de la main. Belle avait probablement raison. Il fallait qu'elle s'active. Elle s'empressa donc de refermer la porte d'entrée pour garder la chaleur et mit en marche la machine à café, en s'assurant que les bacs pour le café et le chocolat chaud étaient pleins. Puis elle empila un tas de bûches supplémentaires près du poêle à bois, pour entretenir le feu. Elle déplaça le banc de façon à ce qu'il soit tourné vers l'intérieur de la boutique, puis disposa une pile de couvertures et de coussins dessus. Après quoi, elle attendit, tout en écoutant la pluie qui tombait à verse et martelait la véranda comme les fenêtres de l'étage.

En désespoir de cause, elle dut allumer la radio pour étouffer les hurlements du vent qui redoublait de violence. Puis elle s'assit et entreprit de fabriquer d'autres entrelacements de feuilles et de guirlandes lumineuses, dans le simple but de s'occuper les mains.

La porte s'ouvrit brusquement, sur un grand bruit de sonnette.

Elle leva les yeux et vit Josh se ruer à l'intérieur.

— Il y a toute une rue sous l'eau, lui annonça-t-il, essoufflé. Une dizaine de maisons ont les pieds dans l'eau. J'envoie les personnes vulnérables ici, parce qu'elles ne savent pas quoi faire d'autre et moi non plus. Les services d'urgence en bavent, apparemment.

Elle acquiesça.

— Pas de problème. On est prêts.

Il repartit avant qu'elle n'ait eu le temps de l'enjoindre à la prudence.

En l'espace de dix minutes, les premières familles arrivèrent, presque aussitôt suivies par Belle, qui les avait aperçues de sa fenêtre.

Un couple avec deux jeunes enfants se tenait dans l'embrasure de la porte, les yeux exorbités et en état de choc.

— Je me suis réveillé et il y avait de l'eau partout en bas, expliqua l'homme en tenant fermement les mains de ses enfants.

— Il vous faut une bonne tasse de thé sucré, décréta Belle d'un ton ferme.

— L'eau vient de bouillir, annonça Amber, avant de s'accroupir devant les enfants. On va vous réchauffer, d'accord ? (Elle conduisit la famille vers le poêle à bois et fit glisser le banc devant.) Asseyez-vous. Il n'y a rien d'autre à faire pour l'instant.

— On vient juste de faire poser un parquet en chêne, gémit la femme en étouffant un sanglot.

Elle aussi avait l'air complètement abasourdie.

Amber se retrouva à serrer l'inconnue dans ses bras.

— Comment tu t'appelles ? demanda-t-elle doucement. Moi, c'est Amber, et voici Belle. Elle est serveuse au *Cygne noir*.

— Je suis Jane, et voici Jeremy, répondit la femme.

— Bonjour, Jane, dit Amber. Voici une tasse de thé. Assieds-toi, je t'en prie. Tu peux rester ici aussi longtemps que tu le souhaites. Il fait nuit noire dehors. Il faut juste qu'on s'assure que tout le monde est en sécurité. Le nettoyage pourra commencer demain.

— J'aime bien le tracteur, déclara le petit garçon.

Amber sourit.

— C'est vrai ? Tu as envie de t'asseoir sur son siège pendant que je te prépare un chocolat chaud ?

Le petit acquiesça avec enthousiasme.

Peu de temps après, ils furent rejoints par une dizaine d'autres personnes, qui avaient toutes l'air frigorifiées et choquées.

— L'eau nous arrive aux chevilles, dit un homme. Ils ont dit qu'on pouvait venir ici.

— Tout le monde est le bienvenu, répondit Amber.

— On a tout perdu, déplora un autre. Le canapé, les tapis, la table à manger. Tout a été détruit.

Le magasin fut finalement si bondé qu'on ne pouvait plus y remuer. Belle proposa donc aux familles de l'accompagner au pub.

— On a des chambres libres à l'étage. Ce n'est pas le *Ritz*, mais vous serez au chaud et au sec et vos petits pourront dormir.

Le pub devint donc le centre de sécurité officieux, où les gens trouvaient un lit en cas de besoin. Entre-temps, le magasin avait été désigné comme quartier général des inondés tant que le soleil ne serait pas revenu.

Un peu avant 5 heures du matin, alors que le vent commençait à se calmer et que la pluie faiblissait, Amber entendit des voix à l'extérieur. Puis elle vit Josh monter les marches d'un pas fatigué et entrer dans la boutique.

Il lui sourit.

— Coucou.

Il avait l'air aussi congelé qu'exténué quand il se débarrassa de son manteau mouillé et de ses bottes.

— Viens près du feu, lui dit-elle, avant de le pousser en douceur vers le banc.

À sa grande surprise, il lui prit la main et l'entraîna avec lui. Les couvertures et les coussins étaient encore empilés et l'atterrissage se fit en douceur.

— Ne me pose pas trop de questions, lui demanda-t-il. Je peux à peine parler tellement je suis fatigué.

— D'accord. Tu veux manger quelque chose ? Boire quelque chose ?

Il secoua la tête.

— Non. Je veux juste te serrer dans mes bras.

Amber cilla. La fatigue lui donnait-elle des hallucinations auditives ? Mais il lui passait déjà un bras autour de la taille et l'attirait à lui.

Son corps réagit comme s'il n'y avait rien de plus naturel que de se blottir dans ses bras. Avant même qu'elle ait pu réfléchir, il baissait la tête et posait ses lèvres sur les siennes.

Ce fut un baiser doux et délicat. Le genre de baiser qu'elle n'avait jamais connu… Elle aurait aimé qu'il ne se termine jamais.

Mais avant qu'il puisse se transformer en autre chose, ils s'écartèrent légèrement l'un de l'autre. Ils se regardèrent un moment, un peu essoufflés et les yeux écarquillés, cherchant manifestement à comprendre ce qui venait de se passer.

Puis, il l'attira à nouveau contre lui, cette fois pour serrer la tête d'Amber contre son torse. Elle sentait son menton râpeux dans ses cheveux. Sous sa main, elle percevait les battements du cœur de Josh tandis que sa respiration se stabilisait.

Ce n'était que pour quelques heures. Il était fatigué et elle aussi. La nuit avait été riche en émotions et ils trouvaient l'un et l'autre du réconfort dans cette étreinte, rien de plus.

Elle ramena donc ses pieds sur le banc et s'endormit finalement dans ses bras.

34

Amber se réveilla dans la matinée pour constater que Josh s'était étendu pendant les quelques heures de sommeil qu'ils s'étaient octroyées sur le banc et qu'il était maintenant presque à l'horizontale, allongé à côté d'elle.

Alors qu'elle tentait d'étirer son dos, endolori par la dureté du bois, il commença lui aussi à se réveiller.

Il releva lentement la tête en bâillant.

— Bonjour.

— Bonjour, répondit-elle, brûlant d'envie d'aplatir ses cheveux décoiffés par le vent et le sommeil sporadique de la nuit. Quelle heure est-il ?

Il sortit son portable de sa poche.

— Il est 7 heures.

Il la couva des yeux, puis son regard se porta plus bas, vers leurs corps allongés l'un contre l'autre. Il lui sourit doucement.

— Les gens vont commencer à jaser s'ils nous trouvent comme ça, lui souffla-t-il à l'oreille.

— Dans ce cas, on ferait mieux de se lever, fit-elle en s'empourprant.

Mais dès qu'elle fut debout, loin de ses bras, elle se rendit compte qu'elle ne souhaitait rien tant que d'y retourner.

Leur baiser avait été le contrecoup d'une nuit éprouvante où les émotions les avaient submergés. Mais maintenant, c'était le matin et tout était différent.

Josh se leva lui aussi et s'étira avant de s'approcher de la vitrine.

— Comment ça se présente dehors ? demanda-t-elle en le rejoignant.

— Bon, c'est resté au sec ici, constata-t-il en ouvrant la porte d'entrée.

Nerveux, ils sortirent dans la véranda pour évaluer les dégâts subis par le village à la lumière du matin.

— Waouh ! lâcha Amber en regardant autour d'elle, horrifiée. Un vrai gâchis.

L'eau boueuse de la rivière stagnait encore sur les trois quarts de Riverside Lane, mais elle n'avait heureusement atteint ni les marches de leur véranda ni les portes d'entrée des magasins situés plus loin dans la rue.

Une marée de boue, de feuilles et de débris en général jonchait le chemin. Ces détritus, au moins, pourraient être balayés assez facilement.

L'autre rive n'avait, hélas, pas eu la même chance. La rue qui la longeait était plus basse et là où la rivière était sortie de son lit, elle s'était déversée dans les jardins et clapotait contre les portes d'entrée. Amber ne voyait pratiquement pas de sacs de sable, ce qui signifiait que les propriétés de ces villageois-là étaient quasi certainement inondées.

Josh avait lui aussi l'air consterné par les inondations.

— J'ai l'impression que le pub a survécu de justesse.

Amber regarda les marches d'entrée de l'établissement, qui baignaient encore dans l'eau.

— Espérons-le, dit-elle. D'après Belle, leur cave risquait d'être inondée.

— Oui, je pense qu'ils n'y ont pas coupé.

Elle reporta ses yeux sur la rue et vit que les habitants commençaient à sortir de chez eux pour évaluer les dégâts. Tout le monde paraissait un peu hébété, par le manque de sommeil et par l'inquiétude.

— Les gens ont l'air anéantis, dit-elle en se tournant vers Josh.

— Je sais ce qu'ils ressentent, fit-il avec un soupir de lassitude.

— Ceux dont la maison a été inondée ont passé la nuit au pub. Ils avaient des chambres de libres.

Il acquiesça.

— C'était une bonne idée. Cela va prendre un certain temps pour que toutes les maisons soient nettoyées.

— On pourrait accrocher un panneau sur la véranda ? suggéra-t-elle. Pour offrir des boissons chaudes. On a une machine à café et une bouilloire. Les gens vont avoir besoin d'un peu de chaleur pendant qu'ils nettoient. Il fait si froid.

Il la regarda longuement avant d'acquiescer.

— Tu as tout à fait raison. Ils n'ont peut-être plus d'électricité avec les inondations. Et ce n'est pas aujourd'hui qu'il faut penser à nos bénéfices.

Amber se sentit encore un peu plus attirée par sa gentillesse.

Pendant que Josh écrivait sur un grand tableau noir leur offre de boissons chaudes gratuites et d'en-cas pour tous ceux qui en avaient besoin, elle remplit la bouilloire et la machine à café, et sortit d'autres biscuits. Comme ils avaient laissé le micro-ondes au rez-de-chaussée, elle grimpa à l'appartement pour récupérer ce qui restait de leurs provisions personnelles de bacon, histoire de préparer des sandwichs pour tous ceux qui en voudraient.

— Bonjour, lui lança grand-mère Tilly en sortant dans le couloir, vêtue de sa robe de chambre. Tout va bien ?

— Pas terrible, répondit Amber. Le village est sérieusement inondé.

— C'est affreux ! s'exclama la vieille dame en faisant demi-tour. Je vais m'habiller et descendre vous donner un coup de main.

Il s'avéra qu'un grand nombre de villageois avaient besoin de soutien.

— On a dû couper l'alimentation électrique, expliqua Mike en entrant précipitamment. Je ne pourrais pas avoir un café, ma belle ?

Amber s'empressa de lui préparer sa boisson.

— Comment ça se passe, au pub ? demanda-t-elle.

— Heureusement, on n'a eu que la cave de mouillée. Tout ce qu'il y avait en bas est fichu. Mes chips s'en sont allées au gré des flots.

— Probablement parce qu'elles étaient périmées depuis des années, lança Tom qui entrait à son tour. Du moment que les tonneaux de bière sont intacts…

— Ils devraient l'être, le rassura Mike.

— Tant mieux, dit Tom. Vu la tournure que prend la journée, il se peut que j'aie besoin de boire plusieurs canons, ce soir.

— Et le journal, comment ça va ? demanda Josh.

Il arrivait pour mettre une nouvelle bûche dans le poêle à bois.

— Vide : ni eau ni personnel, répondit le rédacteur en chef. L'eau est arrivée jusqu'à la porte d'entrée et un peu à l'intérieur, mais pas plus loin. J'ai envoyé tout le monde dans les environs, histoire qu'ils s'informent de l'étendue des dégâts. Quelqu'un a parlé de sandwichs au bacon ?

— Ça me semble une judicieuse idée, ajouta Mike.

— Ils arrivent, leur lança Amber, qui attrapa l'avant-dernière miche de pain pour commencer à en beurrer des tranches.

— Au moins, la pluie s'est arrêtée, constata Mike.

Elle jeta un coup d'œil par la fenêtre et vit que le vent était également tombé.

La boutique se remplit rapidement de clients qui tous racontèrent leurs histoires d'horreur liées à l'inondation. Amber travailla d'arrache-pied pour s'assurer que chacun avait quelque chose à manger et, avec l'aide de grand-mère Tilly, une boisson chaude.

La plupart des villageois, qui avaient dû couper l'électricité à cause de la menace d'inondation, cherchaient à recharger leurs téléphones portables.

— C'est la première fois que je me réchauffe depuis le début de la matinée, déclara une femme, les mains tendues devant le poêle.

Quelques personnes, assises sur le banc, discutaient et buvaient des boissons chaudes.

— J'avais entendu parler du tracteur, mais je pensais qu'on se moquait de moi, s'esclaffa quelqu'un.

Amber et Josh échangèrent un petit sourire avant de continuer à s'activer.

D'autres clients achetèrent une grande quantité de produits de nettoyage et les bottes en caoutchouc se vendirent elles aussi rapidement.

Josh constitua également une pile de balais, de gants en caoutchouc et de sacs poubelles, qui furent très vite écoulés.

— Notre maison a été inondée pendant la nuit, indiqua une femme qu'Amber ne connaissait pas. Je ne sais pas par où commencer. On ne peut pas prendre de petit déjeuner parce que l'électricité est coupée.

Elle observait la boutique et, en particulier, le tracteur d'un air farouche, puis elle jeta un coup d'œil aux deux jeunes enfants qui l'accompagnaient.

Amber avisa leurs visages blêmes et fatigués.

— Ça vous dirait, un bon chocolat chaud et une tartine ? proposa-t-elle aux petits. Et on pourrait offrir un café à maman, non ?

La femme soupira de soulagement.

— Merci beaucoup. Je ne sais pas quoi faire.

— Mangez et buvez quelque chose et vous vous sentirez mieux, lui conseilla Amber.

— Qui veut me donner un coup de main pour le chocolat chaud ? demande grand-mère Tilly en entraînant les enfants derrière le comptoir.

— Waouh, ça sent bon ! s'exclama un autre inconnu en entrant.

— Un sandwich au bacon et un café ? proposa Amber avec un sourire.

— Je n'ai pas mon portefeuille sur moi, répondit-il en tapotant son pantalon. Je vais le chercher.

— Ce n'est pas grave, l'arrêta Josh. C'est gratuit aujourd'hui, messieurs-dames.

L'homme sourit avec reconnaissance.

— Génial. Merci beaucoup. Je suis encore complètement déboussolé. (Il regarda autour de lui.) Je ne sais pas par où commencer pour tout remettre en état.

— Nous avons des tas de gants en caoutchouc, annonça Josh en prenant une boîte à proximité. Vous n'aurez sans doute pas envie de fouiller à mains nues dans cette eau dégoûtante. Ce n'est pas hygiénique. Vous avez pris des photos de tout ce qui s'est passé ? Marqué l'endroit où l'eau est montée pour les assurances ?

L'homme secoua la tête.

— La batterie de mon téléphone est à plat.

— Rapportez-le ici pour le mettre à charger pendant qu'Amber vous prépare un sandwich au bacon. Je me suis renseigné sur Internet. Il faut prendre des notes et des photos de tout.

— OK, fit l'homme en hochant la tête. Merci. Je vais récupérer mon téléphone et je reviens.

— Quelqu'un a dit qu'on pouvait recharger son téléphone ? s'enquit une femme qui venait d'entrer.

Josh pointa une prise murale.

— Au fond, ici. Je vais chercher une rallonge, ajouta-t-il à l'intention d'Amber.

— On a des Post-it ici, indiqua-t-elle, se rappelant les avoir vus sous la caisse à un moment donné. Je vais m'en servir pour noter quel téléphone est à qui.

— Génial !

Et Josh s'élança vers l'arrière-boutique.

Un peu plus tard dans la matinée, les gens commencèrent à venir s'approvisionner en produits de première nécessité : couches, sacs-poubelle et matériel de nettoyage, ainsi que des biscuits et tout ce qu'ils pouvaient manger pendant qu'ils entreprenaient de nettoyer leur maison dévastée.

Amber, qui s'était à peine assise de la matinée, se sentit faiblir à l'heure du déjeuner.

— Ça va ? demanda Josh, pendant une brève minute où ils se retrouvèrent seuls dans le magasin.

Sur l'insistance de Josh, grand-mère Tilly était montée se reposer une demi-heure à l'étage, car elle aussi commençait à fatiguer.

— Ça va, répondit Amber. Je suis juste un peu lasse. Mais au moins, on a un lit chaud pour ce soir. Certains des villageois ont tout perdu. (Elle fronça les sourcils, se rappelant subitement quelque chose.) Tu as vu Stanley aujourd'hui ?

Josh secoua la tête.

— Je suis sûr qu'il est occupé.

Mais Amber était soudain très inquiète.

— Il vient toujours ici. Toujours. À 9 h 30 pétantes.

Ils se regardèrent, puis jetèrent un coup d'œil à la pendule. Il était presque midi.

— Tu restes ici à tenir le fort, lui dit-il. Je vais voir s'il est debout.

— Bonjour, lança Del le chelou en déboulant sur ces entrefaites. J'ai entendu dire qu'on proposait des sandwichs au bacon gratuits, ici ?

— Il faudra peut-être attendre. Tu connais Stanley ? le sonda Josh. Le vieux monsieur qui vient au pub tous les mercredis pour sa pinte ?

— Bien sûr, dit Del, c'était le directeur de mon école. Pourquoi ? Qu'est-ce qu'il y a ?

— On ne l'a pas vu alors qu'il vient tous les jours sans faute.

Del fronça les sourcils.

— Il habite sur Larch Avenue. D'après ce que j'ai entendu, la situation est assez critique là-bas. Je ne sais pas qui s'est chargé de jeter un œil à cette rue, la nuit dernière. Allez, viens.

Josh enfila sa veste et suivit Del.

Amber faisait les cent pas, tantôt beurrant du pain sans enthousiasme, tantôt remplissant la machine à café pendant qu'elle attendait des nouvelles.

Enfin, après une demi-heure d'attente anxieuse, elle vit Del gravir les marches de la véranda à toute allure et ouvrir la porte d'entrée.

— On l'a trouvé ! lança-t-il, haletant d'avoir couru tout le long du trajet. Il était coincé à l'étage de sa maison. Son rez-de-chaussée est inondé. Josh vient chercher le bateau pour qu'on le fasse sortir de là.

— Il n'est pas blessé, j'espère ? demanda Amber.

— Juste un peu secoué. Josh voulait que je te prévienne, poursuivit Del, mais je ferais mieux d'y retourner.

Après son départ, Amber poussa un petit soupir de soulagement, puis se ressaisit lorsqu'une nouvelle personne entra dans la boutique.

— Bonjour, dit la femme en s'approchant du comptoir, un sac à la main. Je m'appelle Lesley et j'habite dans le coin. Écoutez, j'ai préparé ces montagnes de pâtisseries pour une foire qui a été annulée. Mais ce n'est pas grave. J'ai entendu dire que tout le monde venait ici, alors j'ai pensé que vous pourriez les distribuer aux familles qui en ont besoin.

— Comme c'est gentil ! s'exclama Amber en regardant à l'intérieur du sac. Vos pâtisseries sont superbes !

Il y avait de nombreux cupcakes décorés et des gâteaux aux fruits, tous joliment emballés.

— C'est le moins que je puisse faire.

Grand-mère Tilly redescendit peu après le départ de la femme.

— Comment ça se passe ?

— Regarde, lui dit Amber.

Elle disposa les gâteaux tout en racontant à grand-mère Tilly la gentillesse de l'inconnue.

— Tout le monde veut aider, constata la vieille dame.

Amber leva les yeux, car Josh rentrait justement.

— Comment va Stanley ? demanda-t-elle.

Il se laissa tomber sur une caisse près du feu.

— Il a froid. Et il est un peu effrayé, je pense. Il avait vaguement perdu ses repères dans l'obscurité et ne trouvait plus son téléphone pour appeler quelqu'un. Il va rester au pub jusqu'à ce que sa maison soit remise en état.

Mais lorsque Josh se leva, il se rassit presque aussitôt, livide.

— Tu as l'air épuisé, constata Amber.

— Tiens, mange un morceau, ordonna grand-mère Tilly. Je vais te préparer une tasse de thé.

Il regarda le sandwich qu'elle venait de lui tendre, un peu hébété.

— Mange, répéta-t-elle doucement. Tu te sentiras mieux.

Le sandwich et le thé parurent le ramener légèrement à la vie.

— Merci, dit-il une fois qu'il eut avalé sa boisson jusqu'à la dernière goutte. J'en avais bien besoin.

— Tu m'étonnes, s'exclama-t-elle. Tu dois être épuisé.

La lumière chaude du feu soulignait la fatigue de son visage que couvrait un début de barbe.

Josh fit le tour du magasin.

— On dirait bien qu'on s'est fait délester d'une bonne partie de notre stock.

Amber opina.

— Les gens avaient besoin de matériel de nettoyage. Et beaucoup ont aussi promis de revenir.

Il hocha la tête d'un air pensif.

— Eh bien, ça aura peut-être été une bonne chose. S'ils reviennent… (Il se leva et s'étira en bâillant.) Je ferais mieux d'aller chercher du contreplaqué. Certaines personnes vont devoir condamner leur porte de derrière.

Grand-mère Tilly emporta sa tasse dans la réserve pour la rincer.

Alors que Josh se dirigeait lui aussi vers l'arrière-boutique, il s'arrêta et se retourna.

— Tu t'es vraiment bien débrouillée aujourd'hui. Tu as été incroyable, en fait. Le café et les sandwichs, c'était une excellente idée. Ça a vraiment aidé les gens. Tu es quelqu'un de bien, Amber.

Elle rougit et détourna son attention. Mais elle s'aperçut qu'il lui tenait tout à coup le menton et le lui relevait doucement, pour qu'elle plonge ses yeux dans les siens. Et soudain, il fouilla son visage avec plus d'attention.

— Je suis sincère. Tu es incroyable.

Il y eut un long silence pendant lequel ils restèrent à se dévorer du regard. Incapable de détourner les yeux, Amber eut brusquement envie de l'embrasser.

Puis il secoua la tête, comme pour se réveiller, et lui lâcha le menton. Avec un sourire, il la laissa seule dans la boutique. L'instant était passé trop vite.

— Qu'est-ce qu'il y a ? s'enquit grand-mère Tilly qui revenait.

— Rien, s'empressa-t-elle de répondre. Je suis juste un peu dépassée, je crois.

— Tu sais pourquoi ? demanda la vieille dame, qui tendit la main pour serrer celle d'Amber.

Celle-ci secoua la tête.

— Parce que tu es aussi une habitante du village maintenant.

Amber sourit et acquiesça : c'était vrai. Peut-être avait-elle enfin trouvé un endroit où elle se sentait chez elle.

35

Lorsqu'on se fut assuré de l'état de Stanley, Josh le laissa au pub pour retourner au magasin.

— Comment va-t-il ? questionna Amber.

Josh s'enfonça dans le fauteuil près du feu.

— Ça va. Il est plus secoué qu'autre chose.

— Pauvre Stanley, lâcha grand-mère Tilly. Mais cette maison devenait trop grande pour lui. Je lui ai dit qu'un pavillon, c'était beaucoup plus facile. Moi-même, je retournerai chez moi, tout à l'heure.

— Tu es sûre ? s'informa Josh.

Sa grand-mère lui sourit et lui tapota l'épaule.

— Il ne risque plus d'y avoir d'inondations, maintenant. Et je crois que cet escalier m'a bien confirmé que mon petit pavillon était fait pour moi. Je vais aller faire ma valise.

— Je te raccompagne, lança-t-il.

Mais quand sa grand-mère fut remontée à l'étage, il se rendit compte, en se levant, que ses jambes tremblaient.

— Tu m'as l'air épuisé, constata Amber. Je vais te préparer une autre tasse de thé. Et c'est moi qui raccompagnerai grand-mère Tilly chez elle.

Le thé le ramena un peu à la vie.

À la lumière chaude du feu, il vit qu'Amber aussi avait l'air fatigué. Mais il était vraiment impressionné par la façon dont elle avait géré la crise.

Il y eut un long silence, au cours duquel ils restèrent à nouveau à se regarder.

Incapable de détourner les yeux, Josh eut soudain envie de l'embrasser, comme il l'avait fait la nuit précédente.

Il s'apprêtait à se pencher sur ses lèvres lorsque son téléphone sonna. Il sourit en découvrant qui l'appelait.

— C'est maman, dit-il à Amber, avant de traverser le magasin pour sortir et trouver un endroit où la réception était meilleure. Bonjour. Désolé, maman. Je comptais t'appeler tout à l'heure.

Il traversa la véranda avant de gagner Riverside Lane.

— Pas de problème, répondit-elle. Denise a eu des nouvelles par Amber, donc nous savions que vous alliez tous bien.

— Il y a une sacrée pagaille dans le village, tu sais.

En entendant sa voix se briser, il comprit qu'il avait vraiment étouffé sa détresse jusqu'à cet instant.

— J'ai entendu dire ça, mon chéri. (Elle poussa un lourd soupir.) Ce que je plains ces gens !

— On fait ce qu'on peut…

Il avait sous les yeux la rue jonchée de boues et de détritus.

— Je n'ai aucun doute là-dessus. Tu es quelqu'un de bien, mon fils. Je me suis inquiétée pour toi toute la journée. J'aurais détesté qu'il t'arrive quoi que ce soit, sachant à quel point tu es malheureux.

— Maman…, commença-t-il, mais elle ne l'écoutait pas.

— Écoute, le coupa-t-elle. C'était le magasin de mes parents, puis il a été à nous. Mais ça n'a jamais été ton rêve. Le tien était ailleurs. (Il l'entendit prendre une grande inspiration.) Il est peut-être temps de renoncer. D'abandonner le magasin, je veux dire. Je te promets que je ne serai pas contrariée. Je veux juste que tu sois heureux.

— D'accord, mais maintenant, à toi de m'écouter, répliqua-t-il. Je sais que j'ai été malheureux et que j'ai voulu partir. Depuis, quelque chose a changé. Je pense que je pourrais faire quelque chose de bien ici. Construire ma vie à Cranbridge.

En prononçant ces mots à haute voix pour la première fois, il comprit au fond de lui qu'il ne demandait pas mieux que de rester. Il voulait appartenir à une communauté où l'on s'entraidait dans les pires moments. Si l'inondation du village avait eu un effet positif, c'était de lui avoir montré qu'il aimait faire partie d'une équipe. Dont tous les membres étaient dans le même bateau.

Il entendit sa mère sangloter au bout du fil.

— Je ne veux pas te forcer à faire quelque chose contre ton gré.

— En fait, je pense vraiment vouloir rester, maman. J'aime le magasin. C'est ma maison, tout comme le village. J'ai des amis ici.

Il y eut une pause, pendant laquelle sa mère étouffa ce qu'il supposait être des larmes.

— Si tu es sûr de toi, lâcha-t-elle finalement d'une voix tremblante.

— Je suis sûr.

— Tu ne peux pas y arriver tout seul, murmura-t-elle. Tu vas avoir besoin d'aide.

Il acquiesça et sourit en se retournant pour observer *Cranbridge Stores*.

— Je connais la personne à qui demander cette aide, lui affirma-t-il en regardant Amber par-delà la vitrine.

36

Après avoir parlé à sa mère, Josh se sentait prêt à affronter l'après-midi.

En fait, bien qu'il n'ait dormi que quelques heures la nuit précédente, il était impatient de s'y mettre. La situation était terrible, mais de nouveaux clients étaient venus à la boutique. Elle avait été transformée et, malgré ses réserves concernant le projet d'Amber, en particulier le tracteur, tout le monde s'était montré très enthousiaste.

Il fallait juste faire en sorte que les habitants du village continuent à venir une fois que la vie serait revenue à la normale. Mais comment ?

Amber et lui se tenaient au milieu de la boutique, à moitié vidée de ses marchandises tant les clients avaient été nombreux.

— La première chose à faire est de se réapprovisionner, déclara-t-il.

Amber acquiesça.

— Je suis sûre que d'autres personnes devront revenir pour racheter de quoi nettoyer leur maison. Tout est sens dessus dessous.

— Bien. Enfin, non, évidemment, se reprit-il rapidement. Je ne veux pas profiter du malheur de qui que ce soit, mais s'ils peuvent acheter tout ce dont ils ont besoin chez nous, peut-être qu'ils reviendront ensuite.

— Attention. On dirait que tu te soucies du sort de cette boutique après tout.

Il la regarda. Comment s'était-elle débrouillée pour si bien le connaître en si peu de temps ? Il sourit pour lui-même.

— Qu'est-ce qu'il y a de si drôle ? demanda-t-elle.

— Moi. Depuis le temps que j'ai hâte de partir d'ici. Que je me répète qu'on devait tous aller de l'avant. Pourtant, la nuit dernière, alors que l'eau montait, j'ai ressenti… je ne sais pas… de la terreur à l'idée de tout perdre.

— Mais c'est bien. Ça veut dire que tu t'intéresses vraiment au magasin.

— Je pense que oui. Je suis juste un peu surpris, c'est tout.

— Pas moi, répliqua-t-elle.

Intrigué, il la dévisagea.

— Ce magasin est spécial. Parce qu'en fait, il est très important pour beaucoup de gens, et pas seulement pour ta famille. Des gens comme Stanley. À mon avis, certains jours, on est les seules personnes à qui il parle. Et c'est la même chose pour quelques autres. Je me suis rendu compte qu'on peut se sentir seul ailleurs que dans une grande ville, dans un village comme Cranbridge, par exemple.

Josh acquiesça.

— On ferait mieux de se réapprovisionner rapidement.

— J'ai noté plusieurs choses dont on aurait besoin…

Elle se retourna pour étudier la liste qu'elle avait posée sur le comptoir.

Lorsqu'elle se pencha, sa longue queue-de-cheval passa sur le côté, révélant sa nuque. Josh brûla soudain de presser ses lèvres sur la peau pâle, à la racine de ses cheveux.

Peut-être vaudrait-il mieux qu'il s'occupe et se tienne loin d'elle pour le reste de la journée.

En attendant, il la rejoignit à la caisse et consulta la liste.

— On a encore des conserves dans l'arrière-boutique, ainsi que du matériel de nettoyage. Ça devrait nous permettre de tenir, même si on a une affluence semblable cet après-midi.

— Mais pas en ce qui concerne le lait et le pain. On a presque tout vendu.

Josh fronça les sourcils.

— La route pour aller chez le grossiste est complètement coupée. Tout comme la route d'Aldwych. Je pourrais probablement faire tout le tour, mais on parle d'une trentaine de kilomètres pour y arriver.

— Si les routes ne sont pas bloquées par des arbres.

Josh acquiesça, juste au moment où la cloche sonnait, les avertissant de l'arrivée d'un autre client.

— Bonjour, claironna Tom, qui déboulait avec sa tasse. C'est toujours la folie là-bas. Je n'ai même pas eu le temps de prendre un dernier verre hier soir. Je crois que mon corps fait un choc septique.

— Et les environs du village, ça se présente comment ? demanda Josh.

Tom poussa un soupir et secoua la tête.

— La rivière a un peu baissé. Mais c'est terrible en aval. Catastrophique pour les pauvres gens qui ont tout perdu. On est sur le point d'aller jeter un œil là-bas. À supposer qu'on puisse y arriver, bien sûr. Il y a tellement de routes bloquées que je ne sais pas si on pourra aller plus loin que le village voisin. À ce propos, il ne vous reste plus des gâteaux faits maison ? Molly nous en avait rapporté et c'est ce qu'on a mangé à midi.

Amber secoua la tête.

— Désolée, ça a vraiment eu beaucoup de succès.

— Ça ne m'étonne pas, fit Tom, manifestement déçu. C'est chouette d'avoir des plats faits maison… Tout ce que je mange ces jours-ci, c'est soit de la nourriture lyophilisée, soit passée au micro-ondes.

Josh et lui consultèrent ensuite une carte sur son téléphone, pour supputer quelles routes seraient ouvertes.

Après avoir payé son café, Tom repartit.

— On aura besoin de lait si la demande en café augmente, indiqua Amber en brandissant une bouteille à moitié vide. C'est la dernière.

Josh examina de nouveau son téléphone et fit un zoom pour jeter un coup d'œil aux fermes qui entouraient le village.

— Je me demande…, dit-il en réfléchissant à voix haute.

Il leva les yeux. Amber était en train de l'observer.

— Donc, les gâteaux ont eu beaucoup de succès ? s'informa-t-il.

— Énormément, confirma-t-elle.

Josh se mit à faire les cent pas, cherchant à préciser ce qui lui trottait dans la tête.

— Ils étaient frais, n'est-ce pas ?

— Ils avaient l'air délicieux. Je n'ai même pas eu l'occasion d'en goûter un.

— Donc les gens ont apprécié parce que…

Il s'interrompit, espérant qu'Amber allait l'aider.

— Parce que c'était bon ? suggéra-t-elle. Fait maison ? Fabriqué par quelqu'un de la région avec qui ils avaient des liens ?

— Bingo ! s'écria Josh en opinant. C'est ça !

— OK, dit-elle lentement. Donc, il nous faut plus de gâteaux ? C'est ce que tu veux dire ?

Il arrêta ses déambulations et la prit par les épaules.

— Pourquoi tu as tellement détesté les courses chez le grossiste ?

Elle rougit.

— Oh, eh bien, c'est juste que je me sentais un peu, je ne sais pas, comme dans un entrepôt. Il n'y avait rien de personnel.

— Exactement, dit-il en lui serrant les bras, tant il était enthousiaste.

— Euh, aïe! s'écria-t-elle en grimaçant.

Il la relâcha aussitôt.

— Désolé. Mais je crois qu'on a mis le doigt sur notre argument de vente.

Amber se frotta les épaules.

— Il va falloir que tu m'expliques. Je n'ai pas beaucoup dormi ces dernières vingt-quatre heures.

— Fait maison. D'origine locale. Pas de production de masse. Tu me suis ?

— Oui, répondit-elle, même si elle n'avait toujours pas l'air convaincue.

— Qu'est-ce qu'il y a ? L'idée ne te plaît pas ?

Il l'aurait cru enthousiaste à l'idée de son projet.

— Bien sûr que si, se reprit-elle. C'est juste qu'on est entourés d'eau. Où tu vas trouver ce genre de choses quand tout est inondé ?

Il sortit son téléphone portable et lui indiqua la carte.

— Regarde le nombre de fermes dans les environs. Il y a des producteurs de lait et de fruits et légumes. On pourrait s'approvisionner en produit frais là-bas, pour aujourd'hui, et se préoccuper de produits faits maison plus tard.

— Je peux demander aux clients qui viennent s'ils connaissent des producteurs locaux, proposa-t-elle.

— Génial ! (Josh sentait l'excitation le gagner.) On tient un truc. Je le sens !

Elle s'esclaffa.

— De quoi tu parles ?

— De sauver le magasin. Je pense qu'on peut y arriver.

Amber se mordit la lèvre.

— Tu veux dire, malgré le tracteur en plein milieu ?

— J'adore le tracteur, répliqua-t-il en la prenant dans ses bras pour la faire tournoyer. Le tracteur reste ! Tu marches avec moi ?

Il la reposa et elle le regarda, stupéfaite. Pourtant, il y avait des étincelles dans ses yeux marron.

— Je pense que oui, lâcha-t-elle.

— Génial ! Bon. Tu réapprovisionnes les rayons avec ce qui nous reste et je sors voir ce que je peux trouver. (Il s'arrêta soudain et lui sourit.) Je savais que le tracteur était une bonne idée !

Il s'esquiva par l'arrière du magasin, juste à temps pour voir un rouleau d'essuie-tout le manquer de peu.

37

Bien qu'il vive plus ou moins dans la région depuis vingt ans, c'était la première fois que Josh se rendait en voiture dans l'une des fermes du coin. Mais il appréciait tant l'expérience qu'il fredonnait même en écoutant la radio. Il était optimiste concernant la suite des opérations, malgré la chute de plusieurs arbres, dont un sur la route menant à la ferme Tully, la première sur sa liste.

Il n'eut cependant pas besoin d'aller jusqu'à la ferme, car il tomba sur Joe Tully qui utilisait son tracteur pour déplacer un tronc géant tombé en travers du chemin.

— Bonjour, lança Josh en sortant de sa camionnette.

— Bonjour, répondit Joe.

Ils s'étaient rencontrés plusieurs fois au pub, où ils avaient discuté football et météo. Mais ils n'avaient jamais trop abordé la question du travail.

— Besoin d'un coup de main ? demanda Josh.

— J'ai terminé, merci, répliqua Joe. Comment se porte le village ?

— Il a survécu, commenta Josh. Certaines maisons ont été inondées. La cave du pub a été sous l'eau. Mais heureusement, le magasin a été épargné.

— C'est déjà ça, convint Joe. Qu'est-ce que je peux faire pour toi ?

— Eh bien, la route d'Aldwych est toujours bloquée, dit Josh. Ça va prendre quelques jours pour que l'eau redescende, d'après ce qui se dit.

— Oui, confirma Joe. C'est comme ça que ça se passe, en règle générale. Je n'ai pas vu d'inondation pareille depuis longtemps, remarque. (Il regarda les champs au-delà.) C'est la pagaille là-bas. On a dû rentrer le bétail parce qu'il n'y a plus d'herbe à manger, seulement de la boue.

Josh acquiesça et observa autour de lui. Toute l'herbe des champs avait disparu sous une couche brunâtre.

— Ça va être difficile pour tout le monde, déclara-t-il. Et on manque de tout. Comme tu peux l'imaginer, la situation est très mauvaise au village. Le problème, c'est que les gens ont besoin de provisions. De lait en particulier. Ils nous ont dévalisés ce matin. Je me demandais donc s'il te restait du stock qu'on pourrait t'acheter.

Joe eut l'air surpris, mais content.

— Il se trouve qu'une de nos livraisons n'a pas pu sortir, donc oui, j'ai du lait en réserve.

— Tout ce que tu pourras nous fournir sera le bienvenu, précisa Josh en souriant.

Ils se rendirent alors dans l'une des étables, où Joe lui montra les bouteilles de lait réfrigérées.

— Si tout se passe bien, je me demandais si tu serais intéressé par un arrangement permanent, déclara Josh. Je veux vendre davantage de produits locaux et je ne pourrais rien trouver de plus local que ta ferme.

Joe s'illumina.

— L'idée me paraît bonne, lâcha-t-il en jetant un coup d'œil au réfrigérateur qui se trouvait à proximité. Je vais te dire, j'essaie de produire du fromage. Seulement du cheddar, rien d'extraordinaire, mais on cherche à se diversifier pour avoir des rentrées d'argent supplémentaires. Tu sais à quel point les temps sont durs.

— Du fromage, quel qu'il soit, ce serait super aussi, indiqua Josh.

— Tu peux en goûter un morceau, si ça te tente.

Constatant l'enthousiasme de Joe, Josh prit la tranche de fromage qu'il lui offrait et planta les dents dedans.

— Délicieux, commenta-t-il. Puissant mais doux.

Il s'était préparé à mentir un peu, au cas où le cheddar serait fade, mais le fromage avait un goût incroyable.

— On a commencé à le vendre en ligne, malheureusement, il est encore un peu jeune, admit Joe.

— Je t'en prendrais bien une caisse, si c'est possible, proposa Josh.

Le visage de Joe s'illumina d'un nouveau sourire.

— Évidemment que c'est possible.

Josh attendit donc que le fermier coupe et emballe le cheddar en morceaux de différentes tailles.

— Tu sais, reprit celui-ci en aidant Josh à charger les produits dans sa camionnette, si tu envisages de faire appel à des fermes locales, Mark Tonks, sur Cedar Lane, envisage lui aussi de vendre en ligne. Son bœuf est le meilleur que j'aie jamais mangé. Ça vaut peut-être la peine de lui rendre visite.

— L'idée me paraît bonne, dit Josh en lui serrant la main. Merci pour le tuyau. Je te tiens au courant.

De fait, les conseils de Joe se révélèrent fructueux. Mark, l'éleveur de bovins, avait à disposition des steaks et des paquets de viande hachée qu'il put donner à Josh, qui rangea les cartons à l'arrière de sa camionnette.

— C'est génial, lui lança-t-il avant de redémarrer. Je te tiens au courant.

Chaque producteur serait payé après la vente de ses produits. Josh n'en revenait pas, mais la confiance qui régnait entre les gens de la région était stupéfiante. Et on avait l'impression que tout le monde était dans le même bateau, car Mark lui conseilla à son tour un éleveur de porcs dans le village d'à côté, qui ne faisait pas seulement du bacon mais aussi des saucisses maison.

Finalement, la camionnette de Josh était pleine à craquer lorsqu'il regagna enfin la boutique, en fin d'après-midi.

— Qu'est-ce que c'était que tout ça ? demanda Amber en le voyant transporter plusieurs caisses.

— Des produits frais et locaux : lait, fromage, bacon, saucisses et bœuf, énuméra-t-il en posant un cageot sur le comptoir entre eux.

— Waouh ! s'exclama Amber pendant qu'elle passait les produits en revue.

Et elle n'était pas la seule à s'y intéresser. Quelques clients, qui flânaient sans rien prendre dans les rayons, achetèrent immédiatement du lait et de la viande. En début de soirée, Josh dut déballer d'autres marchandises locales, tant la demande était forte.

La ruée se poursuivit jusque tard, avant que le magasin ne redevienne enfin calme.

— Quelle journée, déclara-t-il en s'asseyant sur une caisse près du feu.

— Tu ne vas pas croire les rentrées d'argent qu'on a faites, lâcha Amber, plantée à côté de lui, souriante.

En effet, il ne se souvenait pas d'avoir vu la caisse aussi remplie depuis longtemps, voire jamais. Heureusement qu'il avait mis en place le système de paiement par carte, quelques jours plus tôt. Plus que jamais, il fallait que les clients puissent choisir comment ils entendaient régler leurs courses.

— Tout le monde adore les produits locaux, poursuivit Amber. On a eu d'excellents retours. Tous positifs. Oh, et quelques personnes nous ont demandé des pommes de terre et des fruits. Personne ne peut sortir du village et je pense que les habitants sont un peu à court.

— J'ai une idée pour trouver des producteurs de fruits et légumes demain, lui annonça-t-il.

— Bien, dit-elle, visiblement satisfaite. Et j'ai aussi ma petite idée.

— Ah oui ?

Il haussa les sourcils, intrigué.

— Tu te souviens de mon projet initial pour le magasin ? Avec le tracteur ?

Il se mit à rire.

— Comment pourrais-je l'oublier ?

— Tais-toi, murmura-t-elle.

Il aimait vraiment la faire rougir…

— Tu as sans doute oublié, reprit-elle. Mais dans mon projet, j'avais placé un certain nombre de cageots autour du tracteur.

— Dans quel but ? demanda-t-il.

— Fruits et légumes, répondit-elle en souriant.

Bien que fatigué, il fit l'effort de regarder vers le tracteur rouge et essaya d'imaginer l'aspect qu'il offrirait.

— Je pense que ça pourrait vraiment marcher, continua-t-elle. Ils n'ont pas besoin d'être au réfrigérateur et j'ai trouvé tout un tas d'ardoises noires et de peinture dans l'arrière-boutique. On pourrait écrire les prix dessus. Un peu de tissu vichy. Peut-être des citrouilles. Rustique, mais que ça reste dans l'air du temps, si ça te convient ? Ça ressemblerait presque à un stand de marché.

Elle le regardait avec anxiété, comme si elle s'attendait à un refus catégorique de sa part. Au lieu de cela, il acquiesça.

— J'aime bien l'idée. Je vais devoir porter une casquette de fermier ?

— Ce serait assorti à ton vieux blouson de cuir, lui dit-elle.

— Je te signale que c'était celui de mon père, répliqua-t-il en remontant la fermeture Éclair. Une pièce unique.

— Comme le tracteur ?

— Bon, on va considérer que c'est toi, la patronne. Plus ou moins.

Josh se rendit compte qu'il souriait en s'adossant à la cheminée avant de fermer les yeux.

— Qu'en penses-tu ? l'entendit-il demander.

— Ça m'a l'air génial. Continue, m'dame.

Il garda les yeux fermés, tout en esquissant une parodie de salut militaire.

Il s'assit et se reposa au son des allées et venues d'Amber dans la boutique. Il la connaissait si bien qu'il savait ce qu'elle était en train de faire : elle commençait déjà à trier les cageots. Mais cela ne le dérangeait pas. Il avait confiance en son goût et en son sens de la décoration.

Elle avait enfin commencé à prendre un peu confiance en elle et c'était beau de la voir s'épanouir.

Ouvrant brièvement les yeux, il la vit effectuer une petite danse de la joie avant de se précipiter dans l'arrière-boutique pour récupérer d'autres décorations. Josh les referma et sourit.

38

Le lendemain matin, l'aube était radieuse et ensoleillée, ce qui, Amber s'en rendit compte, parut remonter le moral général.

— Les gens ne sont-ils pas gentils ? lança Glenda, la pasteure, en entrant dans le magasin. Nous avons sollicité des dons pour ceux qui ont beaucoup perdu dans les inondations et nous avons été submergés !

— Tout cela grâce à votre *Cranbridge Times*, renchérit Tom, venu chercher son troisième café de la journée. Molly a également appelé la radio locale pour faire passer le message.

— Génial ! s'exclama Amber en se penchant pour caresser Noah, le labrador, qui s'était assis devant le comptoir de la caisse.

— Qu'est-ce qu'il te faut ? demanda Josh.

— Oh ! Tout ce qui peut être donné, indiqua Glenda. Des couches, du dentifrice, de la nourriture pour chiens, un peu n'importe quoi, on a besoin de tout !

— Je déposerai quelques cartons à l'église plus tard, promit Josh.

— Merci infiniment, dit Glenda, en examinant soudain attentivement les cageots qui entouraient maintenant le tracteur. C'est nouveau ? Je ne me souviens pas de les avoir déjà vus.

— Le tracteur est vieux, commenta Josh en lançant un clin d'œil à Amber. Mais les produits sont frais et locaux. Très locaux. Dans un rayon de quinze kilomètres autour du village.

Ce matin-là, Josh s'était précipité sur les routes et n'avait pas tardé à revenir avec une camionnette remplie de fruits et de légumes frais provenant des fermes locales. Pommes de terre, carottes et panais se bousculaient aux côtés des pommes et des poires dont Amber avait rempli chaque cageot. Elle devait bien admettre que le résultat était absolument parfait.

— Super ! s'exalta Glenda en attrapant l'un des sacs en papier pour le remplir de pommes. Je vois que je vais venir ici plus souvent !

Elle ne fut pas la seule cliente enthousiaste à annoncer qu'elle reviendrait. Quand d'autres villageois vinrent chercher des boissons chaudes, des sacs poubelles et tout ce qui était nécessaire à leur grand nettoyage, ils remarquèrent eux aussi la nouvelle offre de viande et de légumes.

Amber ne fut pas surprise de constater que les produits locaux remportaient un franc succès auprès de tous ceux qui entraient dans le magasin. Les uns comme les autres étaient à court de provision et, faute de pouvoir se rendre à l'immense supermarché encore inaccessible à cause des inondations, chacun se précipitait au magasin pour tenter de remplir ses placards.

Josh dut par conséquent repartir se fournir dans toutes les fermes locales.

Il avait l'air beaucoup plus heureux, se dit Amber en le voyant regarnir le réfrigérateur tout en sifflotant. C'était un homme complètement différent. Elle n'était pas sûre de pouvoir mettre le doigt sur ce qui avait changé, mais il semblait beaucoup plus détendu ces deux derniers jours.

Elle était aussi secrètement ravie que son idée pour les fruits et légumes ait fonctionné. Elle avait disposé tous les cageots autour du tracteur, à des hauteurs différentes. Là où les caisses étaient cassées ou un peu sales, elle les avait recouvertes à l'aide du coupon de vichy qu'elle avait déniché. Après quoi, elle avait empilé les cageots en disposant astucieusement les légumes à l'intérieur, puis elle y avait fixé une petite ardoise noire indiquant le prix. La touche finale avait été apportée par des feuilles sèches et des guirlandes lumineuses, ainsi que quelques citrouilles pour faire bonne mesure, sur le capot du tracteur.

— Pas d'emballage en plastique non plus, constata une cliente avec un signe de tête approbateur. C'est très important pour l'empreinte carbone.

Amber opina, comme si tel avait été son projet dès le départ. Mais, oui, elle supposait que cela permettait aussi de réduire les déchets. D'autant que la plupart des clients apportaient de toute façon leurs propres sacs. Pour ceux qui n'en avaient pas, elle avait eu l'idée d'utiliser les sacs en papier kraft que Josh avait trouvés. Il avait semblé ravi de constater qu'on leur trouvait un usage.

Elle avait également veillé à ce que le mot « local » soit utilisé le plus souvent possible, afin que chacun comprenne d'où provenait sa nourriture.

Elle fut particulièrement heureuse de voir Stanley entrer dans le magasin à son heure habituelle.

— Vous voilà de retour, constata Amber. Comment allez-vous ?

Elle hésita d'abord à le serrer dans ses bras. Finalement, elle céda à son impulsion et lui donna une brève accolade.

— C'est d'autant plus agréable de vous voir, ma chère, répondit-il en regardant la boutique, les yeux écarquillés. Vous avez été très occupée pendant que j'étais retenu ailleurs.

— Ça vous plaît ? insista Amber.

Stanley acquiesça.

— Vous avez de belles pommes, à ce que je vois.

— Produites localement, indiqua Josh avec fierté.

— Et nous avons aussi de la viande et des produits laitiers du coin, ajouta Amber. Asseyez-vous, je vais vous préparer un café, si ça vous dit.

— Merci, ma belle.

Pendant que Stanley buvait, ils l'informèrent de tous les efforts entrepris par le village pour se relever après les inondations.

— J'ai entendu dire que tu allais déménager dans l'un des pavillons, commenta Josh.

— Un coup de chance incroyable ! D'ici la fin de la semaine prochaine, apparemment. Mon ancienne maison va me manquer, mais pas son escalier, je dois bien le reconnaître. N'empêche que Belle s'occupe merveilleusement bien de moi au pub en attendant. (Il avait les larmes aux yeux en regardant Josh.) Et je dois te remercier d'être venu voir ce que je devenais.

— C'est à cela que servent les voisins.

— Les bons voisins, nuança Stanley d'un ton ferme. Je te suis très reconnaissant de ta gentillesse. J'espère que tu me laisseras t'offrir un verre dans un avenir proche.

— Bien sûr.

Après avoir terminé son café, leur vieil ami remettait son chapeau et son écharpe, prêt à partir, lorsque la sonnette de la porte d'entrée retentit, annonçant l'arrivée d'un client. Frank, le propriétaire du journal.

— Stanley ! Comment va ? lança-t-il. J'ai appris qu'on avait dû venir à ton secours.

— Oh, ce n'était rien, dit Stanley. Juste un peu d'agitation, vu mon âge avancé. C'est agréable de tomber sur toi comme ça. Je ne t'ai pas vu depuis des semaines.

— On est comme deux bateaux qui se croisent dans la nuit, répliqua Frank.

— Un peu rouillés sur les bords après toute cette pluie, plaisanta Stanley.

— Tu es pressé ? s'enquit le propriétaire du journal. Je me suis dit que j'allais m'offrir l'un de ces cafés dont tout le monde parle.

— Je vais reprendre une tasse, de thé cette fois, dit Stanley. On pourra siroter nos boissons sur les bancs de dehors, là où Amber a installé de jolis coussins bien confortables, histoire que les clients puissent discuter.

— OK, c'est moi qui offre, approuva Frank. Mais si Arsenal bat Chelsea ce soir, c'est toi qui régales, demain.

— Ça marche, répondit Stanley avec un sourire.

Quelques minutes plus tard, les vieux messieurs étaient assis sur le banc dehors, à boire leurs boissons chaudes en refaisant le monde.

— J'ai l'impression qu'ils ne sont pas près de repartir, commenta Josh.

— Ce n'est pas grave. Regarde comme ils ont l'air heureux. Et puis, c'est une publicité ambulante pour nos boissons à emporter, non ? ajouta-t-elle en souriant.

Josh s'esclaffa et s'éloigna.

Amber prit conscience qu'elle se sentait beaucoup plus forte qu'elle ne l'avait été jusqu'à présent. Malgré l'horreur des inondations, elle avait su gérer la situation et ils s'en étaient sortis. Elle avait dû se présenter à des inconnus qui avaient été victimes de l'inondation et leur parler. Après tout, leurs problèmes étaient bien plus graves que les siens. Elle prenait de plus en plus confiance en elle. Et la sensation était agréable.

— Salut ! lança Molly en entrant dans le magasin. Vous avez des biscuits ou un produit miracle pour soulager la gueule de bois de Tom ?

— On devrait probablement penser à des pâtisseries ou quelque chose dans le genre, glissa Amber à Josh.

Il acquiesça.

— Il faudrait trouver un boulanger-pâtissier dans les environs. Je vais y réfléchir. En attendant, je vais juste déposer cette caisse à l'église pour le fonds de donations.

Alors qu'il s'éloignait, Molly attrapa l'une des dernières boîtes de biscuits Jammie Dodgers.

— Je devrai m'en contenter, conclut-elle en la posant sur le comptoir. Il est comme un lion en cage, ce matin, avec sa migraine.

— Pourquoi est-ce qu'il boit autant ? demanda Amber.

Molly jeta un coup d'œil par-dessus son épaule, mais la boutique était déserte, si l'on exceptait Josh qui se trouvait complètement à l'autre bout.

— Sa femme l'a quitté il y a environ six mois, chuchota-t-elle. Il a le cœur brisé. Ça va quand il est occupé, mais je pense qu'il a du mal une fois que tout le monde est rentré chez soi. Donc je ne suis pas sûre que le fait de vivre au-dessus du pub soit une bonne chose pour lui.

— Certainement pas pour son foie, convint Amber en hochant la tête.

La cloche signala l'arrivée d'un autre client au moment où Molly, qui avait fini de payer, se retournait pour partir.

— Bonjour, lança-t-elle joyeusement à la femme qui s'approchait. Je ne savais pas que tu venais faire tes courses ici.

— Il faut une première fois à tout, rétorqua la femme aux cheveux bruns.

— Alors laisse-moi te présenter Amber, dit Molly en se tournant vers elle avec un sourire. Voici Kate Hooper, l'une de nos journalistes.

— Journaliste senior, tint à préciser la femme en souriant.

Le sourire d'Amber se figea lorsqu'elle assimila le nom de la femme. Kate Hooper ? Le diminutif de Catherine Hooper ?

Une observation attentive du visage de l'inconnue lui confirma ses craintes. Elle avait face à elle la pire des harceleuses de son école.

39

Kate Hooper regardait Amber d'un œil critique, la tête inclinée sur le côté.

— Nous sommes-nous déjà rencontrées ? Votre nom me dit quelque chose, dit-elle en s'approchant du comptoir.

— Je… Je…, balbutia Amber.

Elle était complètement abasourdie. Toutes ces années de commentaires dépréciateurs et de rires sarcastiques ressurgissaient dans son esprit. Les moqueries et les railleries cruelles. Tout lui revenait en mémoire et elle se sentait si oppressée qu'elle se crut sur le point de vomir.

Kate se tourna vers Molly.

— Est-ce qu'elle est muette ? Je ne connais pas la langue des signes.

— Non, répondit Molly en se tournant vers Amber, inquiète. Ça va ? Tu es devenue très pâle. Ce doit être le manque de sommeil. On a tous été débordés ces derniers jours.

Mais Amber sentait encore le regard brûlant de Kate. Elle ravala sa nausée et fixa le sol avant de trouver les mots.

— St Winifred's, bafouilla-t-elle. La classe de Mme Cole.

Kate la contempla un instant, puis :

— Oh ! L'école ! Pour être honnête, j'avais complètement oublié cet endroit. Bien sûr, j'ai quitté la région dès que j'ai pu. Ce n'est qu'une délocalisation temporaire.

Molly fronça les sourcils.

— En fait, je crois que Tom est bien décidé à rester ici. Il aime beaucoup le village.

— C'est bien le seul, ironisa Kate avant de se retourner vers Amber. Tu étais l'une des plus calmes, non ? Je crois que je m'en souviens. Tu avais toujours la tête dans un livre.

Amber opina, encore incapable de parler de peur de vomir.

— Je t'aurais plutôt vue dans une bibliothèque, mais c'est assez agréable ici, je suppose. (Elle parcourut la boutique du regard, examinant les lieux avec une attention scrupuleuse.) Donc tu es commerçante maintenant ?

Amber secoua la tête.

— Ce n'est pas mon magasin, marmonna-t-elle.

— Ah, tu es juste employée ? C'est adorable, comme endroit, lâcha Kate sur un ton condescendant. Tu dois déjà être heureuse d'avoir plus ou moins un emploi. Parce que tu as toujours eu beaucoup de mal à l'école, non ?

Amber sentit la rage l'envahir. Elle était sur le point de rétorquer à Kate qu'elle avait travaillé à Londres et à New York, mais Josh arriva sur ces entrefaites et les mots lui manquèrent.

— Bonjour, dit Kate avec un sourire éclatant. Vous êtes en train de déambuler dans les rayons ou vous comptez ensuite vous rendre dans un endroit plus sophistiqué ?

Josh tressaillit, surpris de son côté aguicheur, mais se contenta de sourire.

— Si cet endroit manque de sophistication, c'est à moi que vous devez adresser vos reproches, puisque c'est moi qui en suis le propriétaire.

— Vous ? répéta Kate, qui n'était plus que sourire et douceur. J'étais justement en train de dire que je trouvais l'endroit adorable.

Alors qu'elle continuait à flirter et à rire de façon extravagante à une autre boutade de Josh, Molly se pencha pour chuchoter à Amber :

— Tu es sûre que ça va ?

Elle secoua la tête en guise de réponse, incapable de trouver les mots.

— J'emmène Amber faire un tour une seconde, annonça Molly à la cantonade. J'ai besoin de lui demander son avis sur quelque chose. À tout de suite !

Puis elle attrapa la main de son amie et l'entraîna dans la véranda, non sans passer devant Josh et Kate, qui discutaient encore. Après quoi, elle lui fit rapidement descendre les marches et longer Riverside Lane jusqu'à l'un des bancs au bord de la rivière. Elle s'assit et obligea Amber à prendre place à côté d'elle pour la soumettre à un examen attentif.

— Qu'est-ce qui se passe ? Qu'est-ce qui ne va pas ?

Amber essuyait les larmes qui s'étaient soudain formées dans ses yeux. Elle ne s'était même pas rendu compte qu'elle se tordait les mains jusqu'à ce que celle de Molly vienne se poser sur les siennes.

— Doucement, lui conseilla-t-elle d'un ton calme. Respire profondément.

— Salut, tout va bien ? lança Belle qui traversait le pont dans leur direction. Je vous ai vues toutes les deux sortir précipitamment du magasin. Amber est malade ?

— Je ne crois pas, répondit Molly, toujours inquiète.

Elles dévisagèrent toutes deux leur amie une fois de plus, mais celle-ci resta muette. Le silence semblait être son mode de défense par défaut. Elle se retirait en elle-même à l'instant où on la critiquait ou qu'on l'intimidait. Comme un escargot que l'on aurait taquiné avec un bâton, elle se réfugiait dans sa coquille et y restait jusqu'à ce qu'elle se sente en sécurité.

Belle s'accroupit devant elle.

— Qu'est-ce qu'il y a ? insista-t-elle. Dis-moi ce qui s'est passé.

— On était en train de discuter tranquillement, expliqua Molly. Puis Kate, notre journaliste, est entrée dans le magasin et Amber a soudain eu l'air malade.

— Pas la peine d'aller plus loin, gémit Belle. Ta collègue a fait une remarque de garce qui a bouleversé Amber.

Molly acquiesça.

— Tu sais comment elle est. Mais, attends, je crois qu'elles sont allées à l'école ensemble. Je me trompe ?

Amber secoua la tête, sentant les yeux de Belle se planter sur le sommet de son crâne alors qu'elle-même fixait la berge herbeuse sous ses baskets.

Il y eut un bref silence jusqu'à ce que Belle prenne la parole, avec cette fois-ci plus de douceur qu'elle ne l'avait jamais fait.

— C'était horrible ? À l'école, je veux dire ?

Amber acquiesça à nouveau.

— Oh, mince ! s'écria-t-elle. Les filles peuvent être de vraies pestes. J'ai toujours eu ma meilleure amie pour veiller sur moi. C'était une grande gueule, alors je me cachais derrière elle. Et maintenant encore… (Elle exerça une petite pression sur sa main, qu'elle n'avait pas lâchée, et leva les yeux au ciel.) Tu peux imaginer ce qu'on entend quand on porte un prénom comme Belle à l'école.

— J'ai adoré *La Belle et la Bête*, moi, protesta Molly en souriant.

— Oui, mais mon *happy end* à moi, il s'est plutôt apparenté à un cauchemar glaçant, dit Belle.

— Pourquoi ? demanda Molly.

— Je te raconterai ça une autre fois, quand on aura des litres et des litres de gin à boire, répliqua la jeune serveuse d'un ton vif.

Belle dégageait une certaine tristesse : bien que très amicale, elle demeurait un livre fermé. Se sentait-elle vraiment seule derrière cette façade forte et cynique ?

— Alors, comment va-t-on faire face à Kate ? demanda Molly, qui était repassée au chuchotement. Tu pourrais lui dire ses quatre vérités.

Amber secoua énergiquement la tête.

— Impossible, murmura-t-elle. Je ne peux pas l'affronter. Même après tout ce temps. Je sais que ce n'est pas grand-chose à l'échelle de l'univers. Des tas de gens ont perdu tous leurs biens dans les inondations. C'est juste que quand je l'ai vue, j'ai eu l'impression d'avoir à nouveau treize ans.

Et toute la peine et le chagrin étaient revenus aussi, pensa-t-elle.

— On a beaucoup déménagé quand j'étais jeune, ajouta Amber. Beaucoup d'écoles différentes. C'était dur de ne pas avoir d'amis.

— Les enfants savent se montrer durs, convint Belle.

Le sourire d'Amber était crispé, mais elle hocha la tête en signe d'assentiment.

— En même tamps que j'ai perdu mon emploi à New York, mes parents ont soudain pris une retraite anticipée en Nouvelle-Zélande et je suis toujours à la recherche d'un endroit où me sentir chez moi.

— C'est l'endroit idéal, ici, affirma Belle en opinant après réflexion. Maintenant, passons à l'autre problème. Cette garce de Kate. Pour autant que je sache, il n'y a que deux possibilités. La première, c'est de la pousser dans la rivière. (Molly gloussa et même Amber réussit à sourire.) Ou alors, on peut l'empoisonner avec la cuisine de tante Angie, ce qui, soyons honnêtes, n'est pas vraiment inenvisageable.

Belle leur adressa un sourire victorieux.

Amber réussit à rire un peu, exprimant une émotion qui libéra enfin ses larmes.

— Là, tout va bien, dit Molly en l'étreignant. On est là pour toi.

— Sur tous les plans, confirma Belle qui exerça une petite pression sur son genou.

— Merci, bredouilla Amber, quand elle put enfin parler à nouveau.

— C'est à ça que servent les amis, lui confia Molly.

— Et je sais que j'en aurais bien besoin d'une ou deux dans le coin, déclara Belle. Vous êtes les deux seules filles de mon âge que je connaisse dans le village.

— Moi aussi, avoua Amber.

— Et moi pareil, ajouta Molly en lui pressant une nouvelle fois la main.

Ainsi, pour la première fois de sa vie, Amber découvrit qu'elle avait des amis. Et ce constat la rendit un peu plus forte.

***

Le reste de l'après-midi s'écoula dans un flot d'activité, dont Amber fut ravie. Mais chaque fois que la cloche du magasin retentissait, elle sursautait. Elle se rendit compte qu'elle n'arrêtait pas de jeter des coups d'œil nerveux à la porte d'entrée, principalement de peur que Kate ne revienne.

— Ça va ? lui demanda Josh plus tard dans la journée. Tu as été un peu silencieuse ces dernières heures.

C'était vrai, elle s'en apercevait. L'atmosphère détendue et agréable qui régnait entre eux avait volé en éclats dès l'instant où Kate était revenue dans sa vie. Comme si cela avait suffi à éradiquer toute sa confiance et qu'elle était redevenue la fille timide qui se cachait derrière un livre.

— Je suis juste fatiguée, répondit-elle en se forçant à sourire.

— Ça ne m'étonne pas, déclara-t-il. Ces journées ont été folles. Peut-être que tu devrais prendre un jour de repos.

— C'est bon. Je vais me coucher tôt ce soir et dormir un peu.

Il hocha la tête d'un air pensif.

— Bien.

Mais non, elle le savait. Leurs discussions détendues, leurs moments volés lui manquaient.

C'était peut-être mieux ainsi. Peut-être qu'en partant, elle aurait moins mal si elle gardait dorénavant ses distances.

Le problème, c'était qu'elle était tombée amoureuse de Josh, elle le savait. Mais il n'avait plus esquissé le moindre geste depuis la nuit de l'inondation où ils s'étaient embrassés. Peut-être le regrettait-il.

Elle s'était probablement ridiculisée, malgré ce que Molly et Belle avaient affirmé. Cranbridge n'était pas chez elle. Et la boutique n'était pas vraiment la sienne, après tout. Il était temps de partir. Elle attendrait le retour de Cathy et s'envolerait, comme elle l'avait prévu à l'origine, pour aller s'installer chez ses parents en Nouvelle-Zélande.

Elle essayait de rester forte. Mais elle savait au fond d'elle que quitter Josh et le village de Cranbridge sous peu allait être d'une difficulté qu'elle n'avait encore jamais connue.

40

La rivière se retirait lentement pour reprendre son cours normal. Cependant, comme elle était toujours en crue, tous avaient un œil en permanence sur les prévisions météorologiques. Josh était souvent dehors pour aider à la grande opération de nettoyage. Les routes devaient être dégagées et nettoyées au jet ; les arbres coupés et enlevés des chemins et des routes ; les clôtures remises en place. Mais grâce à la collaboration de tous, le travail progressait rapidement.

Enfin, l'électricité fut jugée suffisamment sûre pour être rétablie dans les maisons inondées et les familles quittèrent le pub pour regagner leurs maisons. Elles avaient toutes perdu beaucoup, mais grâce aux dons, qui occupaient la quasi-totalité de la surface de la petite église, ces gens avaient au moins des biens de première nécessité à emporter chez eux pour reprendre leur vie.

Josh avait commencé à s'aventurer dans d'autres fermes qui produisaient de la viande et des légumes locaux. Des œufs de la région étaient désormais en vente dans le magasin, de même que le fromage et le lait de fermes environnantes.

— C'est merveilleux, commenta une cliente en réglant ses achats. C'est tellement agréable d'avoir tout cela à notre porte. Je ne m'en serais même pas doutée.

— Merci, dit-il. C'est bon à savoir. Tout le monde semble apprécier le nouvel agencement du magasin.

— La nourriture est excellente aussi. Et savoir que c'est local, ça fait une grande différence.

La femme rangea ses achats dans les sacs qu'elle avait apportés.

— Ce n'est pas difficile quand on est entouré de fermes d'une telle qualité, expliqua-t-il.

— Eh bien, c'est ici que je ferai toutes mes courses pour le repas de Noël. Et j'en profiterai pour faire passer une partie des plats pour mes propres réalisations, ajouta-t-elle avec un clin d'œil.

— Je ne dirai rien à personne, promit-il.

Lorsqu'elle fut partie, le sourire de Josh s'estompa un peu et il plongea dans ses pensées. On était presque à la mi-novembre. Noël approchait à grands pas et il devait planifier ce qu'il espérait être des ventes exceptionnelles.

— J'avais peur que vous soyez chers, déclara un autre client.

Josh secoua la tête.

— Nous pratiquons simplement le juste prix de bons produits locaux.

Le client acquiesça.

— C'est une bonne idée. J'espère que votre boutique restera ouverte.

Une fois que le client eut quitté le magasin, Josh soupira.

— Moi aussi, lâcha-t-il. Je viens d'apprendre qu'ils ont enfin rouvert la route d'Aldwych.

Amber leva les yeux au ciel en entendant l'inquiétude dans sa voix.

— Je suis sûre que ça va aller.

Il était bien moins catégorique.

Malgré le récent bond des ventes, il se sentait malheureux. Il avait constaté qu'Amber n'était pas non plus au mieux de sa forme. Elle lui répétait qu'elle était simplement fatiguée, mais peut-être était-il allé trop loin en se rapprochant d'elle. Ils s'étaient embrassés la nuit de l'inondation. Peut-être l'avait-il poussée à bout alors qu'il aurait dû la laisser tranquille. Ce comportement l'amenait à se sentir coupable, surtout quand c'était grâce à elle qu'ils avaient accompli tant de choses dans le magasin. Mais surtout, leur complicité lui manquait. Leurs petites conversations et son rire si doux.

Kate, la journaliste, l'avait invité à prendre un verre. Mais les efforts de flirt qu'elle avait déployés n'avaient servi à rien. Malgré les charmes évidents de cette femme, il n'avait de place que pour une seule dans sa vie. Amber s'était glissée dans son cœur au moment où il s'y attendait le moins. Et il n'avait aucune idée de ce qu'il devait faire, d'autant moins qu'elle avait précautionneusement mentionné la veille qu'elle allait enfin réservé son vol de départ. Elle n'attendait plus que la confirmation de sa mère pour savoir quand elle partirait.

Il brûlait de l'embrasser à nouveau. Mais ce ne serait juste ni pour l'un ni pour l'autre. Elle allait passer à autre chose, quitter le pays et vivre avec ses parents en Nouvelle-Zélande. Lui resterait, et puis quoi ?

L'idée de gérer la boutique sans Amber à ses côtés ne le réjouissait guère. Comment la décorerait-il au fil des saisons ? Il n'avait assurément pas son sens du détail ni son talent pour le design. Il aurait beau poursuivre tous leurs projets, ils lui sembleraient bien inutiles. À cela venait s'ajouter le fait que, malgré l'augmentation de la clientèle locale, leurs comptes restaient déficitaires.

— Le problème, c'est que la clientèle a un peu reflué depuis que la route d'Aldwych est à nouveau ouverte, déclara-t-il ce soir-là au pub. Bon, les habitants ont été formidables, mais ce n'est qu'un petit village.

— Je vois ce que tu veux dire, convint Mike, en s'accoudant de l'autre côté du bar pour balayer du regard son pub désert.

— Tu penses que si tu devenais l'un de ces pubs artisanaux, cela pourrait aider ? demanda Tom, en prenant une frite et en leur montrant à quel point elle était molle.

— On a essayé, dit Mike. Mais ma bourgeoise ne veut pas en entendre parler. Elle dit que l'important, c'est de servir une bonne cuisine familiale.

Tom reposa sa fourchette, visiblement dégoûté par sa nourriture à moitié mangée.

— Je suis d'accord, lâcha-t-il. Dites-moi où je peux en trouver une et j'arrive tout de suite.

— J'imagine qu'on pourrait toujours acheter des plats déjà prêts et les passer au micro-ondes, déclara Mike.

— Ça promet ! fit Tom en levant les yeux au ciel. Et moi qui croyais que le fait maison devait justement être fait maison.

Josh écoutait la conversation d'une oreille distraite. Cela vaudrait-il la peine d'offrir plus de plats préparés au magasin ? Il y avait quelque temps, Amber avait parlé des gens fatigués par leurs trajets liés au travail. Y avait-il un marché à explorer ? Le problème, c'était que cette offre pouvait très bien ne faire aucune différence, de toute façon.

— Ça va bien ? demanda Tom en l'observant.

Josh soupira.

— Que la nourriture soit bonne ou non, ce n'est pas ça qui suffira à faire passer la porte aux clients.

— Et ils sont tous repartis dans l'autre sens, maintenant que la route vers la ville est de nouveau ouverte, supposa Tom.

Josh opina.

— Exactement. Tout le monde retournera au supermarché, point final. Et on ne peut pas compter sur une clientèle de passage, à Cranbridge.

Tom acquiesça pensivement, mais resta silencieux.

Sur le tabouret de bar le plus proche, Del le chelou sursauta.

— Vous savez quoi, il y a peut-être une idée à creuser, là. Je vais réfléchir.

Josh échangea un regard puis un haussement d'épaules avec Tom. Il n'avait aucune idée de ce dont Del parlait, mais il était peu probable que cela change quoi que ce soit à la situation. Ce fut ce qu'il expliqua à son frère au téléphone lorsqu'ils se parlèrent plus tard dans la semaine.

— Écoute, tu as fait de ton mieux, dit Pete. Tu t'es occupé de maman et du magasin ces deux dernières années. Mais tu ne trouves pas qu'il serait temps de t'occuper de toi, maintenant ?

— Tu as encore lu le *Cosmopolitan* de maman ? ironisa Josh.

— Ha, ha. Très drôle. Écoute, maman m'a beaucoup parlé quand elle était ici. Elle est tout à fait d'accord pour renoncer au magasin maintenant.

Josh s'étrangla.

— Sérieux ?

— À mon avis, tu seras surpris lorsqu'elle reviendra de Nouvelle-Zélande. Elle ne veut plus être liée à la boutique. Ce n'était pas rien, pour elle, de partir à l'étranger. Et cette pause lui a fait du bien. Elle a des projets pour l'avenir, qui n'incluent plus la gestion du magasin.

— Mais c'était aussi le rêve de papa, objecta Josh.

— Oui, exactement, convint Pete. C'était le rêve de papa, pas le tien, ni le mien, ni celui de maman. (Il marqua une pause.) Écoute, réfléchis-y. Tu pourrais obtenir un visa et venir me rejoindre. Tu trouveras un travail sans problème. Surtout avec tes talents de vendeur. Tu pourrais rester avec moi pendant un certain temps jusqu'à ce que tu aies pris tes repères.

Josh fronça les sourcils.

— On dirait que tu as bien réfléchi à la question.

— J'en ai parlé avec maman, comme je te l'ai dit. Elle sait que tu n'es pas très heureux, toi non plus. Il n'y a pas de honte à dire que ça n'a pas marché. Papa ne voudrait pas que tu gâches ta vie à Cranbridge.

Mais lorsqu'il raccrocha d'avec son frère, Josh se sentit envahi par le doute. Non, il était certain que son père ne voudrait pas qu'il soit malheureux. Mais il n'était plus aussi malheureux qu'avant. Il commençait à se sentir chez lui au village, avec ses amis. Le magasin connaissait des difficultés financières, mais l'espoir s'était fait jour, dernièrement, que leur sort finisse peut-être par changer. La boutique avait fière allure. Il avait enfin trouvé le type d'entreprise qu'il voulait diriger.

Et puis, il y avait Amber.

Sauf qu'elle envisageait de partir bientôt. Alors, peut-être qu'il devrait faire de même.

41

Un matin, Amber venait de placer la dernière livraison de pommes de terre dans la caisse prévue à cet effet à côté du tracteur, lorsque la cloche au-dessus de la porte tinta.

Elle leva la tête devant une dame tenant un grand carton.

— Bonjour, dit-elle à Amber. Je ne sais pas si vous vous souvenez de moi.

Elle se creusa rapidement la cervelle.

— Vous êtes Lesley. Vous avez fait don de tous vos beaux gâteaux juste après la tempête.

— C'est ça, convint la femme en souriant. Quel beau souvenir ! J'espère que vous ne trouverez pas ça déplacé, mais j'en ai fait d'autres, destinés à une grande fête qui vient d'être annulée et maintenant, je suis coincée avec. Il y a des gâteaux au citron, de la génoise Victoria et du gâteau aux cerises. Tout est fait maison. Je ne voudrais pas qu'ils se perdent, donc je me demandais si vous seriez d'accord pour essayer de les vendre dans votre magasin ? Avec une part du bénéfice pour vous, bien sûr.

Amber adressa un regard à Josh, qui s'approcha et poursuivit la conversation avec Lesley. Ils se mirent d'accord sur la commission de chacun pendant qu'Amber exposait les pâtisseries près du comptoir. Ils fixèrent ensuite le prix de vente des gâteaux… Ne restait plus qu'à attendre de voir s'ils se vendaient.

Cela ne prit pas guère de temps. Les gens avaient désespérément envie de se faire plaisir après les inondations et Amber entendit rapidement Josh téléphoner à Lesley pour lui demander si elle serait intéressée par un partenariat plus régulier.

Il s'avéra que cette dame avait un ami pâtissier, si bien qu'une livraison quotidienne de croissants frais et de viennoiseries emplit bientôt la boutique d'un arôme alléchant, en plus des gâteaux faits maison par Lesley.

Quelque temps après, quelqu'un d'autre proposa de la gelée de ronces, joliment présentée dans des bocaux ornés d'un ruban. Tous les ingrédients figuraient sur une petite étiquette en carton.

Jour après jour, le magasin se réapprovisionnait peu à peu en produits artisanaux.

Et chaque jour, Stanley remplissait son sac de courses presque à ras bord.

— C'est merveilleux, leur dit-il. Je voulais de toute façon annuler ma livraison hebdomadaire du supermarché et c'est l'excuse parfaite. Vous avez tout ce dont j'ai besoin.

Il posa ensuite ses achats derrière le comptoir en attendant que Frank le rejoigne pour leur café matinal. Les gens commençaient à considérer le magasin comme un lieu de convivialité et Amber se retrouvait souvent à informer la clientèle des nouvelles concernant la réouverture des routes et même la météo.

En milieu de matinée, elle entendit de l'agitation devant le magasin. Elle s'approcha de la fenêtre et jeta un coup d'œil dehors, quelque peu étonnée de voir au moins vingt dames âgées, attroupées, qui regardaient autour d'elles.

Elle sortit, supposant qu'elles étaient perdues et avaient besoin d'aide.

— Ah ! La voilà ! s'écria Del, qu'elle n'avait pas encore aperçu. Notre sauveuse !

Stationné au coin de la rue, il était en train d'inspecter le moteur de son car, tout en fumant une cigarette.

— Bonjour, lança Amber, un peu gênée. Qu'est-ce qui se passe ?

— L'autocar est tombé en panne, lui cria-t-il. Nous ne sommes en route que depuis une vingtaine de minutes, n'est-ce pas, mesdames ?

Elles hochèrent la tête, désolées et grelottantes.

— Entrez, insista Amber. Vous allez attendre au chaud, à l'intérieur.

La boutique se remplit donc rapidement des passagères de l'autocar et Amber leur offrit une tasse de thé ou de café gratuite, le temps que Del répare son véhicule.

— On dirait que ça va prendre du temps, constata Josh en se frayant un chemin dans la boutique bondée. Il a encore le capot relevé.

— Je pourrais peut-être goûter l'un de ces petits gâteaux pendant que nous attendons, lança l'une des dames. Combien coûtent-ils ?

— Seulement deux livres, répondit Amber. Ils sont fabriqués maison par une habitante du village.

— C'est merveilleux ! s'exclama une autre dame. Vous avez entendu ?

— Et délicieux, commenta celle qui avait acheté le gâteau et parlait déjà la bouche pleine.

— Dixit la présidente du Women's Institute ! déclara la femme particulièrement glamour qui se trouvait en face de la première. N'en prendrions-nous pas toutes une part, mesdames ? Je ne sais pas ce qu'il en est pour vous, mais j'ai besoin d'énergie.

— La faute à ton petit ami qui t'épuise, Rose, lança grand-mère Tilly qui venait de franchir la porte d'entrée.

La femme glamour éclata d'un rire guttural et quelque peu coquin avant d'adresser un clin d'œil à Amber.

— Tilly Kennedy ! Tu vas me faire rougir devant cette gentille personne.

— Tu n'as jamais rougi de ta vie, Rose, répliqua grand-mère Tilly avec un sourire complice.

— Personne ne rougit jamais dans les classes supérieures, ma chère, riposta Rose d'un ton impérieux.

Amber se demanda aussitôt qui était cette Rose, mais elle était trop timide pour poser la question. Heureusement, grand-mère Tilly fit les présentations.

— Voici Rose Harris, sœur du comte de Cranley. Ils habitent à Willow Tree Hall, à quelques kilomètres d'ici.

Amber opina : elle avait déjà entendu quelqu'un mentionner le château.

— Amber, indiqua-t-elle, intimidée.

— Je crois que j'ai rencontré un Sam Harris récemment, intervint Josh, tout près.

— Il s'agit de mon petit-fils, dit Rose, pleine de fierté.

Josh approuva.

— Très sympathique. Nous pensions vendre un peu de votre cidre de Willow Tree Hall dans le magasin.

Rose regarda autour d'elle.

— Quelle excellente idée ! Il se vend très bien. Et il serait tout à fait à sa place ici. C'est un si bel endroit. J'en parlerai à toute ma famille et à tous mes amis. Et vous n'êtes qu'à deux pas de chez nous !

— Nous accueillons bien volontiers toute la clientèle possible, répliqua Josh avec un sourire.

Sur quoi il sortit pour aller voir Del.

— Quel bel homme, commenta Rose avec un autre clin d'œil à l'intention d'Amber. J'aime bien les hommes qui portent un blouson de cuir.

Amber rougit et se retourna pour remplir la machine à café.

Pendant que les dames parcouraient les rayons du magasin, elle sortit afin de se renseigner sur le temps qu'elles allaient encore devoir attendre.

— Qu'est-ce qui se passe, à ton avis ? demanda Josh à Del, maintenant assis sur la dernière marche du car.

— Il manque quelques fusibles, répondit-il.

— Il en manque ? s'étonna-t-il. Tu crois qu'ils sont tombés sur la route ?

— Non, mon pote, chuchota Del, ils sont dans ma poche ! (Josh dévisagea son ami, à présent hilare.) Ben, je savais que vous aviez besoin de clients. Si je parviens à faire traîner les choses assez longtemps, je les inviterai à prendre un verre au pub avant de remonter à bord. Elles auront bien le temps de se promener dans leur jardin du National Trust plus tard.

— Je n'y crois pas.

Josh restait sans voix, fixant Amber avec stupéfaction.

— Tu as fait exprès de tomber en panne ? murmura-t-elle.

— Quelques bouteilles de cidre local ne vous feront pas de mal, affirma Del avec un clin d'œil.

— On ne t'oubliera pas si on fait des bénéfices, s'esclaffa Josh.

Del se leva d'un bond.

— Super, conclut-il. J'essaierai de retomber en panne plus tard dans la semaine. Il faut donner sa chance à cet endroit, pas vrai ?

Alors qu'il s'éloignait, Amber s'aperçut que Josh et elle riaient tous les deux. Pour une fois, le surnom de Del désignait une qualité qui jouait en faveur du magasin.

42

De retour au magasin, Josh annonça à ces dames que le problème du moteur de l'autocar serait résolu sous peu.

— Quel dommage de devoir partir ! se lamenta Rose, qui semblait être la meneuse du groupe. Mais nous reviendrons. Cela fait des années que je ne suis pas venue à Cranbridge. Vous souvenez-vous de la foire de Noël qu'ils organisaient ici dans le temps ?

— Oh oui, ça date, constata grand-mère Tilly en hochant la tête d'un air pensif. Tu n'en étais encore qu'à ton deuxième mari.

Josh fronça les sourcils tout en essayant de se remémorer le passé.

— Je me rappelle que la rue devant le magasin était remplie d'étals et de gens, indiqua-t-il.

— C'est vrai, approuva Rose. C'était toujours très joli. Cela semblait annoncer le début des festivités de Noël, si mes souvenirs sont exacts.

— On va en organiser une cette année, dévoila grand-mère Tilly.

Perplexe, Josh se tourna vers sa grand-mère, l'interrogeant du regard, mais il ne dit rien.

— Avec des stands le long de la rive ? demanda une autre dame.

Grand-mère Tilly acquiesça.

— Tout à fait. Et beaucoup de produits faits maison.

— Vraiment ? C'est merveilleux, s'enthousiasma Rose. Quand aura-t-elle lieu ?

Sa grand-mère regarda Josh, se rendant compte, à l'évidence, qu'elle n'avait pas tout à fait mis au point les détails de son mensonge.

Oh, et puis zut, se dit-il.

— Samedi 4 décembre, annonça-t-il avec un sourire – la première date qui lui vint à l'esprit. Dans deux semaines pile. Tout l'après-midi, jusqu'au soir. Nous allons essayer de récolter des fonds pour les victimes des récentes inondations.

— Voilà, acquiesça grand-mère Tilly.

— Nous répondrons présentes, n'est-ce pas, mesdames ? lança Rose. Nous devons soutenir les villages des environs.

L'approbation fut générale.

— Votre carrosse vous attend, vos seigneuries ! claironna Del, qui venait d'entrer.

Après d'innombrables salutations et au revoir, ces dames s'en furent en emportant leurs nombreux achats, laissant Josh dans la boutique en compagnie d'Amber et de grand-mère Tilly.

— Une foire de Noël ? s'esclaffa-t-il dès qu'ils furent seuls.

— C'était merveilleux autrefois, répliqua sa grand-mère.

— L'idée est géniale, approuva Amber.

La vieille dame attrapa son sac à main.

— Je suis ravie que tu approuves, dit-elle. Tu vas bien t'amuser à l'organiser.

— Moi ? s'étonna Amber, abasourdie.

— Je suis trop vieille pour gérer tout cela, ma chérie. De toute façon, il est l'heure de mon feuilleton de l'après-midi.

Elle quitta la boutique d'un pas plus rapide que Josh ne lui avait jamais vu.

— Qu'est-ce qu'on va faire ? demanda Amber en le regardant.

— Je suis sûr que tout va bien se passer.

— Tu as raison, lâcha-t-elle, visiblement soulagée. Je suis sûre que tu réussiras à mettre au point quelque chose de vraiment bien pour la foire.

Il s'avança d'un pas en secouant la tête.

— Oh non. Tout repose sur toi, mademoiselle Green.

— Sur moi ?! Je ne suis pas capable d'organiser quoi que ce soit d'approchant, voyons !

Il sourit.

— Bien sûr que si. En fait, tu n'as pas le choix, parce que je n'aurai certainement pas le temps !

Amber parut horrifiée.

— Mais…, commença-t-elle avant de s'interrompre.

— Pourquoi la date du samedi 4 décembre me dit quelque chose ? fit Josh qui réfléchissait à voix haute.

— C'est la date à laquelle ta mère prend l'avion pour rentrer, répondit Amber.

— Ah oui, c'est vrai. Elle va adorer qu'une foire de Noël se tienne sur Riverside Lane.

Amber avait l'air plongée dans ses pensées.

— J'en conclus que je vais devoir rester jusqu'à la foire. Bon, je pourrai toujours prendre un avion le lendemain.

Josh eut l'impression de recevoir un coup de poing en plein ventre. Il tendit la main et lui souleva le menton pour qu'elle le regarde en face.

— Tu vas vraiment partir ? murmura-t-il, cherchant à lire la vérité dans ses yeux.

— C'était ce qui était prévu depuis le début, répondit-elle d'une voix douce. Je faisais juste étape ici avant d'aller retrouver mes parents, tu te souviens ?

Il lui relâcha brusquement le menton et plongea ses yeux dans les siens.

— Je pensais que tu te plaisais ici.

— C'est le cas, concéda-t-elle d'une petite voix.

— Je pensais que toi et moi formions une bonne équipe, ajouta-t-il.

— C'est le cas.

Il se passa une main dans les cheveux en essayant de donner un sens à tout ça.

— Mais ta mère va revenir, donc tu n'auras plus besoin de moi, souffla-t-elle.

Josh n'arrivait plus à respirer. Il avait cherché à refouler la perspective du départ effectif d'Amber. Il s'efforça de réfléchir à toute allure.

— Je suis sûr que maman voudra te voir avant que tu ne partes, avança-t-il. Surtout avec tous les changements apportés au magasin.

Amber opina.

— Bien sûr. OK. Dans ce cas, je vais réserver mon vol pour le dimanche.

— D'accord, fit Josh, sous le choc.

— Je ferais mieux de m'y mettre, reprit Amber avec un doux sourire. Il y a une foire de Noël à organiser dans moins de deux semaines.

Après qu'elle se fut éloignée, Josh demeura planté au milieu de la boutique, pour tenter de faire le point sur ses sentiments. Le magasin était rajeuni. Les inondations s'étaient calmées. Même la foire de Noël allait l'aider. Il semblait que Cranbridge prenait un nouveau départ, qu'il y avait enfin de l'espoir dans l'air. Alors pourquoi avait-il l'impression que sa propre vie était en train de partir à vau-l'eau ?

43

Amber tendit la main pour couper une autre branche de houx sur un arbre voisin avant de la laisser tomber sur le grand tas à côté d'elle.

— Du houx et du lierre, naturellement, lança une voix à côté d'elle.

Elle se retourna et découvrit Stanley, emmitouflé dans un gros manteau, avec écharpe, bonnet et gants.

— Je suis heureuse de voir qu'il y en a au moins un de bien habillé, commenta-t-elle en frissonnant. Il fait un froid de canard ! Je n'ai pas sorti mon manteau, car les températures étaient douces ces derniers jours.

— Au moins, vous portez un pull.

Elle baissa les yeux. Son chandail s'était accroché plusieurs fois aux extrémités pointues des feuilles de houx.

— Heureusement que ce n'est pas mon préféré, indiqua-t-elle avec un sourire. Vous êtes sorti pour votre promenade matinale ?

— En fait, je vais prendre le bus pour Aldwych avec Frank. Juste histoire d'aller faire un peu de shopping.

— Vous ne venez pas faire vos emplettes chez nous ? Je suis blessée. Vraiment blessée.

Elle lui adressa toutefois un clin d'œil pour lui montrer qu'elle plaisantait.

Stanley semblait beaucoup plus heureux ces jours-ci. Bien qu'il ait dû quitter sa maison pour s'installer dans un pavillon, il était désormais beaucoup plus occupé, grâce à des tas de sorties avec Frank.

— Ma chère, si je pouvais tout acheter dans votre merveilleux magasin, je le ferais.

Elle lui donna un petit coup de coude.

— Je vous donne l'autorisation d'aller en ville. D'ailleurs, je trouve que c'est bien, cette petite virée à deux.

— Nous considérons que l'union fait la force, en cas d'affluence, expliqua Stanley. Et nous allons aussi nous offrir un petit repas.

— Eh bien, amusez-vous au maximum.

Sur un au revoir, il se dirigea lentement vers l'arrêt de bus. Amber l'observa jusqu'à ce qu'il soit hors de vue, puis se pencha pour ramasser la brassée de branches qu'elle avait coupées.

— J'espère que vous avez laissé des baies pour les oiseaux, lui lança Frank avec un petit signe de la main.

— Bien sûr ! Stanley vient juste de passer. Profitez bien de votre journée.

— Nous n'y manquerons pas, répondit-il. Merci !

C'était indéniablement une belle journée pour être dehors. Elle déposa le houx dans la véranda et se retourna pour admirer la vue. Sous le soleil bas de l'hiver, l'herbe était étincelante et argentée, après un épisode de gel précoce. La rivière, qui avait enfin perdu sa couleur boueuse, était redevenue claire comme le cristal sur son parcours à travers le centre du village.

Les lumières de Noël à New York lui manquaient-elles ? Pas vraiment. Elle se rendit compte qu'il était bien plus agréable de connaître personnellement chaque personne croisée plutôt que de vivre dans le quartier anonyme où elle avait vécu et travaillé pendant tant d'années.

Un couple de voisins la salua en se rendant de l'autre côté de la rivière. Les gens se promenaient plus volontiers dans le village, ces derniers jours. La vie commençait à revenir parmi les ruelles étroites de Cranbridge. De plus en plus de gens s'arrêtaient pour discuter entre eux. Des amitiés se nouaient. Et, avec un peu de chance, une partie de la solitude qui s'était infiltrée dans le village s'éloignerait aussi.

Et pour pallier son manque éventuel de lumières vives, les nombreuses guirlandes lumineuses disposées tout autour du village éclipseraient certainement Manhattan. Sur Riverside Lane, tout était prêt pour la foire de Noël qui aurait lieu ce week-end.

Dans la boutique, tout était scintillant et festif. Il y avait un sapin de Noël décoré dans chaque vitrine, ainsi qu'une nouvelle couronne accrochée à la porte d'entrée. Deux autres petits sapins de Noël flanquaient la porte d'entrée à l'extérieur. Même le tracteur avait du houx et quelques poinsettias sur son siège. La radio diffusait des chants de Noël et l'air était imprégné d'un parfum d'orange, de clou de girofle et de cannelle, grâce aux bougies artisanales qu'elle avait placés sur la cheminée, au-dessus du feu.

Les rayonnages étaient également parés pour Noël. Les pâtés en croûte se bousculaient à côté des puddings et des biscuits décorés. Dans les cageots qui entouraient le tracteur, des légumes de saison étaient prêts à être achetés, et les clients pouvaient passer commande pour des dindes élevées localement dans l'une des fermes voisines et qui pourraient être récupérées la veille de Noël.

Amber eut le souffle coupé en songeant soudain qu'elle ne serait pas à Cranbridge pour Noël. Elle inspira profondément et étouffa ses larmes. Pour l'instant, elle devait se concentrer sur les décorations festives.

Elle venait de disposer le houx qui ornerait le haut des étagères, entrelacé de guirlandes lumineuses, lorsque Josh entra.

— Waouh ! s'exclama-t-il en s'arrêtant brusquement pour observer autour de lui.

— Comment tu trouves ?

Elle redescendit du petit escabeau. Il lui sourit.

— Je trouve que ça commence à ressembler à Noël.

Pendant une seconde, leurs regards se croisèrent et elle retint son souffle. Puis il se détourna.

Amber soupira, rongée de tristesse. La foire de Noël n'était plus que dans trois jours. Mais cela signifiait aussi que son vol pour la Nouvelle-Zélande partait dans quatre. Elle n'arrivait pas à croire que tout soit sur le point de se terminer.

Heureusement, la foire de Noël l'accaparait. Cette idée avait été très bien accueillie par tous les villageois et tout le monde était très enthousiaste à la perspective du week-end à venir.

— On en est déjà à douze stands, annonça-t-elle à grand-mère Tilly, qui était assise sur une chaise près du feu.

La vieille dame venait souvent profiter de sa compagnie pendant qu'elle tricotait.

— Je vais attacher chacune de tes couvertures avec un ruban et les placer dans un grand panier dans le coin, pour qu'elles soient prêtes à être vendues.

— Je tricote aussi vite que je peux. Trois couvertures sont déjà prêtes.

Les aiguilles de la vieille dame volaient pendant que se dévidaient les pelotes de laine rouge sur ses genoux.

— Elles sont ravissantes, commenta Amber, en observant le motif scandinave rouge que Tilly avait choisi. Je suis sûre qu'elles se vendront très vite. Le pub va servir des boissons à l'extérieur. Il y aura aussi tout un tas de stands de nourriture. Et puis beaucoup d'autres choses, comme des couronnes de Noël et même des décorations faites maison.

— Ça va être merveilleux !

Amber opina.

Ce serait en effet merveilleux, si seulement son cœur n'était pas en train de se briser.

Elle avait conscience en permanence que le compte à rebours était lancé. Le temps commençait à manquer.

Cathy prenait l'avion pour rentrer chez elle ce week-end, afin qu'Amber puisse au moins la voir une dernière fois avant son départ. Apparemment, sa marraine avait une grande surprise à leur annoncer à tous les trois. Amber n'avait aucune idée de ce que c'était, mais c'était merveilleux de l'entendre si heureuse au téléphone.

Elle se disait aussi que ses adieux à Josh seraient peut-être plus faciles en présence de Cathy. Car cela allait être la chose la plus difficile qu'elle ait jamais faite.

Elle hésitait presque chaque jour : devait-elle annuler son vol et rester ? Elle aimait Josh. Elle le savait maintenant. Mais il ne lui avait jamais dit ce qu'il ressentait. Peut-être n'était-il pas sur la même longueur d'onde. Peut-être ne le serait-il jamais. Mais elle ne lui avait pas non plus fait part de ses sentiments. Elle n'était pas assez courageuse pour affronter son éventuelle indifférence envers elle. De toute façon, il était trop tard maintenant.

Elle leva les yeux vers la porte d'entrée alors qu'un nouveau groupe de visiteurs arrivait. En fait, depuis la panne délibérée de Del le chelou, plusieurs entreprises de transport locales semblaient connaître des problèmes. Leurs véhicules tombaient en panne presque tous les jours à proximité du magasin.

— Cela va nous coûter tout le bénéfice que nous faisons sur le cidre de Willow Tree Hall si nous devons rémunérer les chauffeurs, chuchota Josh à Amber, tandis qu'ils regardaient un autre groupe de passagers d'autocar gravir les marches menant à leur entrée.

— Quelqu'un va bien finir par deviner, non ? lâcha Amber.

— En tout cas, pas pour l'instant, répondit Josh, avant d'éclater de rire. Il faut bien rendre justice à Del.

— Et lui payer une petite tournée, ajouta Amber, en se remettant à sa liste pour la foire de Noël.

Il y avait tellement de choses auxquelles penser. Elle avait dessiné des affiches qui se trouvaient maintenant exposées aux fenêtres de la plupart des maisons et tout le long de la véranda. On emprunterait des tables et des chaises à l'arrière-salle du pub. Tentes et parapluies seraient quémandés, empruntés ou volés à tous ceux qui en possédaient. Amber priait pour qu'il fasse sec et qu'ils n'en aient pas besoin. Mais la pluie n'était pas sa principale préoccupation. C'était plutôt la neige qui menaçait.

— Je ne pense pas que la neige soit un problème, avait dit grand-mère Tilly un peu plus tôt. De toute façon, ce sera bien plus joli que toute cette boue.

Amber était secrètement d'accord. Elle espérait simplement qu'il ne ferait pas froid au point d'empêcher quiconque de venir à la foire.

Et puis, il y avait la décoration. Son idée d'enrouler des guirlandes lumineuses autour des arbres au bord de la rivière semblait géniale, mais voir Josh, Tom et Del perchés tout en haut de l'échelle lui faisait craindre qu'ils n'atterrissent dans l'eau.

Elle souriait chaque fois qu'elle pensait à sa première rencontre avec Josh, quelques semaines plus tôt, quand ils avaient fini au milieu de la rivière. Il était si en colère, si malheureux… Et maintenant ? Eh bien, la boutique devenait lentement plus rentable. Ils avaient plus de clients que jamais. Il était manifestement heureux que les affaires aient repris. Et elle était ravie pour lui. Cette famille méritait un peu de bonheur. Elle aurait juste aimé être là pour le partager avec eux.

En contradiction totale avec la douleur qui étreignait son cœur, elle avait commencé à prendre confiance en elle. Pour autant qu'elle s'en souvienne, c'était la première fois qu'elle était capable de faire face à des inconnus avec le sourire. Elle avait confiance en ses capacités. Elle vivait enfin la vie pleine qu'elle avait tant désirée. Elle pouvait tout affronter, sauf la perte de Josh. Pourtant, celle-ci était inéluctable.

Une fois la foire de Noël terminée, elle passerait à autre chose. Il serait temps de se tourner vers l'avenir.

Ce n'était pas seulement Josh qui allait lui manquer. Molly et Belle l'avaient emmenée boire quelques verres, la veille au soir, et il y avait eu beaucoup de reniflements et de larmes. Elles s'étaient rapprochées au cours des dernières semaines. Ses nouvelles amies lui manqueraient terriblement. Et les autres villageois aussi. Grand-mère Tilly, bien sûr. Stanley et Frank, qui étaient comme les grands-pères dont elle n'avait jamais su avoir besoin. Tom était drôle. Même Mike et Angie, au pub, lui plaisaient malgré leurs nombreuses disputes. Les habitants de Cranbridge lui avaient volé son cœur. Et même si elle savait que leur vie continuerait après son départ, elle n'était pas sûre de savoir où la sienne allait la mener sans Josh.

***

Si malheureux qu'il soit à la perspective du départ d'Amber, Josh était plutôt optimiste concernant le magasin. *Cranbridge Stores* semblait avoir pris le virage de la rentabilité, en grande partie grâce aux pannes d'autocar qui étaient désormais quotidiennes. L'organisation de la foire de Noël se déroulait bien et permettrait d'attirer de nouveaux fournisseurs. Même sa mère avait appelé pour dire qu'elle rentrait à la maison avec une surprise. Si elle avait été déçue d'apprendre le départ d'Amber, elle ne s'était toutefois pas montrée aussi bouleversée qu'il l'aurait cru.

Ils ne s'étaient pas trop attardés sur le sujet lors de leur conversation téléphonique. Il ne voulait pas gâcher les derniers jours de vacances de sa mère chez sa meilleure amie. De toute façon, elle avait des projets excitants pour l'avenir, apparemment. Qui ne l'impliquaient pas, lui avait-elle assuré.

La vie allait donc aller de l'avant. Il allait aller de l'avant. Mais il n'était pas convaincu de la manière dont il allait s'y prendre.

S'activer l'aidait. En plus des passagers des autocars, le magasin avait connu une augmentation de ses visiteurs, principalement grâce à Tom qui avait publié dans son journal un long éditorial sur l'importance du commerce local. *Cranbridge Stores* avait été fortement mis en avant pour l'esprit de communauté dont ses propriétaires avaient fait preuve pendant et après la tempête.

Amber avait même versé une ou deux larmes en le lisant.

— « Des produits de saison, avait-elle lu à haute voix. Pas de grandes entreprises. Des producteurs locaux pour des clients locaux. Tout cela et un tracteur par-dessus le marché ! » Oh ! C'est génial, Tom, avait-elle dit en se penchant pour lui faire une bise sur la joue. Il faut que j'aille montrer ça à grand-mère Tilly.

Après son départ, Tom s'était tourné vers Josh, qui fronçait les sourcils.

— Détends-toi, lui avait-il dit. C'est juste ma personnalité magnétique avec les femmes. Rien de plus, je te le promets.

Josh savait au fond de lui qu'il faisait confiance à Tom. Il avait confiance en Amber. Simplement, il n'aimait pas l'idée qu'elle embrasse quelqu'un d'autre que lui.

Parfois, il regrettait d'avoir fait ce premier pas. Il l'avait embrassée et, à ce moment-là, cela lui avait semblé la bonne chose à faire. Ce qu'il brûlait de faire depuis une éternité. Il se consumait pour elle, mais le temps qui leur était imparti ensemble arrivait à son terme. Et il n'avait aucun moyen de l'empêcher de partir.

44

Le jour de la foire de Noël s'annonçait lumineux et froid. Une forte gelée recouvrait le sol et faisait scintiller les arbres. La neige prédite n'était pas tombée malgré un ciel quelque peu couvert.

Alors que le soleil d'hiver commençait à descendre dans le ciel, Amber se faufila sur Riverside Lane. D'ordinaire si calme, la rue était désormais très animée. Les tables à tréteaux disparaissaient sous des piles de marchandises.

Le premier étal qu'elle vit était garni de magnifiques boîtes de chocolats artisanaux. Le suivant proposait des bougies de l'avent décorées. Elle avisa également des couronnes de Noël festives faites de houx et d'épicéa, de nombreux cakes aux fruits décorés et de jolies bouteilles de gin artisanal.

Les exposants déambulaient, buvaient leurs boissons chaudes et jetaient un coup d'œil à ce que les autres vendaient.

Se rendant compte qu'elle ferait mieux de retourner au magasin pour aider Josh, Amber se fraya un chemin parmi les centaines de badauds attroupés dans la rue. Elle n'avait jamais vu une telle affluence. Il y avait encore plus de monde qu'elle ne l'avait imaginé et la foire ne faisait que commencer. Elle aurait bien aimé faire un peu de shopping elle-même, mais elle n'avait pu s'approcher des étals, tant les clients se pressaient tout autour.

— Coucou, lança Molly en surgissant devant elle. Waouh ! C'est incroyable !

— Oui, c'est génial. Un vrai succès.

— Tu viendras prendre un verre d'adieu avec Belle et moi, tout à l'heure ? demanda Molly.

— Promis, répondit-elle avec une petite pression sur le bras de son amie. Il faut que je retourne au magasin. On se voit ce soir.

Elle assortit sa promesse d'un sourire, malgré le chagrin que lui causait son départ le lendemain. D'autant qu'elle avait encore d'innombrables adieux à faire. Notamment un en particulier auquel elle essayait de ne pas penser.

Aux abords de *Cranbridge Stores*, elle jeta un coup d'œil de l'autre côté du pont, là où Mike et Angie avaient installé quelques tables pour servir des boissons devant leur pub. Même eux semblaient rire et partager l'esprit festif, sans aucun signe avant-coureur de dispute pour l'instant.

Amber gravit l'escalier et entra dans la boutique. Les clients affluaient là aussi, et pas seulement des habitants du village, mais aussi des gens des environs.

Tous les visiteurs s'extasiaient devant le joli aménagement des lieux et les produits faits maison. Si le tracteur suscita quelques regards surpris, tout le monde approuva.

Sur fond de chants de Noël en sourdine, les conversations et les rires fusaient de toutes parts. La vie était revenue à *Cranbridge Stores*. Pourvu que ce ne soit pas que temporaire… Plus tard dans l'après-midi, Josh vint se planter à côté d'elle.

— Je dois aller voir Mike, lui annonça-t-il. Il a un problème avec une des pompes à bière, apparemment.

— D'accord, à tout à l'heure.

Elle le regarda partir. Ils semblaient condamnés à passer leur dernière journée séparés. Mais peut-être cela lui faciliterait-il la tâche lorsqu'elle devrait lui dire au revoir.

— C'est merveilleux, commenta une cliente en s'approchant du comptoir avec un panier plein. Je déteste les magasins à cette époque de l'année. Mais là, c'est le bonheur. J'ai l'impression d'avoir retrouvé l'esprit de Noël, au lieu d'être prête à tuer et d'avoir la haine au cœur.

— Je vois exactement ce dont vous voulez parler, approuva sa voisine, en prenant un gros morceau de pain d'épices qu'elle déposa dans son panier. C'est tellement plus agréable de faire ses courses ici.

Quelque part dans la foule, grand-mère Tilly distribuait des paniers et aidait les gens à trouver ce qu'ils cherchaient. Lorsqu'il y eut enfin une accalmie et que le magasin se vida un moment, Amber l'encouragea à sortir pour jeter un coup d'œil aux stands de la foire.

— Je ne serai pas longue, promit grand-mère Tilly. Et je guetterai Cathy. Elle a atterri il y a plus de trois heures.

— Elle est probablement coincée dans la foule de la rue. Garde ton portable sur toi et je t'appellerai si elle arrive sans que tu l'aperçoives.

Une fois seule, elle s'empressa de faire le tour du magasin pour regarnir les rayonnages des produits manquants, avant de se redresser lorsque la cloche retentit à nouveau. C'était Brenda, l'une des villageoises dont la maison avait été inondée.

— Bonjour, l'accueillit Amber. Comment allez-vous ?

— C'est génial, répondit Brenda en souriant. Bravo pour toute cette organisation.

— Merci !

Malheureusement, sa bonne humeur disparut aussitôt, car Kate entra dans la boutique.

— Josh est là ? lança la journaliste en guise de salut.

Amber secoua la tête et se surprit à rougir.

Elle avait aperçu plusieurs fois Kate de loin, dans le village, mais elle avait toujours réussi à éviter de lui parler jusqu'à maintenant. Une sensation de malaise trop familière lui serra instantanément le ventre.

— Dommage, lâcha Kate en s'emparant d'un pot de cornichons faits maison avant de le reposer avec dédain.

Amber décida de prendre une profonde inspiration et de s'efforcer de l'ignorer.

— Comment se passe le nettoyage ? demanda-t-elle à Brenda.

L'intéressée leva les yeux au ciel.

— Ça prend tellement de temps rien que pour régler les problèmes d'assurance. Avec un peu de chance, on pourra commander une nouvelle moquette.

— Oh, vous faites partie des personnes qui ont été inondées le mois dernier ? fit Kate en sortant son téléphone et en le collant sous le nez de la femme. Cela vous dérange si je vous pose quelques questions ?

— Eh bien…, balbutia Brenda, l'air mal à l'aise.

— Génial, poursuivit Kate. J'imagine que vous avez été dévastée par le niveau de destruction de votre maison ?

— En fait, on a eu de la chance, répondit Brenda. On n'a eu de l'eau qu'à hauteur de chevilles dans notre maison. Chez nos voisins, ça a été bien pire.

— Qui est responsable, à votre avis ? voulut savoir Kate. Le conseil municipal, pour ne pas avoir mis en place plus de défenses contre les inondations ? Les agriculteurs qui ont arraché leurs haies ?

Brenda jeta un coup d'œil autour d'elle, comme si elle cherchait une échappatoire.

— Ça a juste été la faute à pas de chance, répliqua-t-elle. Il faut vraiment que j'y aille.

— Et quels sont les risques que votre propriété soit à nouveau inondée ? poursuivit Kate. Pourrez-vous à nouveau souscrire une assurance ? Et que se passera-t-il si vous voulez vendre un jour ?

Brenda parut contrariée.

— Je n'y ai pas vraiment réfléchi.

— J'ai lu que les prix de l'immobilier s'effondraient souvent après une inondation, continuait Kate. Avez-vous le sentiment de vous retrouver dans une impasse à présent ? Et est-ce que la banque s'est montrée conciliante ou pas, selon vous ?

Brenda s'éclaircit la gorge.

— Les prix s'effondrent ? répéta-t-elle.

— Oh oui, les propriétés perdent au moins la moitié de leur valeur, à ce qu'on dit. Vous aviez prévu de déménager ? Diriez-vous que votre vie ne sera plus jamais la même ?

Voyant les yeux de Brenda se remplir de larmes, Amber se sentit tellement en colère qu'elle retrouva enfin sa voix.

— Ça suffit ! s'écria-t-elle. Tu ne vois pas que tu bouleverses cette dame ?

— Je suis journaliste, s'indigna Kate en la regardant d'un air hautain. C'est mon rôle de poser des questions difficiles.

— Non, pas dans mon magasin, répliqua Amber. Je pense que tu devrais partir.

Kate eut l'air surprise.

— Dans *ton* magasin ? s'étonna-t-elle.

— Je tiens la caisse, non ? rétorqua Amber, pleine de rage. C'est donc moi qui choisis qui reste et qui s'en va. Tu n'as pas le droit d'embêter qui que ce soit ici. Et d'ailleurs, tu peux abandonner ton petit air ironique concernant mon travail ici. Parce que je suis douée pour le design. J'ai déjà travaillé dans de grands magasins à New York. Et je suis peut-être maintenant que dans cette boutique, mais je l'aime bien. En fait, je l'adore. J'aime Cranbridge. Et j'aime aussi Josh !

Le silence se fit soudain, uniquement troublé par le halètement d'Amber qui luttait pour garder le contrôle.

Elle tressaillit lorsque Kate partit d'un grand éclat de rire et ouvrit la bouche pour parler. Amber se prépara à l'un de ses habituels sarcasmes.

Lequel ne vint jamais.

Alors que Kate s'apprêtait à persifler, son bras fut subitement attrapé par Tom, qui venait de surgir à ses côtés.

— J'ai tout entendu, lâcha-t-il d'une voix pour une fois froide et dure. Y compris la façon dont tu as harcelé ces gentilles dames. Retourne au bureau, fais tes bagages et ne reviens plus. Tu es virée.

Kate dégagea son bras de son emprise.

— De toute façon, je trouverai un travail ailleurs, cracha-t-elle. À Londres. Loin de ce village minable et de ton misérable petit journal.

Sur quoi elle franchit la porte sans se retourner.

— Je ne voulais pas vous causer de problèmes, bredouilla Brenda, qui était restée silencieuse pendant la confrontation.

— Vous n'avez rien fait de mal, la rassura Tom. Je suis désolé si elle vous a contrariée.

— Merci, dit Brenda, en se tournant vers Amber pour lui adresser un sourire larmoyant. Et merci à vous aussi. Il y a tellement de choses que je n'arrive pas à affronter en ce moment.

— Tout va bien. Je vous en prie, ne laissez pas cet incident ternir votre journée. Profitez plutôt de la foire.

— Merci. Je n'y manquerai pas.

Après le départ de Brenda, Amber put enfin abandonner son sourire. Elle s'assit en tremblant sur le tabouret derrière le comptoir.

Voilà, elle l'avait fait. Elle avait enfin tenu tête à Kate. Elle ne se laisserait plus intimider. Elle était forte et indépendante. Il lui suffisait de voir ce que Josh et elle avaient accompli ensemble. Et c'était bien de cela qu'il s'agissait. Ils avaient œuvré ensemble.

Elle se leva soudain et regarda Tom avec stupeur.

— Vas-y, lui dit-il doucement.

Amber opina et se précipita vers la porte d'entrée, où elle manqua de renverser Belle qui s'apprêtait à entrer.

— J'espère que tu es toujours d'accord pour boire un verre ce soir, s'informa son amie.

— J'aimerais que tu gardes un œil sur le magasin, répliqua Amber en passant devant elle sans s'arrêter.

— Eh ! Qu'est-ce qui se passe ?

— Il faut que je voie un homme à propos d'un tracteur, cria Amber par-dessus son épaule.

Elle dévala les marches pour emprunter la rue du plus vite qu'elle pouvait.

45

Le premier problème que rencontra Amber pour trouver Josh, ce fut la foule qui encombrait Riverside Lane.

Elle regarda à travers le flot compact des badauds, mais ne l'aperçut nulle part.

En revanche, elle avisa soudain Cathy, bronzée et souriante, qui s'approchait d'elle, accompagnée de grand-mère Tilly.

— Bonjour ! dit-elle en offrant à Amber l'un des gros câlins dont elle avait le secret.

Momentanément prise au dépourvu, elle ne tarda pas à se laisser envelopper par l'étreinte chaleureuse de sa marraine.

— Bonjour, réussit-elle à bredouiller d'une voix rauque, tout à coup rattrapée par l'émotion des deux dernières semaines.

Cathy recula enfin et la tint à bout de bras.

— Eh ! Qu'est-ce qui se passe ?

Amber balaya une larme qui coulait malgré son sourire.

— Rien, répondit-elle. Je suis juste contente de te voir.

— Si tu réagis comme ça en me voyant, je n'imagine même pas quelle va être ta prochaine réaction, indiqua Cathy en désignant quelqu'un par-dessus son épaule.

Amber se retourna… Stupéfaite, elle découvrit ses parents juste derrière elle.

— Maman ! s'écria-t-elle, abasourdie. Papa ! Qu'est-ce que vous faites ici ?

— Tu nous manquais trop, affirma sa mère en se précipitant pour la serrer dans ses bras.

Amber resta sous le choc pendant tout le temps que dura leur embrassade.

— Mais j'allais prendre l'avion pour vous rejoindre demain, objecta-t-elle, une fois qu'elle eut retrouvé sa voix.

— Je sais, admit son père d'un air coupable. J'ai dit à ta mère qu'on aurait dû te prévenir.

— On a juste pensé que ça te ferait une chouette surprise, reprit sa mère.

— Je ne comprends pas, balbutia Amber, complètement perdue.

« Surprise », c'était un euphémisme.

— Notre petite aventure n'a pas tout à fait fonctionné, déclara son père.

— Pourquoi ça ne m'étonne pas ? murmura Amber.

Sa mère soupira.

— La vérité, ma chérie, c'est que notre maison nous manquait trop. La Nouvelle-Zélande, c'est un pays merveilleux, mais ce n'est pas l'Angleterre. Ton père se languissait de son jardin. Ma Cathy me manquait. Lorsqu'elle est arrivée chez nous, on s'est rendu compte de tout ce qu'on avait abandonné.

Amber s'efforçait d'assimiler les informations.

— Donc vous revenez vivre en Angleterre ?

— C'est ça, la surprise, révéla Cathy. Ils viennent vivre au village.

— Parfois, les rêves ne sont pas tout à fait ce que l'on imagine, hein ? déclara son père.

— En effet, convint Amber. Vraiment pas.

— N'est-ce pas merveilleux ? insista Cathy. On ne l'a pas encore annoncé à Josh. Tu sais où il se trouve ? J'aimerais beaucoup le voir.

Amber regarda fixement sa marraine. Peut-être allait-il y avoir une voie différente pour elle désormais. Comme l'avait dit son père, les rêves n'étaient parfois pas ceux que l'on imaginait.

— Attendez ici ! leur ordonna-t-elle, avant d'embrasser ses parents, grand-mère Tilly et Cathy sur la joue. Je vais le chercher !

Elle avait affronté celle qui l'avait harcelée par le passé. Elle allait devoir se montrer courageuse une fois de plus.

Elle savait ce qu'il fallait dire. Elle espérait juste que Josh voudrait l'entendre.

***

Josh consulta une nouvelle fois son téléphone. Il était très étrange qu'il n'ait pas encore reçu de nouvelles de sa mère alors qu'elle avait atterri quelques heures plus tôt. Pourvu qu'elle n'ait pas eu d'accident sur le chemin du retour.

Il était sur le point de composer son numéro lorsqu'il vit Amber accourir vers lui sur le pont piétonnier. Elle avait l'air préoccupée et sérieuse, ce qui redoubla son inquiétude.

Il glissa à Mike qu'il revenait sous peu et quitta le pub pour rejoindre Amber sur le pont.

Elle avait un air si étrange qu'en se rapprochant d'elle, il sentit son inquiétude croître encore.

— Tu as des nouvelles de maman ? demanda-t-il.

Amber acquiesça.

— Elle vient d'arriver. Tout va bien.

Josh se détendit.

— Je commençais à m'inquiéter, avoua-t-il.

— Il faut que je te parle…

Amber balaya les environs du regard.

Josh l'imita et constata que les deux rives de la rivière étaient absolument bondées de monde.

— Accompagne-moi au magasin, lui intima Amber en se retournant brusquement.

Mais elle dut glisser sur le pavé gelé du pont. Josh lui saisit automatiquement le bras pour la stabiliser… trop tard.

Comme au ralenti, ils tombèrent tous les deux dans la rivière. Encore une fois.

46

Le choc provoqué par leur chute dans la rivière fit presque perdre à Amber le fil de ses pensées, lorsqu'elle se retrouva assise dans l'eau glacée.

— Ce que c'est froid ! s'écria-t-elle.

— Je n'y crois pas, fit Josh, assis à côté d'elle, alors que l'eau se répandait autour d'eux. On se retrouve encore dans la rivière !

Amber se mit à rire du ridicule de la situation. Et cette fois, ils avaient un public, car les badauds des deux côtés du pont les regardaient maintenant.

Josh jura et se leva, de l'eau ruisselant de ses vêtements et de son corps. Il se retourna et lui tendit la main pour l'aider à se lever à son tour. C'était bel et bien ce qu'il faisait, comprit-elle. Il l'aidait chaque fois qu'elle en avait besoin. Et il était hors de question qu'elle le laisse partir.

Son cœur battait la chamade. L'humiliation l'attendait sans doute au tournant s'il la repoussait, mais elle s'en moquait dorénavant. Elle l'aimait trop pour se soucier de sa fierté. De plus, ils venaient de tomber dans la rivière. Que pouvait-il y avoir de plus humiliant ?

Elle se laissa ramener sur ses pieds et le contempla.

Josh voulut alors l'entraîner hors de l'eau, mais elle resta immobile.

— Qu'est-ce qu'il y a ? demanda-t-il en se retournant quand il constata qu'elle ne bougeait pas. Tu es blessée ?

Elle secoua la tête, fixant son beau visage.

— Non.

Elle prit une grande inspiration avant de regarder autour d'elle. Tous ceux qui se trouvaient sur les berges du fleuve continuaient à les épier. Elle devrait donc faire ça devant un public ? Qu'à cela ne tienne.

Elle avança d'un pas, l'attrapa par le col et se hissa pour l'embrasser. Ce ne fut pas un rapide effleurement de ses lèvres, mais de la passion et de l'amour à l'état pur, tout ce qu'elle ressentait pour lui.

Il écarta brusquement sa tête.

— Qu'est-ce que tu fais ? murmura-t-il en jetant un coup d'œil par-dessus son épaule, vers la foule qui se tenait dans son dos.

Elle leva elle aussi les yeux et constata que, si chacun avait l'air quelque peu étonné, certains hochaient la tête en signe d'approbation.

— Je t'embrasse, lui dit-elle. Parce que j'en avais envie et parce que je t'aime.

— Vraiment ?

Josh avait l'air totalement sidéré.

— Oui, confirma-t-elle, d'une voix plus sûre qu'elle ne l'était réellement.

Elle retint alors son souffle, espérant par-dessus tout ne pas se tromper complètement.

— Je… euh… (Il poussa un long soupir en jetant un coup d'œil par-dessus son épaule à la foule qui attendait.) Écoute, on pourrait parler de ça ailleurs ?

— Certainement pas. Je veux te le dire ici et maintenant. Je t'aime. Je l'aime, ajouta-t-elle aussi fort qu'elle le put.

L'annonce suscita quelques rires et marmonnements de la part des spectateurs.

— J'ai dit que je l'aime ! s'écria-t-elle à nouveau, constatant qu'elle souriait jusqu'aux oreilles à présent.

— On t'a entendue, lança Tom depuis la berge. On attend juste sa réponse.

Elle se tourna vers Josh, souriant de sa confusion et, oui, de son embarras.

— Alors ? insista-t-elle doucement. Tu as une réponse à me donner ?

Josh se passa une main dans les cheveux.

— Qu'est-ce qui t'arrive ? Tu n'es jamais comme ça. Tu as encore forcé sur le punch de Mike ?

Elle secoua la tête.

— Non, c'est bel et bien moi. Tu m'as juste aidée à changer, c'est tout. Tu m'as rendue plus forte, fière de mon travail. Et je suis enfin capable de croire en moi. Je me suis fait des amis, de bons amis dans ce village. (Elle tendit la main pour lui caresser la joue.) Mais tout cela n'est rien si tu n'es pas là. Parce que je ne veux pas quitter Cranbridge.

— On ne veut pas que tu partes non plus ! entendit-elle Molly crier depuis le pont.

Amber se retourna pour lui lancer un clin d'œil complice avant de reporter son attention sur Josh.

— Alors, si tu veux que je reste ici et que je gère le magasin avec toi, ce serait génial. Mieux que génial. Parfait, en fait. (Elle marqua une pause.) Si tu m'aimes, cela va sans dire.

Elle retint sa respiration.

Les gens se balançaient d'un pied sur l'autre dans le froid, attendant la réponse de Josh.

Il regarda la foule avant de fixer son attention sur elle.

— Bien sûr que je t'aime, murmura-t-il.

— Parle plus fort, mon garçon ! s'écria Stanley. Certains d'entre nous n'entendent pas très bien.

Josh leva les yeux au ciel avant de les reposer sur elle.

— Je t'aime, d'accord ? Malgré ta propension à tenter de me noyer dans la rivière. Et le fait que tu aies bouleversé ma vie. Et que le tracteur soit maintenant en plein milieu du magasin. (Il fit un pas en avant et la rapprocha de lui pour l'enlacer.) Je t'aime, répéta-t-il.

La foule se mit à applaudir à tout rompre.

Et puis Josh l'embrassa avec tant de passion que le dernier petit doute subsistant chez Amber s'envola pour toujours.

Lorsqu'ils mirent enfin un terme à leur baiser, elle se rendit compte des cris et des applaudissements qui continuaient à fuser autour d'eux. Soudain gênée par ce qu'elle venait de faire, elle tenta de se cacher dans le manteau de Josh.

— Oh non ! protesta-t-il en lui prenant le menton pour l'écarter de lui. Tout repose sur toi. Tu ne peux plus te cacher maintenant.

Elle gloussa, écarlate. Mais pour une fois, cela ne la dérangeait pas. Après tout, elle avait Josh à ses côtés, l'homme qu'elle aimait et qui l'aimait en retour. Rien d'autre ne comptait.

Josh la prit par la taille et, alors qu'ils regagnaient la berge, Amber aperçut Cathy, grand-mère Tilly et ses parents à proximité. Ils applaudissaient tous et opinaient du chef.

— Ben ça alors ! s'exclama Josh en l'aidant à sortir de la rivière. Ce sont tes parents à côté de ma mère ?

— Oui, répondit Amber. C'était ça, leur grande surprise.

— Notre vie en est pleine en ce moment, constata Josh, en prenant sa main dans la sienne pour se diriger vers leurs familles.

La mère d'Amber et Cathy semblaient avoir les larmes aux yeux lorsqu'elles s'avancèrent pour les embrasser – bien qu'à bout de bras en raison de leurs vêtements mouillés.

— C'est merveilleux ! s'exclama Cathy qui serrait le bras de son fils. Je savais que ça fonctionnerait.

— Qu'est-ce que tu racontes ? répliqua celui-ci en se penchant pour que grand-mère Tilly puisse l'embrasser sur la joue.

— Notre petit plan, bien sûr, répondit la mère d'Amber.

Et Cathy d'ajouter :

— Pour que vous soyez ensemble, tous les deux.

Amber regarda Josh avec étonnement, puis ils se retournèrent vers leurs parents.

— Vous voulez dire que c'était un coup monté ? demanda-t-elle.

— Disons que nous espérions que les choses fonctionnent entre vous deux, admit Cathy en souriant. Mais c'est encore mieux que ce que nous avions imaginé. Cela ne vous dérange pas ?

Amber scruta à nouveau Josh qui éclata de rire.

— Pas particulièrement, répondit-il, avant de tendre la main pour prendre celle d'Amber dans la sienne. Mais s'il vous plaît, laissez-moi gérer ma vie amoureuse à partir de maintenant.

— Bon alors, quelqu'un va se décider à me faire visiter mon magasin ? demanda Cathy.

Josh haussa les sourcils.

— D'accord, s'esclaffa sa mère. « Ton » magasin.

Josh jeta un coup d'œil à ses vêtements mouillés.

— Je laisse grand-mère Tilly s'en charger. Il faut qu'on se change.

— Ce n'est pas merveilleux, ce qu'ils ont mis en place ? lança la mère d'Amber, en regardant la foule qui se pressait sur Riverside Lane.

— On a l'impression de vivre à nouveau dans un vrai village, renchérit grand-mère Tilly.

En entraînant Amber, Josh lui glissa :

— Elles ont raison. On se sent à nouveau chez soi. Et c'est grâce à toi.

Elle tint sa main serrée tandis qu'ils gravissaient les marches et entraient dans la boutique.

— Je crois me souvenir que tu étais à côté de moi pendant tout ce temps, donc tu peux aussi te considérer comme en partie responsable.

Il s'arrêta pour la prendre dans ses bras.

— J'ai surtout déballé des cartons, nuança-t-il en souriant.

— Tu t'es aussi pas mal assis au milieu de la rivière.

Il abaissa la tête vers elle.

— Oui, ça aussi, murmura-t-il alors que leurs lèvres se rencontraient.

Et pendant qu'ils s'embrassaient une nouvelle fois, dehors, sur Riverside Lane, la neige se mit enfin à tomber.

47

C'était le dernier week-end avant Noël et le magasin était prêt pour la ruée des emplettes de dernière minute.

Josh observa autour de lui.

— Il a fière allure, glissa-t-il à Amber.

Elle suivit son regard et ne put qu'être d'accord. Toutes les étagères étaient garnies, de produits de première nécessité comme d'un large éventail de produits faits maison, prêts pour les fêtes de fin d'année. Des boîtes de chocolats et de gâteaux aux épices se bousculaient à côté du papier d'emballage et des cartes de Noël. Une rangée de poinsettias rouge-rubis était alignée sur le capot du tracteur. En dessous, dans les différents cageots, des pommes de terre, des choux de Bruxelles, des carottes et des panais formaient de hautes piles, attendant d'être épluchés pour le repas du réveillon.

La radio diffusait des chants de Noël et les guirlandes lumineuses scintillaient sur les poutres en chêne qui traversaient le plafond.

— Tu crois qu'on a oublié quelque chose ? demanda-t-elle.

Josh secoua la tête.

— Tu plaisantes, répondit-il. Il n'y a pas de place pour le moindre ajout.

Heureusement, le magasin n'était plus le chaos qu'il avait été à son arrivée. Tout était organisé et à sa place, même si les étagères débordaient de marchandises.

— Oui, je pense que nous avons couvert tous les besoins en matière d'achats, déclara-t-elle en souriant.

— Absolument, s'esclaffa-t-il en riant. *Cranbridge Stores.* Tout ce dont vous aviez besoin sans jamais l'avoir deviné !

— Oh ! J'adore ! s'exclama-t-elle, les yeux brillants. On devrait inscrire ça sur un panneau à l'extérieur !

— Je plaisantais, protesta-t-il en l'attirant dans ses bras.

— Pas moi, répliqua-t-elle, les yeux levés vers lui.

Pendant une seconde, elle ne put respirer, tant l'amour qu'elle éprouvait pour lui était immense. Il continuait à avoir cet effet sur elle, jour après jour.

Un sourire se dessina sur ses lèvres alors qu'il se penchait, une lueur pleine de sous-entendus dans les yeux.

La sonnette retentit à la porte d'entrée, l'obligeant malheureusement à la lâcher. Josh leva les yeux au ciel avant de s'éloigner.

— Bonjour, lança Tom en traversant la boutique.

— Bonjour, répondit Amber avec un sourire. Un café ?

— Oui, s'il te plaît, dit-il, tout en tendant la main vers un panier rempli de gâteaux décorés. Je vais aussi acheter ce biscuit bonhomme de neige, mais à condition que vous me promettiez le silence le plus total. Sans quoi, ma réputation d'homme d'affaires impitoyable est fichue.

— Mais naturellement, lui assura Amber en lui rendant sa gourde pleine de café.

— Je prendrai aussi le biscuit rouge-gorge. Pour Molly, celui-là.

— Ben voyons, le taquina-t-elle.

— Tais-toi. Je ne sais pas pourquoi je t'ai appréciée, un jour.

Sur quoi, il lui lança un clin d'œil, glissa les gâteaux dans sa poche, régla ses achats et sortit.

Amber aimait bien bavarder avec les clients. Son travail au magasin lui donnait un sentiment d'appartenance qu'elle n'avait encore jamais éprouvé. Maintenant qu'elle était en contact quotidien avec d'autres personnes, elle ne se sentait plus jamais seule.

C'était incroyable de voir à quel point les petites interactions quotidiennes influaient sur la confiance en soi. Les marques de gentillesse avaient également un impact considérable. Elle se sentait plus heureuse, plus connectée et, en fin de compte, en meilleure santé.

Bien sûr, l'amour d'un homme bien aidait aussi. Or, Josh lui répétait chaque jour combien il l'aimait. L'idée de passer le reste de sa vie à ses côtés lui apportait un sentiment de paix et de bonheur qu'elle n'aurait jamais cru possible. Elle ne pouvait plus imaginer vivre ailleurs qu'à Cranbridge.

En se dirigeant vers la fenêtre, elle jeta un coup d'œil à la cheminée, où elle avait placé quelques photographies encadrées. Il y avait une photo de la boutique telle qu'elle était dans les années 1900, ainsi que deux de Todd, à côté du tracteur, et jouant de la guitare dans la véranda. Elle était persuadée que le père de Josh aurait approuvé les changements qu'ils avaient apportés à la boutique. En tout cas, grand-mère Tilly et Cathy avaient exprimé leur admiration pour tout ce qu'ils avaient accompli.

Todd aurait certainement adoré le fait que le tracteur soit désormais un élément clé très apprécié du magasin. En fait, comme la nouvelle version améliorée de *Cranbridge Stores* avait été commentée dans tout le village, de nombreux visiteurs demandaient à être photographiés à côté du tracteur. Josh parlait même d'intégrer un tracteur à une nouvelle enseigne à l'extérieur du magasin.

Amber jeta un coup d'œil par l'immense baie vitrée. C'était une belle matinée de gel sur Riverside Lane. La neige avait fondu, mais les températures froides étaient restées. Le sol à l'extérieur était d'un blanc étincelant et le ciel bleu se reflétait sur les flots réguliers de la rivière, qui avait retrouvé son niveau normal.

Plus important encore, les ruelles et les rues de Cranbridge avaient commencé à revenir à la vie : les gens sortaient de nouveau se promener. Ils se remettaient à tisser des liens, utilisaient les bancs devant la boutique pour s'asseoir et bavarder. Les voisins se saluaient et discutaient. Les mamans venaient prendre un café et échanger des potins. Les villageois redevenaient une communauté.

La foire de Noël avait été un énorme succès et avait attiré plus de clients que jamais dans la boutique. Certes, la situation était encore difficile, mais ils s'en sortaient tant bien que mal. Après tout, ils avaient une raison de continuer à se battre pour lui : *Cranbridge Stores* représentait quelque chose pour le village autant que pour la famille.

Ce n'était pas un grand magasin glamour de Londres ou de New York, mais d'une certaine manière, Amber en était ravie. *Cranbridge Stores* était tellement plus spécial et, ici, elle était appréciée et valorisée.

Naturellement, elle avait encore des projets pour la boutique. Son fidèle carnet à dessin se trouvait toujours sous le comptoir, rempli de nouvelles trouvailles en matière de décoration qu'elle esquissait tout au long de la journée. Elle débordait d'idées pour les mois et les années à venir, qu'elle brûlait de voir se concrétiser.

Josh avait lui aussi de nouvelles idées pour rendre l'entreprise plus durable. Ils s'efforçaient d'éviter dans la mesure du possible tous les emballages en plastique et se réjouissaient que le lait qu'ils achetaient désormais aux fermes locales leur soit livré dans des bouteilles en verre. Il restait encore du chemin à parcourir, mais Josh était très satisfait des retours de ses clients.

Même les sapins de Noël qu'ils vendaient à l'avant du magasin étaient empotés avec leurs racines, prêts à être replantés. Noël était presque arrivé et Amber avait hâte de le fêter avec Josh et leurs familles respectives. Cathy et ses parents avaient loué temporairement une maison dans le village jusqu'à ce qu'ils décident de leur prochaine grande aventure. Josh et Amber avaient invité Cathy à rester vivre dans l'appartement avec eux, mais celle-ci tenait à ce qu'ils aient un espace à eux. En outre, elle semblait désireuse d'entamer une nouvelle étape de sa vie et les parents d'Amber étaient plus qu'heureux de l'y aider, tant leur amie leur avait manqué ces derniers temps. C'était donc la solution idéale pour tous.

Alors qu'elle redressait les boîtes de sablés sur le rebord de la fenêtre, Amber entendit Josh murmurer derrière elle :

— Enfin seuls.

Elle sentit ses lèvres dans son cou et se laissa aller contre lui, sans plus penser à rien d'autre qu'au bonheur d'être dans ses bras.

Mais presque aussitôt, la cloche du magasin retentit, les obligeant à s'écarter d'un coup.

Amber se retourna pour sourire à la femme qui venait d'entrer.

— Bonjour.

— Bonjour, répondit la cliente, qui se détourna pour parcourir les rayons.

Amber constata que Josh se tenait toujours à ses côtés.

— Un de ces jours, je vais prendre cette cloche et la jeter dans la rivière, chuchota-t-il de façon à ce qu'elle seule puisse entendre ses paroles.

— Tu n'oserais pas, murmura-t-elle en riant doucement.

Puis, il pencha à nouveau rapidement la tête. Un baiser léger et rapide effleura les lèvres d'Amber avant qu'il ne s'éloigne.

Elle sourit. Elle avait confiance en ses sentiments et en ses compétences, ces jours-ci. Et elle était heureuse. Plus qu'heureuse. Elle avait un homme qu'elle aimait et avec qui elle avait hâte de se construire un avenir à Cranbridge. Les tempêtes allaient et venaient, mais ensemble, Josh et elle pourraient tout affronter en attendant que le soleil se lève sur un jour nouveau. Ce qui serait toujours le cas.

Remerciements

Un grand merci à mon adorable éditrice, pour m'avoir prise sous son aile et s'être montrée si généreuse et si encourageante, et à toute l'équipe de Boldwood Books qui m'a accueillie chaleureusement et a travaillé dur sur ce livre.

Merci à tous les lecteurs et blogueurs pour leur enthousiasme et leurs commentaires qui me permettent de tenir le coup les jours où le café ne parvient pas à jouer son rôle.

Un grand merci à mes amis, pour leur soutien et leurs encouragements jamais démentis, et à ma merveilleuse famille pour son soutien constant.

Enfin, je remercie mon mari de m'avoir écoutée et aidée à résoudre mes problèmes de fiction. Comme toujours, je n'aurais jamais pu écrire ce livre sans ton amour et ton soutien.

Plus d'informations sur Alison Sherlock

Nous espérons que vous avez apprécié la lecture de *La Vie en mieux*. Si c'est le cas, n'hésitez pas à laisser un commentaire sur le livre.

Si vous souhaitez offrir un exemplaire de ce livre, sachez qu'il est également disponible sous forme de livre électronique et, en version originale, de téléchargement audio numérique et de CD audio.

Pour plus d'informations, vous pouvez vous inscrire à la liste de diffusion en anglais d'Alison Sherlock pour recevoir des informations etdes mises à jour sur ses futurs livres.

HTTPS://BIT.LY/ALISONSHERLOCKNEWSLETTER

Retrouvez-nous sur les réseaux sociaux :

City Editions

www.city-editions.com
@cityeditions
www.facebook.com/cityeditions/
@CityEditions
@cityeditions

Achevé d'imprimer en décembre 2023
sur les presses de la Nouvelle Imprimerie Laballery
58500 Clamecy
Numéro d'impression : 312307

Imprimé en France

La Nouvelle Imprimerie Laballery est titulaire de la marque Imprim'Vert®